CORINNE MICHAELS

SE EU SOUBESSE

Traduzido por Daniella Parente Maccachero

1ª Edição

2022

Direção Editorial:	**Arte de Capa:**
Anastacia Cabo	Bianca Santana
Tradução:	**Diagramação e preparação de texto:**
Daniella Maccachero	Carol Dias
Revisão Final:	**Ícones de diagramação:**
Equipe The Gift Box	gstudioimagen/Freepik

Copyright © Corinne Michaels, 2019
Copyright © The Gift Box, 2022

Todos os direitos reservados.
Nenhuma parte do conteúdo desse livro poderá ser reproduzida em qualquer meio ou forma – impresso, digital, áudio ou visual – sem a expressa autorização da editora sob penas criminais e ações civis.
Esta é uma obra de ficção. Nomes, personagens, lugares e acontecimentos descritos são produtos da imaginação da autora. Qualquer semelhança com nomes, datas ou acontecimentos reais é mera coincidência.

Este livro segue as regras da Nova Ortografia da Língua Portuguesa.

CIP-BRASIL. CATALOGAÇÃO NA PUBLICAÇÃO
SINDICATO NACIONAL DOS EDITORES DE LIVROS, RJ
Meri Gleice Rodrigues de Souza - Bibliotecária - CRB-7/6439

M569s

Michaels, Corinne
 Se eu soubesse / Corinne Michaels ; tradução Daniella Maccachero. - 1. ed. - Rio de Janeiro : The Gift Box, 2022.
 260 p.

Tradução de: If I only knew
ISBN 978-65-5636-186-4

1. Romance americano. I. Maccachero, Daniella. II. Título.

22-79449   CDD: 813
                CDU: 82-31(73)

DEDICATÓRIA
Christy Peckham, embora eu diga que te odeio... Eu te amo muito mesmo. Obrigada por aturar minha loucura e ser uma amiga incrível. (Eu vou negar isso se você repetir).

Prólogo

DANIELLE

— Eu vou me casar! — minha irmã, Amy, grita ao telefone, enquanto estou dirigindo de volta para casa depois de fazer compras.

— O que? — pergunto, quase saindo da estrada.

— Javier fez o pedido, e eu disse sim!

— Oh! Uau! Isso é... excelente! Yey! — comemoro, com falso entusiasmo.

Minha irmã é a última pessoa no mundo que deveria se casar. Primeiro, ela nunca teve um emprego, pagou uma conta ou foi um membro contribuinte da sociedade. Em segundo lugar, tenho certeza de que o agora noivo dela... é gay.

— Javier escolheu o anel mais incrível, Danni. Tipo, brilha na luz e faz esse arco-íris em todos os lugares quando me movo. Ah, e ele quer se casar em um mês!

— Qual é a pressa? — pergunto.

Ela suspira, e a imagino olhando para o anel.

— Ele acha que seria melhor fazer isso agora em vez de esperar.

Reviro os olhos e mordo a língua. Hoje não é dia de opinar sobre isso. Ela está claramente animada e nada de bom virá de eu dizer que ele não a ama, e que há algum motivo oculto — como um *green card*.

Então, por enquanto, vou ser a boa irmã e manterei minha boca fechada.

— Bem, eu amo você e sei que Peter e as crianças vão ficar animados — garanto, encarando o tráfego à minha frente.

Olho para o relógio e começo a me preocupar um pouco. Tenho que buscar minha filha diabólica de quinze anos, Ava, e meu doce menino de cinco anos, Parker, na escola em vinte minutos. Além de deixar essas coisas em casa para que todos os meus alimentos congelados não descongelem. Meu polegar batuca no volante e mal me movo uns centímetros.

— Eu também te amo! Nossa! Estou tão feliz!

Meu telefone emite um sinal sonoro:

— Amy, espere, é o celular do Peter.

Troco a ligação, grata por poder parar de tentar fingir que minha irmã está tomando ao menos uma decisão meio decente. Eu a amo infinitamente, mas ela vive nas estrelas. Peter e eu nunca a entendemos.

— Oi, querido. Mal posso esperar para lhe contar as últimas besteiras da minha irmã. Ela vai se casar com aquele idiota! Você pode mesmo acreditar nisso? Quão estúpida ela é?

— Hmm, é a Sra. Bergen?

— Sim? Quem é? — pergunto, quando não é a voz do meu marido do outro lado.

O homem limpa a voz.

— Aqui é o oficial VanDyken do Departamento de Polícia de Tampa.

Meu coração começa a acelerar e minha garganta fica seca.

— Está tudo bem?

— Senhora, vou precisar que você venha até a delegacia.

Uma sensação de pavor enche minhas veias. Peter trabalha com algumas pessoas suspeitas e houve momentos em que ele fez algumas coisas que achei um pouco estranhas, mas ele diz que é para a proteção de seus clientes.

— Qual delas?

Ele me diz o endereço e troco a marcha para ir naquela direção. Não tenho ideia se Peter está com problemas, mas vario de preocupada a irritada. Eu odeio o trabalho dele. Foi parte do motivo pelo qual nós quase nos divorciamos há três anos. Bem, isso e Parker, que inesperadamente nos agraciou com sua presença e colocou nossas vidas em parafuso.

Envio uma mensagem rápida para minha melhor amiga, Kristin.

> Eu: Você pode pegar as crianças? Acabei de receber uma ligação do Departamento de Polícia de Tampa me pedindo para comparecer à delegacia. Não tenho ideia do que aconteceu, mas estou pirando porque não vou conseguir pegá-los.

SE *Eu* SOUBESSE

> **Kristin:** Claro. Tenho que pegar Finn e Aubrey de qualquer maneira. Vou passar e buscá-los.

> **Eu:** Obrigada!

> **Kristin:** Ele está com problemas ou foi preso?

Essa é a pergunta do dia.

> **Eu:** Não faço ideia. Juro, se isso é sobre o caso em que ele está trabalhando e ele foi preso por cobrir o cliente ou algo assim... Eu vou matá-lo.

> **Kristin:** Ligue para a Heather! Não fale com ninguém até que você tenha falado com ela.

Eu nem pensei sobre isso. Heather é policial em Tampa há muito tempo. Ela conhece todo mundo.

> **Eu:** Obrigada! Vou pegar as crianças assim que terminar.

> **Kristin:** Não se preocupe. Nós vamos entretê-los.

Ou Ava vai deixar Kristin maluca, mas ela geralmente é apenas o diabo comigo. A menina tem quinze anos e é divertida demais. Ela sabe tudo. Odeia todo mundo que não seja o pai dela, e pensa que eu sou a pior pessoa na face da terra. O que tornou alguns jantares de família adoráveis.

Depois, há o meu bebêzinho, Parker. Ele é um anjo em comparação à prole demoníaca que eu dei à luz primeiro. Sei que, como mãe, nós não devemos ter favoritos, mas aquela criança dificulta isso. Ele me ama, ainda acha que sou maravilhosa, e não consigo imaginar um mundo sem ele.

Embora nunca estivesse nos planos, ele foi o melhor erro que já cometi.

Aperto o botão para enviar uma mensagem de voz para Heather:

> Eu: Ei, pode me encontrar na delegacia?
> Alguma coisa aconteceu com o Peter.

As estradas indo neste sentido não estão ocupadas, e chego lá antes que Heather retorne minha mensagem. Merda. Ligo para o celular da assistente de Peter, mas cai na caixa postal. Vai entender. A única vez na vida que ela não tem a maldita coisa permanentemente colada na mão.

Decido que simplesmente vou ter que entrar e lidar com isso. Sei onde ele guarda o dinheiro extra caso precisemos para algo como isso. Vou tirá-lo lá de dentro e depois bater nele com seus próprios braços arrancados.

Quando atravesso as portas, Heather está parada lá.

— Ei! — digo, alívio fluindo através de mim. — Tentei te mandar uma mensagem.

— Ei. — Seu sorriso é pequeno.

— Graças a Deus você está aqui. Descobriu o que Peter fez? Eu não tinha certeza do protocolo sobre tirar alguém da cadeia...

Ela acena com a cabeça.

— Danni. — Sua voz é suave. — Eu... não é... não é isso.

— O quê? — pergunto, minha garganta ficando seca. — O que é? Eu não posso tirá-lo de lá? Ele fez algo muito ruim? Jesus Cristo! Ele fez, não foi?

O medo começa a encher meu corpo e me pergunto o que diabos está acontecendo. Heather não me olha nos olhos. Em vez disso, solta uma respiração profunda e seus olhos se enchem de lágrimas. Isso não pode ser bom. Ela não é chorona e definitivamente não vai com a cara do Peter. Minhas melhores amigas aceitam meu marido, mas nunca vão perdoá-lo por tudo o que aconteceu anos atrás.

Se ela está à beira de lágrimas, isso não é ruim, é pior do que ruim.

Heather dá um passo à frente.

— Danni, Peter foi baleado em seu escritório hoje cedo e... — Seu lábio treme.

Escuto as palavras, mas não quero acreditar nelas.

— Por que estou aqui então? — Começo a recuar. — Eu deveria estar no hospital!

— Danielle — chama, em sua voz de policial. — Ele não está no hospital.

— Por que não? — grito. — Por que você não o levou para lá? Por que diabos estou aqui?

9

— Porque eu queria dizer a você, eu mesma...
Uma frase diz tudo.
— Não diga isso — imploro. — Não me diga, porque não é verdade. Não pode ser verdade!
— Ele se foi, querida. — Ela dá um passo à frente e começo a desmoronar, mas ela me pega. Nós caímos no chão, ela me segurando nos braços. — Sinto muito. Eu sinto tanto. Nós tentamos de tudo. Recebi a ligação, cheguei ao local o mais rápido possível, mas não havia como salvá-lo.

Capítulo 1

DANIELLE

Dezesseis meses depois...

— Eu gosto desta propriedade, Callum. O terreno já está parcialmente desmatado. É uma localização privilegiada para este projeto — explico, com minha melhor voz autoritária.

O preço pode ser um pouco maior do que ele quer, mas é um ótimo pedaço de terra. No ano passado, descobri que meu chefe não costuma me questionar. Ele sabe que sou boa no meu trabalho, mesmo que o faça apenas em meio período, e o fato de ele ser o marido da minha querida amiga Nicole nos dá uma sensação de confiança. Minha ética de trabalho só solidificou ainda mais isso.

— É muito dinheiro, Danni. Muito mais do que eu disse que estava disposto a gastar. — Seus olhos são duros, mas com uma ponta de suavidade. Seu sotaque britânico o faz parecer mais severo do que realmente é. Imagino que se eu fosse outra pessoa, ele não teria a gentileza que vejo.

— Eu sei. — Sento na cadeira. — Se você optar pelo outro lote, acho que vai perder dinheiro. Há muita concorrência nessa parte da cidade para os tipos de lojas que você deseja construir, mas essa aqui tem uma comunidade próspera que está desesperada por opções. O preço pode ser um pouco mais alto, mas o retorno também será.

Vivendo aqui a minha vida inteira, tenho uma grande noção das pessoas. Meu trabalho é vasculhar a área ao redor para encontrar terrenos para a Dovetail Enterprises desenvolver pelo menor preço e ajudar em projetos especiais como este.

Normalmente, Dovetail encontraria uma construção antiga, a derrubaria e construiria um novo arranha-céu ou algo chique. Desta vez, Callum quer construir a comunidade limpando uma que está um pouco degradada. Ele é um bom homem, e é parte do motivo pelo qual eu queria trabalhar para ele.

— Entendo. — Callum olha para a pesquisa um pouco mais de perto.

Em vez de lhe dar a opção mais barata, esperava que ele visse o valor que essa aqui poderia oferecer. Era um risco, mas ele é um homem inteligente que consegue identificar uma boa oportunidade.

Eu morava aqui antes de meu marido nos mudar para os subúrbios, quando só podíamos bancar morar na parte ruim da cidade. Eu me lembro do nosso primeiro lar, que ficava a apenas alguns quarteirões desta propriedade, com um novo bebê. Estávamos tão falidos, sendo pais muito mais cedo do que planejamos, e fingindo que tínhamos resolvido tudo. Peter era um associado em sua empresa e eu tinha acabado de começar no setor imobiliário. Estávamos ganhando centavos, pagando empréstimos estudantis e, quando Ava começou a andar, ele insistiu que saíssemos de lá e ficamos ainda mais falidos graças ao financiamento da casa.

Assim que penso em Peter, meu peito dói. Sinto a falta dele.

Sinto tanto a falta dele às vezes que não consigo respirar.

Tempo nenhum aliviou a dor que fica dentro de mim, apodrecendo, arranhando minha garganta até eu me engasgar com ela. Fiquei muito boa em esconder a minha agonia.

Minhas amigas continuam dizendo como estou indo bem, e como elas estão orgulhosas da mulher que veem, mas elas não estão lá à noite quando eu quebro. Quando anseio pelo cheiro do seu perfume no travesseiro ao meu lado. Quando não consigo parar as lágrimas e enterro a cabeça no travesseiro para abafar os soluços.

Lágrimas começam a surgir quando meus pensamentos se afastam de mim.

— Danielle? — Callum chama minha atenção.

— Desculpe! — Balanço a cabeça, empurrando as emoções para baixo. — Acho que você estará cometendo um erro se deixar este passar, Callum, eu realmente acho.

— Essa é a sua opinião profissional? — pergunta.

— Sim.

— Se você estivesse sentada na minha cadeira, pagaria o meio milhão de dólares extra?

Se eu tivesse meio milhão de dólares, nunca iria querer me desfazer dele, mas sei, com base no que Callum pagou por projetos antes, que o alto preço não vai prejudicá-lo.

— Sim.

— Ok, faça a oferta.

Meus olhos se arregalaram um pouco por ele me ouvir e eu não ter que pressioná-lo com mais força. Estava pronta para começar a divulgar todos os tipos de estatísticas, comparativos e onde nós poderíamos economizar dinheiro em outras áreas.

— Vou resolver isso para você hoje — digo, com um sorriso.

— Há algo mais que precisamos discutir — Callum avisa e junta seus dedos.

Callum Huxley é um homem intimidador, mesmo com a nossa amizade existente. Ele é justo, mas, ao mesmo tempo, atura zero besteira, o que me desconserta diariamente por ele ser casado com Nicole. Ela é completamente cheia de besteiras malucas, mas eles se equilibram de uma maneira que me deixa com ciúmes. Peter e eu nunca tivemos isso.

Claro, nós nos amávamos, mas, se não fosse por ter ficado grávida de Ava, nunca teríamos nos casado aos vinte e três anos. No entanto, nossa vida estava finalmente no caminho certo. Estávamos indo muito bem, mais felizes do que em anos.

E então ele foi roubado de mim.

Eu me puxo de volta ao modo profissional.

— Claro, o que está acontecendo?

Ele se recosta na cadeira.

— Você está feliz na Dovetail?

— Sim, está sendo uma ótima experiência. — Sorrio.

Esse trabalho me deu um propósito, uma razão para lutar todos os dias, levantar, tomar banho, comer e viver novamente. Claro, meus filhos me mantiveram funcionando, mas quando eles iam para a escola...

Eu me enrolava em uma bola no sofá, tomava sorvete e chorava assistindo a um filme de romance horrível, que terminava com pessoas cavalgando em direção ao pôr do sol.

Isso até que Kristin apareceu, me bateu um pouco e me fez me recompor. Me ofereceram uma posição aqui, e foi como se alguém me lembrasse de como existir novamente.

— Como você sabe, meu irmão, Milo, ficou em Londres — Callum começa, com um suspiro pesado. — Eu esperava que ele parasse de olhar para o próprio umbigo, mas... Milo se recusa a crescer. Estou procurando alguém para preencher o cargo de Vice-presidente Sênior de Aquisições e Logística.

— Oh, ótimo — digo. — Quer que eu te ajude a encontrar alguém?

Ele ri.

— Não, eu quero que você assuma esse cargo.

Meu queixo cai, frouxo.

— O quê? — disparo. Ele está maluco. Estou aqui há pouco mais de um ano. Caramba, só trabalho meio período. — Callum, você não pode estar falando sério.

Ele sorri.

— Estou falando muito sério. Você é qualificada, inteligente, motivada e sempre me traz projetos de qualidade.

— Eu não estou aqui há tempo suficiente — justifico.

— Isso não é importante para mim.

Ele se recosta na cadeira, me observando. Eu não sei o que dizer.

— Eu trabalho meio período aqui. Tenho os filhos e......

— Vou precisar que você esteja em tempo integral, mas estou muito ciente de sua situação, Danielle. Estou aceitando perfeitamente que precise trabalhar de casa às vezes, mas, quando estiver viajando ou de férias, preciso que você intervenha. Haverá um aumento salarial generoso, além de outros luxos. — Ele me entrega um envelope. — Todos os detalhes estão aqui. Pense nisso.

Eu pego nas mãos ao me levantar.

— Vou pensar sobre isso — prometo.

Vou para casa, para o meu trabalho seguinte como uma mãe com falhas épicas antes de o ônibus deles chegar, empurrando a conversa com Callum para o fundo da minha mente. Minha filha sai da escola uma hora antes de Parker, e toma conta dele até eu chegar lá. Claro, ela adora me lembrar como deveria ser paga por "fazer o meu trabalho". Porra, eu amo adolescentes. Lidar com Ava é muito parecido com ser uma oficial de eliminação de bombas. Você se aproxima do dispositivo, esperando que ele não exploda antes que você possa contê-lo. No entanto, não sou treinada como eles, e geralmente nós temos uma explosão só por eu estar sorrindo para ela — ou respirando.

A viagem de Dovetail até lá não é longa, mas levo meu tempo, querendo saborear a pequena fatia de silêncio antes de ser bombardeada novamente. Entre o karatê de Parker, as aulas de dança de Ava e não ter ajuda, já estou pronta para dormir.

Quando viro na entrada da casa onde passei os últimos treze anos, suspiro. Pequenas coisas estão começando a se tornar perceptíveis. A treliça na frente da varanda está caindo um pouco para o lado. Peter já teria consertado isso. As calhas precisam ser limpas depois de serem preenchidas com galhos e folhas da última tempestade que tivemos. E o quintal tem mais manchas marrons do que nunca. Eu nunca me lembro de regar a droga do gramado. Isso era uma coisa do Peter. Por mais ocupado que estivesse na firma, ele adorava ter a grama mais verde da rua.

O cronômetro está definido na bomba.

Posso sentir a contagem regressiva a cada passo que dou.

Três.

Dois.

Um.

Por favor, não detone.

— Oi, pessoal — digo, abrindo a porta.

— Mamãe! — Parker grita, correndo em minha direção.

Eu o pego nos braços e beijo o topo de sua cabeça.

— Oi, meu pequeno Homem-Aranha. — Tento colocá-lo no chão, mas ele se agarra a mim. — Ah, você está ficando pesado.

— Estou crescendo.

— Você com certeza está.

Os olhos azuis de Parker encontram os meus, e agradeço a Deus por me dar ele. Peter e eu estávamos satisfeitos depois de Ava. Eu queria voltar a trabalhar, ele tinha se tornado sócio recentemente, e nossas vidas eram boas. Marquei minha consulta com o médico para fazer um procedimento para não ter mais bebês, e eis que eu já estava grávida.

Depois de muitas lágrimas, raiva e acusações, nós finalmente aceitamos. Foi o melhor presente que nunca pedimos.

— Eu tirei A no meu teste. — Parker sorri, me entregando o papel.

— Uau! Bom trabalho, cara.

O orgulho de Parker está escorrendo dele. Amo que ele se esforce tanto assim.

— Obrigado, mãe.

— Onde está a Ava? — pergunto, notando sua ausência na sala.

— Ela está lá atrás. Ela me disse para ficar aqui.

Olho para o teto, sabendo que não importa o que eu encontre, não vai ser bom.

— Termine sua lição de casa e eu já volto.

Ele concorda com a cabeça.

Fazendo meu caminho pela casa, escuto sua voz no pátio. Quando chego lá, a fumaça do cigarro me dá um soco no rosto.

— Minha mãe é uma vaca. Ela é tão estúpida, vou fugir hoje à noite assim que ela for dormir. — Ava ri ao telefone.

Vamos ver quem é a estúpida. Pego o telefone de seu ouvido, colocando-o no meu.

— Ava não pode te encontrar esta noite, porque sua mãe estúpida a pegou no flagra, mas não se preocupe. Em um mês, quando ela sair do castigo... — Eu a nivelo com um olhar bravo. — Ela vai te contar tudo sobre a vaca que sua mãe é.

— Mamãe! — ela grita.

Pego o cigarro da mão dela, deixando-o cair no chão.

— Não fale, Ava. Nem me diga uma maldita palavra. Seu telefone sumiu. Você vai para a escola, dança e casa. É isso.

— Eu te odeio!

— Bom, então estou fazendo meu trabalho.

— Eu gostaria que você levasse um tiro em vez do papai!

E a bomba faz *boom*.

Capítulo 2

DANIELLE

— Ela estava fumando, porra! — Ando de um lado para o outro, enquanto Nicole tenta me acalmar.

— E daí? Nós fizemos muito pior do que isso, lembra?

Eu a encaro com raiva.

— Foi diferente!

Não tenho certeza por que estou aqui. Nicole é a pior pessoa para tentar conseguir alguma simpatia por esse tipo de coisa. Ela era aquela amiga idiota que me deixou de castigo mais vezes do que posso contar. A vaca que nos convenceu de que precisávamos fazer qualquer ideia imbecil que ela tivesse porque ela precisava de cúmplices em todas as suas travessuras. E eu, Heather e Kristin fomos as otárias que seguiram a líder realmente ruim.

De repente me atinge. Dei à luz a uma Nicole.

Estou tão fodida.

— Como? Você era aquela que foi pega fumando do lado de fora do estacionamento da igreja dez minutos antes da confissão — ela me lembra.

— Porque você me convenceu a fazer isso!

Ela começa a rir.

— Sim, mas você não precisava fumar.

— Preciso de novas amigas.

Nicole dá de ombros e depois se levanta da mesa.

— Escuta, ela passou por muita coisa. Perder o pai é um golpe quando se tem a idade dela.

Minha cabeça cai para trás e eu gemo.

— Eu sei, mas ela está bebendo, fumando, me dizendo que me odeia, e só Deus sabe se ela está fazendo sexo. — O pavor me enche. Eu nem pensei nisso e agora me imagino estrelando aquele programa "Grávida aos 16". Isso não seria a cereja do bolo de merda da minha vida?

— Oh, ela está transando sem dúvidas. — Nicole sorri maliciosamente.

— Porra. — Deixo cair a cabeça nas mãos.

— Pare. — Ela ri. — Estou brincando... talvez. Mas, veja, de qualquer forma, ela é uma garota esperta. Vou ter uma conversa com ela, se quiser.

Levanto a cabeça, olhos estreitados, porque Nicole não vai convencê-la a parar com isso, ela vai encorajar essa porcaria.

— Não.

— Não vou piorar a situação — ela se defende. — Eu sou toda responsável com essas merdas agora. Só me deixe conversar com a minha sobrinha infernal e endireitá-la. Vou dar um susto nela.

Não pode ficar pior, certo?

— O que fez você finalmente mudar?

Ela suspira e se inclina contra sua grande mesa de mogno.

— Não sei. Acho que foram você, Kristin e Heather. Ou talvez seus pais? Era como se eu não quisesse decepcioná-los. Decepcionar minha mãe, por outro lado, era a única alegria que eu tinha na vida.

Eu sorrio, me lembrando. Houve momentos em que pensei que ela estava louca, mas, na maioria das vezes, era hilário ver Esther perder a cabeça. Nicole apertou todos os botões que a mulher tinha, e é claro que Ava é igual.

— Bem, Ava definitivamente está no mesmo caminho. E entendo que ela esteja com raiva por seu pai ter sido assassinado, eu também estou, mas não mereço ser seu saco de pancadas. Estou fazendo o melhor que posso.

Nicole coloca a mão no meu braço.

— Você está indo bem. Isso é apenas uma adolescente sendo babaca. Ela está chateada com o mundo. Ela amava Peter e ele estava zangado com ela no dia em que foi baleado. Imagine esse fardo pesado que ela está carregando, Danni.

— Ele a amava. Ela sabe disso.

— Ela sabe? Ela não pode perguntar a ele. Tenho certeza de que uma parte dela entende, mas ela está chateada e você é a única pessoa que sobrou que é obrigada a amar sua falta de respeito.

— Eu sou mesmo? — Estou brincando.

Nenhuma falta de educação confunde o amor que sinto por minha filha. Só queria que ela não fizesse ser tão difícil gostar dela.

Nicole dá de ombros.

— Minha bússola moral quebrou há muito tempo, eu não iria por mim. Se meu filho acabar sendo alguma coisa parecido comigo, vou vendê-lo pelo maior lance.

Ela está falando bobagem. Para toda a porcaria que inventa, seu coração é dez vezes maior. Ela ama as pessoas ao seu redor mais do que qualquer um de nós poderíamos merecer. Apareci em seu escritório e ela cancelou um cliente porque eu não conseguia me controlar. Esse cliente poderia ter sido seu marido, mas ainda assim.

— Bem, eu tenho uma adolescente sem qualquer custo — ofereço, apenas parcialmente brincando.

— A sua está com defeito. Se quer que alguém pegue a mercadoria, precisa vender melhor o produto.

— Idiota.

— Tanto faz. — Nicole inclina a cabeça. — Mas vou falar com ela hoje. Talvez levá-la para jantar e dar um tapa nela, já que ninguém pode chamar o conselho tutelar para mim, e trazê-la de volta com uma nova atitude brilhante.

Se ao menos funcionasse assim.

— Eu aprecio sua tentativa — declaro e, em seguida, olho pela janela.

Nada que qualquer uma de nós disse a Nicole alguma vez mudou suas atitudes, então não acho que ela será capaz de fazer Ava parar de fazer merda também. Então, novamente, ninguém realmente foi capaz de resistir a Nicole, então talvez haja esperança, afinal.

— Olha, não posso prometer nada, mas entendo onde Ava está agora.

Meus olhos encontram os dela.

— Com raiva?

Ela acena com a cabeça.

— Quando meu pai foi embora, eu fiquei puta da vida! Eu o odiava, odiava minha mãe e a garota que o tirou da minha mãe. O fato de ele não se importar comigo tornou fácil agir como uma idiota total. Ava também perdeu o pai também, e não está conseguindo lidar com isso.

Eu tentei de tudo para que ela se abrisse e Nicole sabe disso. Eu a levei para aconselhamento e passei tempo com ela, só nós duas. Meus pais até tentaram, e ela se recusa a ceder um centímetro.

Na conselheira, ela literalmente ficou sentada e se recusou a falar. Recebi uma conta de terapia de duzentos dólares e nenhuma palavra foi dita.

— Simplesmente não sei mais o que fazer. Sinto que perdi os dois no dia em que Peter foi assassinado.

Nicole pega minha mão.

— Vou falar com ela.

Eu a aperto.

— Obrigada.

— Você sabe, Heather pode ser uma boa também. Seus pais também foram mortos, e talvez ela possa te dar alguma luz sobre como chegar até a Ava.

Eu concordo.

— Tem sido difícil para Heather — digo. — Ela suportou tantas perdas. Odeio pedir a ela para sequer tocar em alguma das minhas.

— Você é uma idiota.

— Ei! — protesto.

— Sério. Você acha que Heather se importa? Ela quer estar ao seu lado, Danni. Você empurrou todo mundo para essa amizade superficial nos últimos dezoito meses. Kristin mal fala com você, Heather liga e você não atende, e a única razão pela qual você fala comigo é porque não dou a mínima para limites. Você tentou me afastar, mas não vou deixar. Eu não sou legal como elas e não vou te dar espaço. Sei que você só está usando isso como uma desculpa grande e gorda para fugir e se esconder.

Fico de pé, pronta para lutar.

— Vai se foder!

— Não, obrigada, sou uma mulher casada.

Toda a raiva que eu tinha se esvai quando ela fica ali parada com um sorriso, e eu começo a rir.

— Meu Deus, eu odeio você às vezes.

— Não estou tentando te machucar. Você sabe disso, certo?

Olho para minha amiga e aceno com a cabeça.

— Eu sei.

Nicole se aproxima.

— Não posso começar a imaginar o que você passou. Perdi Callum por uma semana e pensei que ia desmoronar. Saber que nunca mais o veria de novo me destruiria. Então, não vou ficar aqui como uma idiota e dizer a você como viver, mas, eu te pergunto, você está vivendo?

Não tenho a resposta para isso. Acordo, funciono, sobrevivo, mas estou com raiva. Estou zangada com o pedaço de merda que roubou o meu marido. Estou furiosa por não termos respostas porque o sistema de justiça do qual Peter fazia parte continua a falhar comigo. Sinto uma raiva profunda pelo fato de que somos nós que sofremos por causa de tudo isso.

Eu perdi meu marido.

Meus filhos perderam o pai.

Nossas vidas inteiras foram alteradas por causa de outra pessoa.

Alguém que ainda não foi levado à justiça por seu crime.

Se isso é viver, então não, eu não estou vivendo.

— Estou fazendo o melhor que posso — garanto.

— Callum disse que ofereceu a você a antiga posição de seu irmão? — ela pergunta, mudando de assunto.

Nicole me observa e eu a encaro. Sei que ela vai me dizer que eu deveria aceitar. Que Parker já tem idade suficiente para ter sua mãe de volta ao mercado de trabalho, e ela está certa. Não é por causa dele ou de Ava, mas porque não sei se estou emocionalmente estável o suficiente para fazer o trabalho.

Depois de outro segundo, o lábio de Nicole se transforma em um sorriso lento e seus olhos rolam.

— Não me olhe assim — eu a advirto.

— Assim como?

— Assim.

Ela encolhe os ombros.

— Estou supondo que você formou alguma desculpa de baixa qualidade para o porquê vai recusar?

Nicole sabe que eu já tive aspirações. Estava construindo um império enquanto Ava usava fraldas. Vendia muitas casas, conseguia contatos em todos os lugares e me preparava para lançar minha própria agência imobiliária quando ela estivesse na escola. Em vez disso, Peter me implorou para ir mais devagar, porque estava prestes a se tornar sócio. Seu número de casos estava crescendo, e isso significava menos tempo em casa. Teria dado certo, mas Ava ficava muito doente quando bebê, e entrava e saía do hospital. O que significava que alguém tinha que cuidar dela. Em outras palavras, eu.

Agora tenho que cuidar de Ava, Parker e de mim mesma, sem o benefício de uma carreira.

— Na verdade, não.

— Não o quê?

— Não decidi recusar — eu a informo, me inclinando contra a mesa ao lado dela.

Nic sorri.

— Sério?

— Acho que sou péssima em tudo mais na minha vida, poderia muito bem ter uma coisa em que eu possa arrasar. Além disso, Ava vai começar a faculdade em breve, se não estiver grávida ou na cadeia. — Suspiro. — O dinheiro do seguro de vida vai precisar ir para lá ou para um carro. Faz sentido aceitar uma posição melhor.

Sua cabeça se move para cima e para baixo lentamente.

— Estou impressionada. Apostei um mês de boquetes que você não aceitaria.

— Você realmente não precisava me dizer isso.

— Está tudo bem, eu vou cumprir meu castigo como uma campeã: com a bunda.

— De verdade, não precisava ouvir isso.

Nicole ri.

— Callum gosta quando...

— Para! — Eu bato no braço dela. — Ele é meu chefe e eu realmente não preciso das imagens de você e ele na minha cabeça quando tenho que convencê-lo a fazer algo em uma reunião.

— Bem, estou feliz por você. — Ela me cutuca.

— Obrigada. — Nós nos sentamos por um minuto e refletimos sobre como nossas vidas estão diferentes. Ela está casada, tem um filho, e é como se tivéssemos trocado de lugar. Eu era casada, com filhos, feliz, e agora estou solteira e tentando encontrar meu lugar neste mundo. — Tudo bem. Estou indo para o escritório agora para contar ao seu marido.

Ela beija minha bochecha e se levanta.

— Vá chutar alguns traseiros e o da sua filha também esta noite.

Aqui está a esperança de que ela chute na direção certa.

— Eu aceito o cargo.

— Brilhante. — Callum sorri. — Pensei que você faria isso mesmo.

— Gostaria de discutir a possibilidade de trabalhar em casa um dia por semana, se necessário. Se Parker ficar doente ou...

Callum levanta a mão.

— Eu sei aonde você quer chegar com isso, e minha adorável esposa tornaria minha vida bastante difícil se eu tornasse a sua miserável. Realmente espero você no escritório com mais frequência do que nosso acordo atual, no entanto. Essa parte eu não posso negociar, mas entendo que sua situação é única.

— Claro — concordo. — Sei que esta nova posição significa uma carga de trabalho maior. Estou disposta e pronta para lidar com isso.

— Maravilhoso.

O aumento financeiro tornará minha vida cem vezes mais fácil. Nós nos saímos bem no ano passado, mas o dinheiro vai rápido quando se está gastando muito e ganhando pouco. Agora, terei um fluxo constante, o que me permitirá reabastecer algumas das economias que usei.

— Tudo bem então, você vai precisar contratar um assistente para lidar com as tarefas menores nas quais eu não preciso mais de você trabalhando, e terá total autoridade para substituir qualquer pessoa que não ache que seja uma boa opção para a sua divisão.

E bem assim, me sinto diferente.

Eu não sou de meia-tigela. Não estou me reconstruindo do zero. Sou a dona desta maldita montanha e pretendo fazê-la erguer-se da terra.

— Eu vou tratar logo disso. Obrigada, Callum.

Ele se levanta, estendendo a mão.

— Não precisa agradecer. Você é a pessoa certa para o trabalho.

Aperto sua mão e começo a trabalhar.

A equipe não precisa ser mexida neste momento, mas o fato de eu poder mexer, se precisar, fala muito. O que é uma droga é que não estou substituindo alguém que trabalha no escritório há meses. Por outro lado, não tenho que assumir o lugar de ninguém. Posso fazer desta posição exatamente o que quero que ela seja.

Algumas horas se passam. Falei com a nossa gerente de recursos humanos, analisei uma dúzia de solicitações para assistentes e devolvi a ela minhas principais opções. No geral, estou indo bem... até eu verificar meu e-mail.

Puta merda.

Que diabos?

Em quatro horas, recebi mais de duzentos e-mails.

Começo a passar por todos eles quando meu telefone toca.

— Olá?

— Boa tarde, é a Sra. Bergen? — a doce voz açucarada pergunta.

— Ela mesma.

— Aqui é a Sra. Crenshaw, da escola de Ava. Estávamos ligando porque ela não apareceu no sétimo período, mas não foi marcada como ausente no dia.

Fecho os olhos e aperto a ponta do nariz.

— Isso significa que ela matou aula.

Essa garota vai para a escola militar nesse ritmo.

A Sra. Crenshaw suspira.

— Temo que sim. Sei que ela está com um pouco de dificuldades este ano, mas ela terá consequências disciplinares.

— Bom — digo, esperando que ela se importe um pouco com isso. Embora, eu não acho que ela se importe com nada nesse ritmo. — Só não a suspenda. Dê a ela um mês de detenção no sábado ou lição de casa extra, mas dar a ela uma folga da escola parece um pouco contraproducente, não acha?

Eu nunca entendi isso. Se você matar aula e eles te suspenderem, então o aluno ganha. Sou a favor de fazê-la sofrer neste momento. Ela já perdeu o telefone e os privilégios de sair. Não há muito mais que eu possa tirar, além da minha sanidade.

— Vou falar com o vice-diretor sobre as suas preocupações.

— Obrigada. Eu pretendo lidar com ela em casa também.

— Boa sorte. — Ela ri baixinho.

Deus sabe que eu preciso disso.

Capítulo 3

DANIELLE

— Você não se importa comigo de qualquer maneira! — Ava grita, quando tiro a televisão do quarto dela.

— Não. Eu com certeza não me importo — concordo, continuando a andar.

Ela faltou à escola, e não vai ganhar nada. São necessidades básicas para essa garota. Tentei a rota da civilidade. Perguntei a ela o motivo, o que estava acontecendo, se eu poderia ajudar, mas ela me disse para ir para o inferno. Então, ela vai descobrir como é o inferno e passar algum tempo lá ela mesma.

— Eu te odeio!

Eu me viro e aceno com a cabeça.

— Então estou fazendo meu trabalho. Você vai aprender que a vida é uma porcaria, Ava. Regras, decepção e tragédia fazem parte do que lidamos diariamente. Não é um passe livre para agir dessa maneira. Se você está irritada porque alguém matou seu pai, você deveria estar. Pode sentir tudo isso, mas de uma forma saudável. Fugir da escola, beber, fumar e qualquer outra coisa que você esteja fazendo não são as escolhas certas. Faça escolhas melhores e poderá ter os seus privilégios de volta.

Ava provavelmente ouviu um décimo disso e depois me desconectou, mas me sinto melhor por ter falado.

Mando uma mensagem de texto para Kristin.

> Eu: Boa sorte quando Finn se tornar adolescente.

> **Kristin:** Ava sendo uma pirralha de novo?

> **Eu:** De novo? Quando ela parou?

> **Kristin:** É por isso que nós temos dois filhos. O primeiro nós fodemos tudo e depois corrigimos os erros com a segunda criança. Parker é a sua segunda chance.

Ela é tão estúpida.
Ou talvez ela seja brilhante.

> **Eu:** Nicole vai falar com ela.

> **Kristin:** Você acha que a Nicole é a melhor para dar conselhos? Você está bêbada?

> **Eu:** Desesperada.

 Neste ponto, eu aceitaria a ajuda de qualquer um. Meus pais partiram para um cruzeiro de dois meses e uma excursão terrestre pela Europa. Os pais de Peter são inúteis. Quando ele morreu, aos olhos deles, nós também morremos. Eu sou a garota que engravidou, o forçou a se casar e roubou o filho deles. Sempre fui o anti-Cristo, só que agora eles não precisam mais fingir. E minha irmã, Amy, mudou-se para o Brasil com o novo marido. Estou praticamente sozinha.

— Mamãe? — A voz doce de Parker quebra o silêncio.

— Oi, amigo. — Abro os braços e ele não hesita.

Parker sobe e se encaixa perfeitamente ao meu lado.

— Acha que o papai pode me ouvir quando eu rezo?

Eu olho para ele, tentando controlar o meu choque.

— Eu certamente espero que sim.

Seus olhos se enchem de lágrimas não derramadas.

— Sinto a falta dele.

— Eu também.

— Por que ele foi para o céu? — pergunta Parker.

Porque um babaca egoísta não quis se declarar culpado de um crime que ele cometeu e decidiu matar seu pai por forçar o acordo.

Eu dou a ele a versão mais suave.

— Às vezes, as pessoas que nós amamos são necessárias como anjos.

Ele deita a cabeça no meu ombro e suspira.

— Gostaria que Deus o deixasse ficar.

— Eu também, Homem-Aranha. Eu também.

— Por que você me chama assim? — pergunta, com um sorriso espertinho.

Sorrio de volta para ele. Ele adora esta história e eu adoro contá-la.

— Bem, quando descobrimos que teríamos um bebê, seu pai quis te dar um nome superlegal e eu não gostei do nome Peter. — Nós dois damos risadinhas. — Eu estava brincando sobre todos os nomes malucos que ele continuava sugerindo, como Hulk e Ironman. — Arregalei os olhos. — Tentando fazer o papai rir, eu disse: claro, por que não o chamamos de Peter Parker?

— E ele disse Homem-Aranha!

— Sim, ele disse. — Faço cócegas nele. — Então, eu amei meu Peter e amo meu Parker.

— Eu te amo, mamãe.

Minha garganta seca e luto contra as lágrimas.

— Eu amo você e a Ava com todo o meu coração.

Agradeço a Deus que Parker não se lembra de como a vida foi difícil depois que ele nasceu. Tudo o que ele saberá é que seu pai o amava. Ele será capaz de guardar isso no peito, enquanto Ava vai se lembrar de quanto Peter e eu brigávamos, principalmente sobre o garotinho em meus braços.

Peter o amava, mas as finanças estavam apertadas e eu precisava voltar ao trabalho, mas queria dar ao nosso filho a mesma atenção que Ava recebeu. Com essa escolha, vieram sacrifícios para a vida que estávamos vivendo, e eu estava disposta a fazê-los, mas Peter não. Ele queria carros novos, uma casa maior e que Ava ficasse na escola particular. Juntamente com isso, e o primeiro ano de cirurgias de lábio leporino de Parker... nós quase nos separamos.

Parker e eu nos sentamos assim, e penso em todas as coisas pelas quais ele sentirá falta de ter seu pai por perto. Meu coração dói novamente.

Eu vou ter que o ensinar a jogar bola, o que provavelmente será mais algo como ele me ensinando. Quando ele começar com as coisas nojentas, vou ter que encontrar uma maneira de passar por isso, sem ter a menor ideia sobre coisas de garotos. A única coisa que realmente posso fazer melhor é a parte das meninas. Peter não era exatamente suave ou romântico, então espero que Parker me deixe guiá-lo até lá. Deus sabe que os meninos são burros quando se trata de mulheres.

Uma batida na porta quebra o doce momento que eu estava tendo com meu bebê. Ele pula para cima e corre para a porta, abrindo-a, comigo de pé atrás dele.

— Tia Nicolle!

— Rua Parker!

Reviro os olhos.

— Pare de tirar sarro do nome dele.

— Você que escolheu — ela joga de volta.

— E o nome do seu filho é melhor?

Ela encolhe os ombros.

— Colin é um ótimo nome.

— Assim como o cólon, cheio de resíduos. — Dou um sorriso malicioso.

— Muito maduro — Nicole fala, inexpressível.

— Parker — digo. — Você pode ir assistir TV na sala de jogos, por favor?

Ele balança a cabeça em acordo e sai correndo. Ele normalmente não assiste a essas coisas nos dias de semana, mas não o quero por perto quando sua irmã começar seu discurso.

— Obrigada por isso — eu digo a Nicole.

— Não me agradeça ainda. Não tenho a menor ideia se alguma coisa vai fazer a diferença. — Ela aperta meu braço e se dirige para a zona de explosão.

Nicole parecer estar lá há uma vida inteira. Ando de um lado para outro, verifico Parker duas vezes, e então não aguento mais a espera. Com meu ouvido pressionado contra a porta, tento escutar qualquer coisa. O que eu ouço, porém, não é o que estava esperando.

Risada.

Muita risada.

O que diabos é tão engraçado? Nicole deveria ser meu apoio para domar a fera, não rir com ela.

Encaro a madeira, desejando que eu tivesse visão de Raio-X, porque certamente minha audição está errada.

Antes que eu possa registrar o que está acontecendo, a porta se abre e Nicole está praticamente cara a cara comigo.

— Oi. — Ela sorri.

— Oi, eu estava apenas...

— Claro que você estava — Nic me corta e se vira para Ava. — Não esqueça o que eu disse, ok?

— Eu não vou. Obrigado, tia Nic. — Os lábios de Ava se transformam em um sorriso. Algo que não vejo há meses. Algo que pensei que a garota esqueceu como fazer, já que é tão raro. Mas aqui está ela, um pequeno vislumbre da garotinha que uma vez foi feliz.

A menina que eu sinto falta mais do que tudo, e que moveria céus e terra para ter de volta.

A noite passada terminou com Nicole me dizendo absolutamente nada de valor. Basicamente, minha filha não prometeu nada a ela e estou ferrada. Sou grata por ela ter tentado, e pelo menos Nicole foi capaz de levar para casa a conversa sobre sexo seguro, então não serei avó antes dos quarenta.

Quarenta.

Só essa palavra soa como uma maldição.

Puxo o espelho da gaveta do meu escritório e olho para o meu rosto. Meu cabelo castanho-escuro é longo e provavelmente a única coisa boa sobre mim agora. Graças a ter um pouco de ondas naturais, ele recai em cachos perfeitos nas minhas costas. Meus olhos também não são ruins, o azul parece dissuadi-los das bolsas que agora estão cobertas com corretivo. O resto, porém... argh. Linhas que não estavam lá semanas atrás agora estão se formando, minha pele está um pouco flácida e pareço cansada. Foda-se ficar velha. É uma merda.

Honestamente, eu lidaria com as rugas e seios caídos se pudesse espirrar sem fazer xixi. É ridículo eu me preocupar tanto em tossir, rir, ou qualquer coisa me assustar, porque não quero usar fraldas geriátricas ainda.

— Sra. Bergen, sua entrevista das dez horas está aqui — a recepcionista fala.

— Mande-a entrar, Staci — instruo.

Tive uma entrevista hoje cedo que não vai receber uma ligação de volta. Não sei se ela poderia fazer aquele cérebro funcionar, quanto mais ser meu braço direito.

Quando a porta se abre, dou um passo para trás.

Lá está um homem alto com cabelos escuros, olhos verdes e cílios pelos quais qualquer mulher morreria. Ele usa um terno caro que corta seu corpo perfeitamente. Seus olhos percorrem meu corpo e me sinto nua, mesmo estando totalmente vestida.

Esta não é a recém-formada que viria para uma entrevista.

Limpo a garganta.

— Posso ajudar?

— Com certeza pode. — Seu sotaque britânico enche o ar. Meus olhos se estreitam quando ele dá um passo à frente. — Você pode sair do meu escritório, querida.

— Com licença?

— Você está na minha cadeira.

Staci olha para mim e depois se encolhe.

— Chame a segurança, Staci — falo para ela. — Sinto muito, senhor, mas vou ter que pedir que vá embora.

O homem se senta na cadeira, jogando uma perna sobre a outra.

— Eu não vou a lugar nenhum, mas você pode ficar à vontade e ligar para o dono. Diga ao cretino que estou aqui para o meu trabalho.

E então me atinge. Os olhos são da mesma cor que os de Callum. Só que ele tem um cabelo escuro bonito e grosso, mas então o sotaque... Eu sei exatamente quem é esse e por que ele está aqui.

Milo Huxley veio atrás do seu trabalho — bem, do meu trabalho.

CAPÍTULO 4

MILO

— Seu trabalho? — pergunta, seus olhos azuis arregalados.

— Eu pedi para falar com o Vice-presidente Sênior de Aquisições e Logística. — Olho de volta para a porta em busca do nome dela, mas está faltando.

— Bem, sim, porque esse não é o *seu* trabalho, já que te trouxeram para me ver. — Ela cruza os braços sobre o peito amplo.

Deixo cair a perna e sorrio debochado para ela. Ela não parece nem um pouco incomodada por eu estar aqui ou confusa sobre quem eu sou.

— Você sabe quem eu sou?

— Sim, Callum falou de seu irmão e de como ele não voltaria para sua posição.

Eu me levanto, estendendo a mão.

— Milo Huxley, e você é?

— Danielle Bergen, Vice-presidente Sênior de Aquisições e Logística. Atrevida.

Ela coloca a mão na minha com um aperto de mão firme.

— Bem, Danielle, vou me certificar de dizer ao otário do meu irmão que ele pode te dispensar de seus deveres.

— Por que não falamos com ele juntos? — sugere.

Eu gosto da ousadia dela. Uma mulher assertiva em uma sala de reuniões é sexy como o inferno. O que não é quente é o anel no dedo dela. Mulheres casadas são meu limite rígido. Já fiz isso uma vez e prefiro não repetir meus erros. Não há "bom dia" melhor do que um homem com uma espingarda.

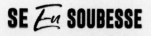

— Claro, querida, vamos falar com Callum e resolver essa bagunça.

Ele claramente vai escolher alguém que é seu carne e sangue em vez de alguma estadunidense. Cal é pragmático, na melhor das hipóteses. Além disso, nossa mãe vai intervir. Ninguém mexe com seu bebêzinho, nem mesmo meu irmão. Bem, meio-irmão, mas não o culpo pelo fato de seu pai ser um babaca.

Eu a deixo liderar o caminho, olhando para sua bunda enquanto ela caminha na frente. Danielle é exatamente o tipo de mulher que me atrai. Pernas longas, cabelos castanho-claros, olhos profundos e cheios de alma. Eu sou um idiota, mas não um que ficaria com a esposa de outro homem conscientemente. Se eu fosse estúpido o suficiente para me casar, mataria o bastardo que tocou no que era meu. Mas isso não me impede de apreciar a vista.

Nós caminhamos em silêncio, mas posso sentir a tensão saindo dela.

— Você tem trabalhado no meu cargo por muito tempo? — pergunto, e fazemos nosso caminho pelo corredor.

Ela tenta mascarar suas emoções, mas falha miseravelmente.

— Por tempo suficiente.

— Sério? — Eu sorrio, deixando-a saber que não acredito na mentira.

Ela para.

— Ouça, eu trabalhei duro para esta posição e não vou deixar você entrar aqui e tirar isso de mim. Apenas um aviso. Não me importo com quem você é, este é o meu trabalho.

Eu gosto dela. Admiro uma mulher que luta nos negócios. É sexy pra caralho.

— Anotado.

Estendo meu braço, a convidando a ir em frente e bater na porta.

— Sim? — a voz de Callum chama pela porta.

Meu irmão não faz ideia de que estou aqui. Achei que seria muito mais divertido aparecer do nada na frente dele. Nós não nos falamos desde que ele enfiou o pau entre as pernas e correu para os Estados Unidos para se casar com sua esposa. Infelizmente, perdi o casamento deles enquanto estava com... Qual era o nome dela? Sally? Samantha? Não, Sandra. Eu estava com Sandra na Itália, o que tenho certeza de que ele vai me dar um sermão a respeito. Minha mãe já me deu uma bronca também.

A porta se abre e eu gostaria de estar filmando isso. Seu rosto não tem preço.

— Olá, irmão. — Sorrio, dando um passo à frente.

— O que você está fazendo aqui, Milo? — pergunta.

— Bem, parece que você deu meu trabalho para esta linda criatura aqui, e eu vim para te salvar, babaca.

Callum é um empresário astuto, sem dúvida, mas não tem visão quando se trata de propriedade. A razão pela qual ele se deu bem com seus investimentos na Inglaterra foi por causa de como eu abordei cada aquisição. Vi o que poderia ser e assegurei que se tornasse isso. Não importa o que ele pensa de mim pessoalmente, não há como negar que eu era bom no meu trabalho.

Até que perdi a cabeça e mandei ele se foder.

— Me salvar? — Ele ri. — Parece que estou tendo problemas?

Seu sotaque com certeza parece.

— Bem, vejo que você está retornando às suas raízes americanas. — Sorrio, sabendo que isso vai irritá-lo.

Ele fica de pé.

— Você nos daria licença, Danielle?

Ela o estuda por um momento e então seus olhos encontram os meus. Dou uma piscadinha, porque sou um homem arrogante, e percebo o estreitamento de seus olhos.

— É claro. Estarei no meu escritório.

Não por muito tempo, querida.

Ela sai e o ar na sala fica mais denso. Meu irmão e eu sempre tivemos um relacionamento complicado. Ele é quase seis anos mais velho do que eu, e odiava que mamãe me amasse mais. Mesmo que esse não fosse o caso. Minha mãe era mais dura comigo, sempre me comparando com seu precioso Callum. Lembrando-me de que eu era o filho fodido, mesmo que olhar para ele fosse difícil para ela às vezes.

O pai de Callum era americano e eles se conheceram quando ela estava de férias na Flórida. O relacionamento deles foi breve, mas acabou com ela grávida. Ele enviava um cheque mensal como pagamento por sua dor.

Meu pai apareceu quando Cal não tinha mais de dois anos, o criou como se fosse seu, e meu irmão adotou seu nome quando eles se casaram.

Mas Callum sempre me odiou por ser um verdadeiro Huxley.

Também fiz minha parte para enfiar ainda mais a faca.

— Então, você pode demiti-la agora ou ela pode ser minha assistente, se você preferir — sugiro, me jogando no sofá em seu escritório. — Qualquer um é aceitável.

— Eu posso?

— Tenho certeza de que ela fez um bom trabalho, mas vamos ser honestos... Eu sou seu irmão.

— Sim — Callum concorda, dando a volta em sua mesa. — Você é. Meu irmão egoísta, irresponsável e inútil, que continua a agir como se todos neste mundo lhe devessem alguma coisa.

Nego com a cabeça.

— Tenho meu emprego de volta ou não?

Callum se senta, o queixo apoiado na mão.

— Não.

Fico de pé na hora.

— Como é que é?

— Você me ouviu.

— Eu vim para cá por você!

Ele ri.

— Nós estamos aqui há quase dois anos, Milo. Você desistiu um ano atrás, quando eu disse que ia me mudar para cá permanentemente. Se bem me lembro, você me disse para... — Ele olha para longe, como se estivesse tentando se lembrar. — Ah, sim, apodrecer na porra da minha empresa estúpida com a porra da minha esposa estúpida.

Não me lembro disso, mas também não nego.

— Eu estava bêbado.

— Você está sempre bêbado.

Reviro os olhos.

— Eu trabalhei duro para você. Construí esta empresa com meu sangue, suor e lágrimas, e então você foge para outro país sem nem mesmo um: "ei, Milo, eu quero que você administre o escritório de Londres e vou administrar o dos Estados Unidos". Não, em vez disso, você dá para o nosso primo idiota, Edward! Vamos manter às claras o motivo de isso ter acontecido.

Ele decidiu, não eu.

— Se é assim que você se lembra disso, você está errado. Você desapareceu, como sempre faz, atrás de qualquer modelo que estivesse querendo, deixando esta empresa lidar com sua ausência! Independentemente disso, você não pode marchar de volta para cá agora e exigir seu emprego de volta.

— Você não pode me dizer que ela está fazendo um trabalho melhor do que eu faria.

Callum bufa, como o idiota que ele é.

— Ela está fazendo mais do que você jamais vez fez. Ela aparece no trabalho, já para começar.

— Eu sempre apareci — digo. — Quando era realmente importante!

Ele ri.

— Onde você estava no meu casamento? Você conheceu seu sobrinho? Inferno, você sequer sabe o nome da minha esposa?

Tento me lembrar. É Natália? Nancy? Não, não é isso. Não sou bom com nomes.

— Nicole! — grito, como se tivesse acabado de acertar uma pergunta de game show.

Ele não parece impressionado.

— Você partiu. Eu te substituí.

— Assim como seu pai, pelo que vejo. — Assim que as palavras saem da minha boca, eu gostaria de poder engolir outra vez. Callum não precisa dizer nada, porque seus olhos mostram sua mágoa. — Porra, Cal, me desculpe. Isso foi desnecessário. Eu sou... um otário.

Percebo que a minha felicidade veio com um custo para ele, mas estou pronto agora. Preciso do meu emprego de volta. Ser rude com meu irmão provavelmente não é a melhor ideia.

— Sim, você é — ele concorda. — Onde você esteve no ano passado?

— Eu tenho vivido.

Recuso-me a mostrar minha fraqueza a qualquer um, muito menos a ele. Eu nunca demonstro. Minha vida tem sido muito diferente da do meu irmão. Quando Callum tinha portas abertas para ele, elas se fecharam para mim, porque não tive que trabalhar duro o suficiente para as coisas. Minha mãe forçou Callum a se tornar um homem, mas eu fui protegido, porque ela tinha medo de "me perder também". Eu queria viver. Tinhas sonhos de me manter sozinho, mas mamãe tinha outras ideias. Em vez de me deixar viver, fui forçado a uma jaula. Meu irmão pode ter olhado para mim como um mimado, malcriado e idiota por direito, mas eu estava secretamente com ciúmes dele.

Ele nega com a cabeça.

— Bem, eu tenho mantido um negócio. Tenho criado uma família. Tenho me comportado como uma porra de um adulto, enquanto você está... o mesmo de sempre.

Esse dói um pouco.

— Eu estou aqui agora. Estou pedindo para você me dar outra chance.

Callum começa a andar de um lado para o outro pela sala.

— Não posso fazer isso de novo, Milo.

— Fazer o quê?

— Isso! — grita, com as mãos levantadas no ar. — Te socorrer uma e outra vez. É sempre a mesma história, apenas um cenário diferente. Não vou despedir a Danielle porque você decidiu que finalmente queria vir buscar o seu emprego de volta. Se fosse tão importante assim, você teria vindo comigo desde o início. Em vez disso, você fugiu, como sempre faz, e me deixou em um beco sem saída.

Se tudo fosse tão simples quanto Callum acreditava, nós não teríamos problemas no mundo. Ele não vê o que isso me custou, ele ir embora. Nós perdemos nosso pai quando eu tinha dezesseis anos. Callum era mais do que apenas um irmão para mim, e foi muito fácil para ele deixar Londres, por uma fodida garota.

— Então, você vai simplesmente me jogar fora? Sem-teto, sem emprego, em outro país?

— Você quer um emprego?

— Você é estúpido? Claro que eu quero um emprego.

Ele me olha com cuidado.

— No departamento de aquisições?

Ele realmente é lento.

— Você está brincando comigo?

— Não, de jeito nenhum. — Callum se move na minha direção, e de repente eu sinto que estão armando para mim. — Você está reintegrado, Milo. — Ele me dá um tapinha no ombro. — Vai ser assistente de Danielle.

CAPÍTULO 5

DANIELLE

— Meu assistente? — pergunto.

— Eu sei que não é o ideal, mas dou a ele três dias, no máximo. Ele nunca dura. Meu irmão é... bem, Milo.

Ótimo, então, basicamente, eu adotei um filho adulto. Argh. Não foi assim que planejei começar minha nova carreira na Dovetail. Eu queria provar meu lugar, não ser a babá do irmão do dono.

Sem mencionar que eu claramente sou péssima em cuidados paternais, se levarmos minha filha em consideração.

— Callum, não tenho certeza se isso vai ser uma boa ideia — digo, com um suspiro.

— Isso não é para te punir, se é o que pensa.

— Não — garanto, rapidamente. — Eu não penso assim, eu só...

— Eu esperava que você estivesse à altura do desafio. — Ele sorri.

Meus olhos encontram os dele e me endireito na cadeira. Sei o que ele está fazendo e, infelizmente, está funcionando. Eu não recuo. Enfrento as coisas de frente, especialmente nos negócios. Minha vida pode estar na merda, mas, aqui, eu posso comandar o que quiser.

— Eu posso, mas isso não é realmente um desafio, isso é pessoal — esclareço.

Ele concorda.

— É, mas estou oferecendo a você uma chance de colocar meu irmão mimado em seu lugar. Torná-lo seu cachorrinho. — Ele sorri.

— Você quer que eu faça da vida dele um inferno? — indago.

— Tanto quanto você conseguir.

Bem, isso eu posso fazer, mas ainda parece... errado.

— Ele é seu irmão, no entanto.

Minha irmã é a maior pé no saco do mundo, mas é minha irmã. É verdade o que dizem sobre irmãos: eu posso implicar com eles, mas é melhor ninguém mais ousar.

— Sim, mas ele sempre esteve no comando. Vai ser bom para ele ver o que é o trabalho no nível inferior.

Eu não posso realmente dizer não. A realidade é que Callum é meu chefe, e acabei de conseguir essa posição. Gosto de estar no meio de uma briga de família? Não, mas eu gosto de dinheiro. Gosto de trabalhar, de receber promoções, do carro da empresa e do acesso às casas de veraneio que a empresa possui. Então, vou engolir isso, e fazer o meu melhor para Milo se demitir e eu conseguir um assistente de verdade.

— Ok, se realmente quer que eu faça isso, você é o chefe.

Callum acena com a cabeça e eu me levanto.

— Obrigado.

— Sem problemas.

O que realmente quero dizer é: eu odeio isso.

Ando pelo corredor, rezando para que Milo já tenha desistido, mas não tive essa sorte. Ele está sentado lá no meu escritório com um bloco de notas.

Excelente.

Ele continua sentado e levo um minuto para me recompor. Se metade das histórias sobre Milo forem verdadeiras, estou completamente na merda. Ele é a versão masculina de Nicole, mas ela se controla quando se trata de trabalho. De acordo com algumas informações do escritório, ele não.

— Ok, então você é meu novo assistente, ao que parece — comento, atrás da minha mesa.

— Isso eu sou, embora tenha feito o seu trabalho por... oh, sete anos. — Ele dá um sorriso falso. — Mas meu irmão mais uma vez me subestimou. Não sugiro que você faça o mesmo, querida.

— Danielle ou Sra. Bergen.

— Diga novamente?

— Não me chame de querida. Eu sou sua chefe — aviso. Se eu não bater o pé e acabar com isso agora, vai piorar. Preciso de um assistente, e se esse é o cargo dele, ele vai começar a interpretar o papel.

— Oh. — Ele dá um sorriso malicioso. — Entendo, você é a chefe e eu sou o empregado. Gosto disso.

Eu gostaria que a voz dele não me desse vontade de suspirar e pedir para ele dizer outras coisas para eu poder ouvi-lo falar.

Por que um sotaque é como erva de gato para as mulheres?

Afasto o pensamento da minha cabeça.

— Sim, então, eu gostaria que você começasse a trabalhar em alguns projetos que temos por vir.

— Você está falando sério? — Milo pergunta.

— Por que eu não estaria?

— Você vai me obrigar a fazer tarefas insignificantes?

— Ao contrário de...

Ele começa a rir e dá um tapa na perna.

— Tudo bem, eu já entendi. Lição aprendida. Vou ser um bom menino a partir de agora.

Não tenho ideia do que diabos ele está falando.

— Como a Dovetail agora é uma empresa sediada nos EUA, você precisará preencher vários formulários e ir até o pessoal. Vou deixar algumas coisas na sua mesa para quando você voltar.

O rosto de Milo cai quando ele percebe que não estou brincando. No entanto, ele se levanta e vai até a porta.

— Milo — chamo sua atenção.

Seus olhos encontram os meus e posso sentir a raiva rolar dele. Em vez de recuar, me afirmo ainda mais como o alfa em nosso novo relacionamento.

— Certifique-se de fechar a porta ao sair. Eu tenho muito trabalho para fazer.

— Isso vai ser divertido para nós dois. — Ele sorri e sai pela porta, fechando-a atrás dele.

Depois de um segundo, solto uma respiração pesada e fecho os olhos.

— Sim, muito divertido.

Sirvo um copo de vinho, bebo tudo de uma vez, e encho-o novamente. Depois do dia que tive, eu deveria pegar um canudo e beber da garrafa, mas vou manter a classe por enquanto.

Agora são nove da noite. Parker está dormindo, e Ava está me dando o tratamento do silêncio, que é como um presente de Deus. Prefiro ter paz e sossego do que ela gritando agora.

Ligo a televisão e enfio outro pedaço de pizza na boca. Calorias não contam em dias como este. Amanhã, vou passar uma hora na academia para compensar meu colapso de hoje.

Estou passando pelos canais quando alguém bate na minha porta.

Que diabos?

Abro a porta e vejo Richard Schilling, o sócio de Peter na firma, diante de mim.

— Danielle. — Ele sorri.

— Richard, está tudo bem? — pergunto, olhando para o que estou vestindo, desejando não parecer uma bela bagunça.

— Sim, desculpe não ter ligado primeiro, mas vi as luzes acesas e pensei que seria melhor pessoalmente.

Não vejo Richard há meses. Quando meu marido foi assassinado, eu descobri que todos queriam ajudar. Eles vinham com comida, cortavam a grama, consertavam a veneziana que caiu ou se ofereciam para levar Parker aos escoteiros porque... eu perdi essa pessoa. Então, eles gradualmente pararam de ligar ou aparecer. As vidas deles seguiram em frente com suas próprias famílias, e nós fomos esquecidos.

Eu entendo.

Não guardo rancor deles, porque, quando nosso vizinho faleceu, foi a mesma coisa. Eu levava caçarolas, costurava uma fantasia ou qualquer coisa para ajudar, mas isso se tornou uma reflexão tardia com o passar do tempo.

— Sim, claro — afirmo, abrindo a porta. — Entre.

Ele entra, e posso imaginar seus pensamentos sobre a casa. Está uma bagunça, mas não dou a mínima. Eu estou uma bagunça. Meus filhos estão uma bagunça. É apenas justo que a casa também esteja em desordem. Estou fazendo o melhor que posso e foda-se qualquer um que me julgue.

— Você gostaria de algo para beber? — pergunto.

— Não, não, obrigado. Como vocês estão indo?

Dou de ombros.

— Estou fazendo funcionar.

Alguns meses atrás, decidi parar de dizer a todos o que eles queriam ouvir sobre como estamos indo. A verdade é feia, mas é real. Ninguém está indo muito bem depois de perder o marido como eu perdi. Sim, você encontra um "novo normal", mas há um vazio que nunca será preenchido. Essa é a realidade, e não dou a mínima se isso me faz parecer fraca. Estou mantendo minha família unida com fita adesiva e goma de mascar no momento.

— Lisa mandou cumprimentos — ele acrescenta.

— Diga a ela que nós dissemos olá também.

Conheço o Richard há muito tempo. Ele é um advogado implacável que sempre teve grandes planos para sua vida. Com Peter ao seu lado, eles eram uma equipe imparável. Agora, parece que ele preferia estar no tribunal tentando defender um assassino do que aqui. Ele muda seu peso para frente e para trás, agarrando o pescoço.

— Richard — digo, depois de alguns momentos de silêncio constrangedor. — O que está acontecendo?

Ele olha para mim e o vejo entrar no modo advogado. Por mais triste que pareça, eu senti falta desse rosto. Peter faria o mesmo, e já faz um tempo desde que eu vi isso.

— Já marcamos a data do julgamento.

— Oh — solto, um pouco surpreendida. Foi adiado duas vezes e eu empurrei tanto isso para o fundo da minha mente que quase esqueci. — Quando?

— Em duas semanas.

— Em breve — noto.

Meu peito está apertado quando penso em tudo isso sendo trazido de volta para a frente. O julgamento deveria ser uma forma de encerramento, mas vou ter que lutar contra a dor para chegar lá.

— Pedimos ao tribunal para sermos liberados da defesa dele, mas ele contestou.

Minha cabeça balança para trás.

— O quê? Quer dizer que vocês vão defender o homem que matou o Peter?

Richard caminha em direção ao sofá e batuca na mesa de madeira.

— O juiz ficará do nosso lado, considerando as circunstâncias.

— Eu não entendo — digo, rapidamente. — Como diabos isso sequer é possível? — Minha voz está à beira de algo frenético. Nada disso faz algum sentido.

— O assassino de Peter era meu cliente, não dele. Ele estava de retentor e Peter estava ajudando quando eu já estava preso em outro julgamento. Então, há muita porcaria burocrática, mas nós temos que pedir ao tribunal para sermos liberados de sermos os advogados.

Solto uma respiração pesada e lágrimas enchem minha visão.

— Mas isso pode ser negado, certo?

— Bem... sim, mas não vai, Danni.

Como ele sabe disso?

— Por que ele iria querer que você fosse seu advogado? Isso parece tão estúpido.

— E é — Richard diz. — É por isso que não estamos preocupados com isso. A questão é que tudo o que ele disse está vinculado ao privilégio advogado-cliente. Eu não posso... contar mais a você... mas há uma razão pela qual ele quer que eu fique. Isso pode comprometer o caso dele e, se ele me mantiver, não posso testemunhar.

— Então, eu poderia ter que ir àquele tribunal e ver você sentado ao lado do homem que atirou e matou meu marido, seu parceiro e melhor amigo, a sangue frio?

— Danielle. — Ele toca meu braço. — Nenhum juiz vai fazer isso. Eles não vão... nós... nós estamos fazendo o que podemos para garantir que isso não aconteça.

Começo a me mover, precisando trabalhar alguns dos meus sentimentos em excesso. Isso não pode ser real. Se for mesmo uma possibilidade, eu nunca serei capaz de lidar com isso. Se Richard não achasse que havia alguma chance real, ele nunca me diria. Uma forte sensação de traição me preenche.

— É isso! É por isso que ele está morto! Porque vocês ajudam *criminosos*. Pessoas que são assassinos, estupradores, pedófilos e só Deus sabe o quê porque — coloco os dedos para cima e faço aspas no ar — é aqui que está o dinheiro.

— Eu não estou tentando te chatear, só queria te dar todas as informações.

Isso é surreal.

— Então, o que acontece se o juiz te obrigar a fazer isso?

— Isso é altamente improvável — ele fala, assim que termino.

— Mas é *possível*, não é?

— Claro, é possível, mas não provável. Por favor, acalme-se.

— Então por que me dizer? — jogo de volta.

Ele passa a mão pelo cabelo.

— Porque, se de fato acontecer, não quero que você seja pega de surpresa.

Não consigo nem imaginar o que aconteceria se fosse assim. Tento me acalmar, mas minha imaginação corre solta. Imagino Richard sentado ao lado do assassino do meu marido, encontrando uma maneira de livrá-lo com alguma besteira técnica, porque ele é bom a esse ponto. Seria horrível ver alguém, o padrinho da minha filha, defender o assassino do pai dela.

— Se isso acontecer...

— Não vai — Richard tenta me tranquilizar. — Neste momento, nós precisamos ir ao juiz, porque o cliente está apelando. Como eu disse, sei de coisas que tenho certeza que meu cliente quer que sejam protegidas.

— Assassino — corrijo.

Richard me olha, confuso.

— Quando você chama alguém de cliente, ou suspeito, você o humaniza. Ele não é um humano para mim. Ele é um monstro. Não estamos apenas supondo que esse cara fez isso, Richard. Ele entrou no escritório de advocacia de vocês, viu meu marido em sua mesa, atirou nele e foi embora. Estava na câmera. Nós vimos o rosto dele. Ele não é um cliente, ele é um assassino. Chamá-lo de qualquer coisa menos do que isso é um insulto para mim, meu marido e nossos filhos.

Não sou uma pessoa sem coração. Tentei a minha vida inteira ver o lado bom dos outros e ser tolerante. Há algumas coisas que ninguém pode perdoar.

— Sinto muito, Danni, eu realmente sinto. Isto é... algo confuso para a empresa.

Mais uma vez, sou lembrada das coisas que odiava no trabalho de Peter. No meu mundo, há o certo e o errado. Aqueles que erram deveriam ser punidos, mas o trabalho de Peter era pegar os fatos e criar ilusões e furos no caso.

Não posso nem contar quantas vezes ele e Heather foram para a guerra em um jantar ou churrasco.

— Acho que para vocês é. — Esfrego a testa. — Não tenho certeza do que dizer neste momento.

— Eu juro, nenhum de nós quer defendê-lo. Ninguém no meu escritório está disposto a lutar por ele, mas não somos nós que podemos tomar a decisão. Se o juiz acredita que corremos o risco de um julgamento anulado em seu outro caso, nós podemos ser forçados a permanecer como seus advogados, eu só não acho que chegamos ao ponto onde isso é possível.

Sei que ele sente que isso não vai acontecer, e só posso esperar que um juiz tenha misericórdia, mas vi merdas mais estranhas acontecerem no tribunal.

Nós não sabemos qual será o resultado, mas o julgamento acontecerá em breve, isso é verdade. Vou ter que enfrentá-lo novamente, ouvir detalhes e encontrar uma maneira de passar por uma nova rodada de luto. Como se este último já não tivesse sido suficientemente brutal.

Capítulo 6

DANIELLE

— Então, ele é gostoso pessoalmente? — Kristin pergunta, nossos filhos brincando no quintal.

— Quem é gostoso?

Ela revira os olhos.

— Hmm, seu novo assistente.

— Por que você está me perguntando isso?

— Porque você está evitando falar sobre. — Ela me olha por cima da sua taça de vinho.

— Eu não estou.

Ok, estou um pouco, porque não há nada a dizer. Ele é irmão de Callum, meu assistente, e... eu estou de luto. Caras não são gostosos para mim agora.

A única coisa que acho gostosa agora é um banho de espuma com vinho e velas, onde nenhuma criança coloca a cabeça para dentro para perguntar se pode tomar leite. Ou uma noite sem Ava e Parker brigando, isso seria gostoso demais. Mas meu assistente?

Claro, ele é bonito, tem braços grossos e uma voz que é sedosa e suave, mas ele não é gostoso. Ele é um cara. Um que ouvi ser um galinha com problemas por achar que merece tratamento especial. Não, obrigada, eu já tenho uma filha de dezesseis anos.

— Se você não está evitando isso, então desembucha. Ele é gostoso ou não?

Eu bufo. Mentir para Kristin é estranho para mim. Não sei se alguma vez senti como se precisasse mentir, mas não quero falar sobre isso.

— Podemos mudar de assunto? A aparência dele é irrelevante.

— Depois de me dizer se ele é gostoso. — Ela levanta as sobrancelhas em um desafio.

— Isso importa? Ele é cunhado da Nicole, meu empregado, e foi um pé no saco durante as duas horas que lidei com ele.

Kristin abaixa sua taça de vinho e se inclina para frente.

— Não foi a pergunta que te fiz, Danni. Perguntei se ele era bonito, o que, pelo jeito que suas bochechas ficaram vermelhas, a resposta é sim.

— Você é uma cretina.

Ela se inclina para trás com um sorriso debochado.

— Você simplesmente odeia que eu esteja certa. Eu vi fotos, todas nós sabemos que ele é ridiculamente sexy.

Kristin é minha garota. Ela é aquela por quem eu enterraria um corpo, não que eu não faria isso por Nicole e Heather, mas Kristin me entende em um nível totalmente diferente. Nós ficamos grávidas ao mesmo tempo, fomos madrinhas uma da outra porque minha irmã é uma idiota completa, e sabemos praticamente tudo sobre a outra.

Não há nada neste mundo que eu não faria por ela.

No entanto, neste exato momento, eu gostaria de esbofeteá-la.

Ela toma um gole e me encara. Quando não respondo, ela segue em frente.

— Estou chocada por Nicole não ter convencido Callum para fazer a três com Milo. Você poderia imaginá-la com os dois?

— Oh, meu Deus! — gemo, tentando cobrir meus ouvidos. — Por favor, pare de falar. Callum é meu chefe e Milo é meu... assistente... até que ele se demita. Não preciso de visões deles na cama com Nicole.

Kristin ri.

— Tudo bem, tudo bem, então me conte sobre ele.

Não tenho ideia de por que ela está me pressionando.

— Noah volta para casa em breve?

— Por quê? — pergunta.

O namorado dela está fazendo refilmagens esta semana para o filme que ele acabou de finalizar. Ele tem sido muito requisitado desde que o seu último ganhou uma tonelada de prêmios. É ótimo vê-lo feliz e capaz de ser mais seletivo sobre quais papéis assume. Noah é verdadeiramente um homem maravilhoso. Ele cuida de Kristin de uma maneira que ela nunca teve ninguém antes. O ex-marido dela é um merda, mas Noah se mostrou digno de seu amor.

Ele também a distrai de se intrometer na minha vida.

— Apenas perguntando quando você estará ocupada demais para se preocupar com besteiras estúpidas de novo e se concentrar no que importa.

— Você não é estúpida.

— Eu não disse que eu era estúpida — corrijo.

Kristin toca minha mão.

— Por mais que você pense que isso é sobre Milo e sua gostosura, não é.

Olho para ela com confusão.

Ela suspira e continua:

— Isso é sobre trazer você de volta para o mundo. Ver as coisas novamente junto com a visão periférica.

Aqui vamos nós.

— Estou no mundo, Kris. Eu precisava de dinheiro, então consegui um emprego. Um bom, por sinal. Tenho a minha família, amigos, e não fico sentada chorando. Estou triste? Sim, estou triste. Sinto falta dele, mas estou lá fora, vivendo e fazendo tudo o que posso.

— Eu não estou te julgando. Só estou dizendo que falar sobre seus sentimentos vai longe.

Eu agradeço onde ela está indo com isso. Eu realmente agradeço, mas falar sobre o meu assistente britânico gostoso não risca nenhum tópico da lista de luto no meu mundo. Está atraindo problemas para onde eu definitivamente não preciso deles.

Meu marido podia ser um babaca, mas era um bom homem. Ele amava a mim e às crianças, nos sustentava e, embora nós quase tivéssemos terminado o nosso casamento, não era como se Peter fosse abusivo. Ele não traía. Ele amava o trabalho e não sabia como equilibrá-lo com a vida.

Coloco a mão sobre a dela.

— Eu sei que em seu coração sempre romântico você está de alguma forma tentando me levar a pensar em um homem novamente, mas ainda não cheguei lá.

— Só estou te dizendo para abrir um pouco o seu coração.

— Como você fez com o Noah? — eu a lembro.

Kristin lutou contra isso por um longo tempo. Ela tinha paredes forjadas em aço, Noah teve a coragem de continuar empurrando até que ele as derrubasse.

— E quem foi que me disse que eu deveria me deixar sentir de novo?

Quem disse que eu merecia ser feliz, mesmo que ainda nem estivesse divorciada? — ela pergunta.

— É diferente.

Kristin dá um sorrisinho.

— Sim, é, e ainda assim não é. Eu vou parar agora — promete. — Mas me prometa que você não vai se fechar para nada. Não em relação ao Milo, porque, pelas histórias que ouvimos, ele é um maldito idiota, mas... não diga nunca a outro homem.

Não estou fechada, só não tenho vontade de sentir algo por um homem agora. Eu tenho essa raiva que se instala dentro de mim, querendo saber o *porquê*, embora eu talvez nunca saiba a resposta.

De todas as minhas amigas, Kristin entende mais do que as outras. Ela me viu quando eu estava no chão, incapaz de ficar de pé. Ela me ouviu gritar, chorar, jogar coisas, e então me pegou em seus braços e me segurou.

Eu não era uma boa mãe naqueles dias. Eu sei bem, e me esforcei para expiar isso. Inferno, eu ainda me esforço.

— Preciso me concentrar em Ava e Parker — relembro. — Eu não era exatamente a mãe do ano depois da morte de Peter.

— Pare com isso. Você estava fazendo tudo o que podia para sobreviver.

— Eu não estava ao lado deles quando precisavam de mim. — Penso sobre como eu deveria ter feito mais, mas não conseguia ver além da minha dor. Deixei minha mãe e minhas amigas estarem lá, chafurdando na minha dor. A culpa ainda me consome.

— Mamãe! — Parker corre. Viro a cabeça e enxugo a lágrima que estava caindo. — Aubrey me disse que íamos nos casar! Isso é verdade?

Kristin e eu explodimos em gargalhadas.

— Vocês são jovens demais para se casar — digo a ele.

Aubrey se aproxima com as mãos nos quadris.

— Parker, nós temos que nos casar!

— Eu não quero — rebate.

— Aubrey. — Kristin desliza em sua voz maternal. — Precisa parar com isso. Você disse a quatro meninos esta semana a mesma coisa.

Aubrey nega cabeça.

— Porque a *Margaret* — ela fala com desprezo — pegou os outros garotos, então eu vou ficar com os que sobraram.

— Você só vai ficar com um, querida — digo a ela. — Não pode colecioná-los.

— Oh. — Seu rosto cai. — Então eu quero o Noah.

Kristin tem um prato cheio com essa aqui.

Nós duas rimos um pouco e eu me recosto, pronta para assistir Kristin explicar. Por mais engraçado que seja, pelo menos a menina não escolheu seu pai. Scott é o último homem que eu espero que Aubrey tente encontrar em sua vida.

Kristin olha para mim pedindo ajuda, mas levanto as mãos.

— Por que não almoçamos? — Ela muda de assunto. — Nuggets de frango e sorvete?

— Eba! — as duas crianças gritam e eu rio. Deixe Kristin alimentar as crianças com nuggets de frango e sorvete às onze da manhã para evitar uma conversa com a filha.

— Bem, essa é uma maneira de lidar com isso. — Sorrio, as crianças correndo para dentro.

— Você não tem ideia do que mais eu teria oferecido se isso a tirasse do assunto — ela fala.

Nós passamos a próxima hora acalmando as crianças, e então Nicole e Heather chegam. Colin estava apagado em seu cochilo matinal e Heather trabalhava no turno da noite, então eles não podiam vir para o nosso churrasco improvisado.

Normalmente, teríamos o nosso tradicional encontro em poucos meses, feito na minha casa, e todas as famílias ficavam aqui por horas. Era a coisa favorita de Peter.

No ano passado, não tinha como eu conseguir fazer isso. Meu coração não estava lá, mas minhas melhores amigas vieram mesmo assim.

Este ano, eu ainda recusei e elas decidiram que faríamos para nós mulheres em um mês diferente e começaríamos uma nova tradição. Então, este é o nosso primeiro churrasco sem maridos. É um momento em que podemos beber, curtir uma a outra e colocar as conversas em dia. Apesar de todas nós morarmos em Tampa, desde que elas estão todas casadas ou em relacionamentos sérios, não nos vemos como antes.

Heather e Eli viajam muito entre a carreira dele e a turnê musical. Eles também ainda estão naquele estágio de recém-casados, onde não se cansam um do outro. Kristin e Noah não são casados, mas moram juntos na casa que eles compraram, e ele está se dividindo entre Hollywood e Tampa, então, quando está aqui, Kristin não existe. Nicole... esqueça, ela é mãe de primeira viagem e esposa, que ainda está administrando seu império de negócios. É um choque qualquer uma de nós vê-la.

— Onde está a bebida? — Nicole grita, do quintal.

— Vou pegar a sangria! — Heather responde.

Ava tem obrigação de cuidar das crianças pequenas. Já que ela está de castigo, isso é parte de sua punição. Ela se senta no quintal com seus óculos de sol ridiculamente grandes, as crianças correndo ao seu redor. Espero que ela odeie cada momento disso.

— Estou tão feliz que Colin largou o peito — Nicole deixa escapar.

— Esse é um começo de conversa que nunca pensei que fosse ouvir — Heather diz, antes de virar o copo para trás.

— O quê? Eu posso beber de novo, comer o que quiser e não me preocupar com ele com gases ou cagando, porque brócolis também é um laxante para bebês. Só estou dizendo que é bom ter meus peitos para brincar de novo e não para comida.

Minhas amigas são malucas.

— Eles estão supersensíveis? — Kristin encoraja.

— Sim! — Nicole sorri. — Tipo, tenho um orgasmo por mal tocá-los. Callum está aproveitando isso totalmente.

— Outra imagem do meu chefe que eu gostaria de nunca ter — resmungo.

Não há limites com nós quatro, e nunca houve. Eu sou a caçula do grupo e elas me ensinaram tudo que eu precisava saber sobre puberdade. Nicole sempre foi uma tresloucada e nunca teve problemas em contar — ou mostrar — todas as suas artimanhas.

— Oh, por favor, ele me montou tão forte ontem à noite que eu vi estrelas. — Ela balança as sobrancelhas para cima e para baixo. — Tipo, sexo quente, suado e sujo, que deixou minhas pernas como gelatina.

— Estou tão feliz por você — atiro de volta.

Nicole se inclina para trás, toma um gole e continua como se eu não tivesse dito uma palavra.

— Acho que Callum estava trabalhando extra duro, já que estava mega irritado por Milo está de volta. Ele continuou andando pelo apartamento falando sem parar sobre seu irmão babaca. Ouvi dizer que ele é, na verdade, seu novo assistente?

— Sim, juro, meus relacionamentos às vezes parecem que eu sou um experimento psicológico que todas vocês estão estudando para ver quanto tempo alguém tem antes de explodir.

Ela ri.

— Não se preocupe, Danni, temos uma aposta que é até o final da semana.

— Que ele se demite?

Nicole sorri.

— Ou que você o mata.

Maravilhoso.

— Deus não permita que você seja útil e me diga o que sabe sobre ele para que eu possa realmente fazer meu trabalho e não ser ruim. — Levanto a sobrancelha.

— Eu não sei muito — admite. — Callum reclama dele e do quanto ele teve que ralar em comparação a Milo. Callum estava sempre pulando entre os Estados Unidos e Londres, sem realmente aproveitar sua infância, graças ao acordo de custódia de seus pais. Milo era um garoto rico, mimado e paparicado. Eu o conheci uma vez antes, e gosto dele, mas... Vai saber?

— Você não sabe de nada — Heather responde e ri. — Desculpe, essa foi muito fácil.

— Cadela.

Reviro os olhos quando elas começam a brigar. É assim que somos e sempre seremos. Nós somos as amigas que podem chamar uma a outra de nomes, dizer verdades duras, e ainda nos amar. Nunca tenho que me preocupar se elas vão pensar menos de mim, porque é impossível. Chega um momento em que minhas melhores amigas se tornaram minha família. Minha irmã Amy não estava aqui quase todos os dias para ver como eu estava, elas sim.

Elas estabeleceram um cronograma, cozinharam, limparam e garantiram que meus filhos fossem alimentados.

Minha mãe veio algumas vezes, mas foram Heather, Kristin e Nicole que impediram que minha vida desmoronasse completamente.

Kristin dá um tapa nas duas.

— Preciso separar vocês duas?

— Não, mãe. — Heather finge parecer envergonhada.

— Bem, segunda-feira será o teste — penso em voz alta. Eu esperava que este fosse ser um novo começo para minha nova vida. Com uma promoção, novas ideias e uma chance de me estabelecer como empresária, eu finalmente tinha um objetivo. Agora, não tenho tanta certeza.

Nicole zomba.

— Por favor, você vai se sair bem.

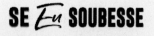

As outras duas concordam com a cabeça.
— Sério, você criou crianças. Não há como Milo ser pior.
Olho para minha filha, que era um sonho quando criança. Agora, nem tanto.
— Sim, sempre pode ser pior. Eles se tornam adolescentes.

Capítulo 7

DANIELLE

— Você pode entrar em contato com o vistoriador e ver se ele já terminou? — pergunto a Milo.

— Claro, Sra. Bergen. Precisa de mais alguma coisa no momento? — Sua voz está um pouco mais aguda, enquanto ele tenta soar prestativo.

— Isso é tudo — digo, sem olhar para cima.

Já se passaram três dias.

Três dias e ele não está mais perto de desistir do que no dia em que começou.

O pior é que não posso nem reclamar. Ele está fazendo tudo o que peço, com um sorriso, e na verdade tem sido útil. Desde que ele literalmente fazia o meu trabalho, ele sabe coisas que eu não sei. Em certo ponto, pegou algo que eu ignorei, e em vez de ser um idiota como eu esperava, ele indicou para mim.

Ele está tramando alguma coisa. Eu posso sentir isso dentro de mim. Ele está construindo uma falsa confiança e não estou comprando isso.

Eu me inclino para trás na cadeira e olho pela janela.

— Qual o jogo que você está jogando? — pergunto, em voz alta.

Ele e Callum não estão se falando. Eles mal reconhecem a presença um do outro, e a tensão é espessa. No entanto, quando Callum me vê, ele é todo sorrisos. Claramente não há amor perdido entre esses dois.

Não importa o que esteja acontecendo entre os irmãos, Milo não perdeu tempo fazendo amigos no escritório. Ele é paquerador, de boca esperta e egoísta. No entanto, não consigo fazer Staci ficar em sua mesa por mais de trinta minutos sem vir "verificá-lo". Ela disse que é seu trabalho garantir que todos se sintam confortáveis no escritório.

Tenho a sensação de que estarei entrevistando uma nova recepcionista assim que ele for embora.

Meu e-mail soa e eu me viro, precisando me concentrar no que posso controlar — meu trabalho.

O e-mail, porém, é de Nicole com o assunto: Favor?

Isso não pode ser bom.

Eu abri e, com toda certeza, estava certa.

D-

Preciso que você garanta que Callum não chegue atrasado esta noite. Minha mãe vai ficar com Colin durante a noite e pretendo ter um pouco de sexo realmente pervertido. Você sabe, pense em balanço sexual, lubrificante e adereços. Talvez umas boas palmadas também.

Espero que isso tenha te deixado desconfortável.

Com amor,
N

Para o aniversário dela, vou pagar para ela três visitas a um terapeuta.

Milo bate um momento depois e entra. Tento cobrir o rubor que deve estar no meu rosto, porque posso sentir o calor. Nicole é sempre boa em fazer eu me sentir envergonhada.

— Você está bem? — ele pergunta.

Sim. Apenas tentando empurrar a imagem mental de Nicole e Callum para fora da minha cabeça.

— Estou bem. O que foi?

Ele muda seu peso.

— Você recebeu outra ligação.

— Sim?

— Um Richard Schilling ligou, queria que você soubesse que — Milo olha para o papel — o julgamento começará amanhã. — Sua sobrancelha se levanta.

— Eu esperava que isso não acontecesse — murmuro, em voz alta.

Não estou preparada para isso. Não quero me sentar naquele tribunal, mas acho que também não posso ficar longe. Uma parte de mim precisa ouvir tudo, se envolver, para que eu tenha algumas respostas. Lembro-me de Peter me dizendo que um julgamento é como um show, não acreditar em nada do que você ouve e apenas na metade do que você vê.

Este vai ser o último show de merda.

— Você se meteu em encrenca? — Milo pergunta, se encostando no batente da porta.

— O quê? — Jogo a cabeça para trás.

— Eu simplesmente amo uma garota um pouquinho má. — Ele pisca. — Você estava esperando que isso não acontecesse, então deve ser algo bom; ou ruim. Especialmente porque você tem que ir a julgamento. *Tsc tsc.*

Inclino a cabeça.

— Aposto que sim — provoco de volta. — Eu sou realmente uma garota muito má. Estou preocupada que possa realmente acabar completamente quebrada até o final disso.

Milo se aproxima como se eu estivesse dando a ele uma fofoca suculenta. Ele se senta e coloca a cabeça no queixo.

— Conta. — E sorri maliciosamente.

Eu me inclino para a frente, brincando, já que ele não tem ideia de com o que estou prestes a acertá-lo. Abaixo bem a minha voz e mantenho meu rosto vazio de emoção.

— Você promete não me julgar?

— Querida, eu nunca faria isso.

Deixei seu termo carinhoso passar desta vez.

— Alguns meses atrás, algo aconteceu.

— Sim?

— Era... — Desvio o olhar como se estivesse envergonhada.

Do canto do meu olho, pego o sorriso que se espalha no rosto dele. O imbecil acha que me tem onde ele quer.

— Meu irmão sabe? — Concordo com a cabeça. — Então não pode ser tão ruim ou ele teria rescindido seu emprego.

Esta é a maior diversão que tive em muito tempo. Viro minha cabeça de volta para ele.

— Ele não poderia me demitir por isso. Não seria bom para Callum se ele fizesse isso.

Seus olhos se arregalam.

— Isso envolve meu irmão? Ele também infringiu a lei?

— Não — sussurro.

— Você está enrolando. Deve ser francamente escandaloso. Eles usaram algemas em você?

— Eu não estava envolvida dessa maneira...

Milo chega para a frente.

— Então, anda com isso, que coisa impertinente você fez, Danielle?

Solto um suspiro pesado e olho para o teto.

— Você entendeu tudo errado — digo a ele.

— Deixe Milo saber seu segredinho sujo — ele pede.

Que idiota.

— Tudo bem. — Suspiro. — É um julgamento para o homem que matou meu marido dezesseis meses atrás.

O rosto de Milo se desfaz e vejo as emoções rolarem através de seus profundos olhos verdes.

— Como é?

Eu me inclino para trás na cadeira e continuo girando a caneta, precisando de algum tipo de âncora.

— Volte ao trabalho, Milo.

— Não, você disse que seu marido foi assassinado?

— Sim, agora volte ao trabalho.

— Quando? — pergunta.

— Um tempo atrás, fora! — Aponto para a porta.

— Você estava brincando comigo? — questiona, com uma mistura de admiração e indignação.

— Eu com certeza estava, e você caiu direitinho. Juro, não vou te pedir de novo — aviso.

Ele se levanta, mas não vai embora. Eu tenho o pior assistente do mundo.

— Me fez pensar que era você quem estava em julgamento!

Eu gostaria que fosse, porque meu marido estaria vivo.

A perda não é algo que eu verdadeiramente entendia antes da morte dele. Pensei que as pessoas que ficavam tristes por anos depois de uma tragédia deveriam seguir com suas vidas e se curar tocando em frente. Julguei aqueles que diriam as coisas que eu sentia agora, porque não conseguia entender a quantidade de dor que estavam sentindo. Querer morrer porque você perdeu alguém já foi uma coisa insana para mim, mas, quando estava naquele mar de desespero, eu entendi. Senti a dor em meus ossos e teria dado qualquer coisa para fazer isso parar.

— Ninguém disse isso. Você assumiu que sim e eu estava jogando junto.

Milo balança a cabeça para os lados com um sorriso.

— Bravo. Eu acreditei mesmo. Você disse que o julgamento é para um homem que matou seu marido?

Não tive tanta sorte de ele ignorar esse pedaço da notícia.

— Sim — digo, sentindo o pavor do milhão de perguntas que se seguirão.

— Sinto muito — Milo fala. — Meu pai foi morto. Você sabia disso?

— Não — respondo, suavemente. Callum pode ser parte de nossa pequena família maluca, mas não sei muito sobre ele. Ele e Nicole eram um turbilhão. Nós o conhecemos, passamos muito pouco tempo com ele, principalmente porque ela o manteve em segredo, e então eles se casaram. Foi uma loucura, mas quando se trata de Nicole, nós esperamos isso.

Mesmo trabalhando na Dovetail há mais de um ano, ainda não o conheço. Sei como ele é como empresário e o respeito. Mas, pessoalmente, não tenho a mínima ideia sobre sua família ou passado.

O rosto de Milo se transforma em raiva.

— Eu tinha dezesseis anos e ele sofreu um acidente de carro onde a outra motorista estava absolutamente bêbada. Aquela vaca foi embora sem um arranhão e eu perdi meu pai.

Agora é minha vez de me desculpar.

— Sinto muito, Milo.

Ele balança a cabeça, negando.

— É a vida. Não podemos decidir, não é? Fazemos o melhor possível.

— Acho que você está certo.

— Claro que estou. — Ele ri. — Estou errado, mas muito certo.

E de volta ao Milo que eu espero.

Reviro os olhos.

— Volte ao trabalho. Acho que há algum arquivamento a ser feito.

Em vez de bufar, como eu faria se fosse um executivo sênior desta empresa antes e alguém me dissesse para arquivar, ele se ergue e me dá uma saudação estilo continência.

— Sim, senhora.

— Sabe — coloco a mão sobre a mesa —, você não precisa continuar trabalhando aqui. Não consigo imaginar que você esteja feliz.

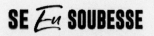

57

— E deixar meu irmão ganhar?

— É disso que se trata?

Milo se move em direção à porta e para.

— Callum ganhou tudo. Desde que éramos apenas crianças pequenas, ele sempre ganhava. Ele conseguiu vir para os Estados Unidos para passar férias todos os anos. Frequentou as melhores escolas, era amado por meu pai como se fosse dele e era o favorito da mamãe, mesmo que eu sempre tentasse me convencer de que eu era. Nada do que eu fazia era bom o suficiente, porque Callum sempre me superava e fazia tudo o que podia para mostrar a todos minha insignificância. Sua arrogância me enoja, e ele acredita que sou fraco. Ele está errado. Ninguém deve subestimar minha força.

Sem outra palavra, Milo sai pela porta.

Suas palavras saltam na minha cabeça, e minhas esperanças de ele se demitir vão embora. Ele não vai a lugar nenhum, e vou precisar melhorar meu jogo.

CAPÍTULO 8

MILO

Teimosia é uma característica que eu gostaria de não possuir, como tenho certeza que mamãe concordaria. Os problemas me encontram, porque me recuso a ceder. Não há como desistir no meu mundo. Eu luto. Conquisto. Não faço malditos prisioneiros.

Pelo menos até eu perder o interesse.

Eu poderia fazer o trabalho de Danielle com os olhos fechados, mesmo sem conhecer o mercado imobiliário americano como ela. Em vez disso, estou preso fazendo as tarefas mais ridículas e esperando minha oportunidade de atacar.

Eu me demitiria, mas isso seria exatamente o que eles querem.

Em vez disso, estou dirigindo para a casa de Danielle, porque ela esqueceu um arquivo no escritório.

A porra de um arquivo.

Um que ela provavelmente nem precisa, já que não está trabalhando neste negócio, mas, como assistente dela, é meu dever ajudar.

Irmão idiota que eu tenho.

O GPS me diz para parar aqui e olho para a casa que corresponde ao endereço que ela me deu. É um bairro legal, acho. Não exatamente como a área da moda em que estou hospedado, mas ela era casada, então posso ver seus atrativos.

Pego o arquivo e caminho em direção à porta. As ervas daninhas estão crescidas no jardim, e o quintal é desumano. Eu me lembro então que o marido dela morreu e vejo minha mãe por um momento.

59

Danielle, no entanto, não é minha doce e amorosa mãe. Ela é a mulher que roubou meu emprego.

Quando levanto a mão para bater na porta, ela se abre.

— Bem, olá — a versão menor de Danielle diz. — E quem pode ser você?

Ela passa a língua ao longo de seu lábio inferior e juro que está dando em cima de mim.

— Eu sou Milo — digo, hesitante. — Você é?

— Eu sou Ava. — Seus olhos percorrem meu corpo.

— Sim, bem, estou aqui para deixar algo para sua mãe, presumo?

Não sei se Danielle tem filhos ou quantos. Realmente não me importo de perguntar. Quanto mais eu souber, mais provavelmente me sentirei mal quando a destruir e pegar de volta o que é meu por direito. Ou eu poderia não ser um tolo e obter todas as informações possíveis para o caso de poder usá-las mais tarde.

Essa é uma situação complicada.

— Sim. — Ela sorri. — Você é meu novo papai?

— Você perdeu a cabeça?

— Isso significa que perdi a cabeça por você?

Jesus. Danielle tem um prato cheio.

— Não, significa apenas que você ficou louca. Sua mãe está em casa?

Ela balança a cabeça, negativamente.

— Não. Somos apenas nós.

Maravilhoso, penso comigo mesmo.

— Eu amo o seu sotaque — Ava fala, dando um passo à frente.

Meu Senhor, esta garota é positivamente louca.

— Você daria isso para ela?

— Quer entrar? Você pode esperar aqui, nós poderíamos... conversar.

— Sim, porque isso soa como uma ideia fabulosa. — Reviro os olhos. — Você é uma pequena causadora de problemas, não é?

Ava dá de ombros, se aproximando novamente, e dou um passo para trás. Isso não está indo bem. Tudo que preciso é que a mãe dela pense que estou dando em cima da filha dela.

— Tenho problemas paternos — ela diz.

Eu me espanto com seu comentário. Que coisa estranha de se dizer. Então, novamente, ela perdeu o pai, o que faria sentido em relação a ela estar agindo assim.

E então eu entendo. Ela sou eu.

— Quantos anos você tem, Ava?

— Dezesseis.

O pai dela morreu com a mesma idade que eu tinha. Estava com tanta raiva do mundo quando o perdi. A vaca que bebeu demais e ficou atrás do volante roubou alguém que eu amava e eu queria que todos pagassem por isso.

Parece que Ava está lidando com a mesma coisa.

Problemas paternos, de fato.

E Danielle não tem ideia do que mais pode estar guardado.

— Bem, foi um prazer conhecer você — garanto, dando um passo para trás.

— Não vá — ela diz, rapidamente. — Minha mãe... ela vai querer que você fique. Sabe como ela é. Odeia me deixar sozinha. Tenho certeza de que ela ficaria bem com seu assistente muito bonito me observando até ela voltar.

Eu sou muitas coisas, mas tolo não é uma delas.

— Você é menor de idade — eu a lembro. — E embora eu aprecie o elogio, de jeito nenhum aceitaria isso. Você é uma linda garotinha, mas eu sou um homem adulto.

— Eu não sou uma garotinha! Você nem me conhece.

É aí que ela está errada.

— Eu sei mais do que pensa. Você perdeu seu pai e está se esforçando muito para descobrir como não sentir toda a sua raiva. Estou chegando mais perto?

Ela está tentando chegar a uma resposta, mas não consegue.

— Tanto faz.

Apesar de sua atitude, posso ver em seus olhos que toquei em um nervo.

— Acredite em mim, você deve ter cuidado para quem você diz coisas assim — aviso. — Eu posso ser um cavalheiro, mas outro homem pode não ser.

— Obrigada pelo conselho indesejado.

Por mais que odeie admitir, eu meio que gosto dela. Ela me lembra tanto de mim que não posso deixar de pensar que ela é fantástica... já que eu sou e tudo mais.

— De nada. — Sorrio, como se ela realmente quisesse dizer isso e não estivesse sendo uma pirralha sarcástica.

Um carro entra no caminho e Danielle surge, abre a porta dos fundos e ajuda uma criança mais nova a sair.

Ela se aproxima com um olhar de desaprovação.

— Ava, você sabe que não deveria abrir a porta.

Ava balança a cabeça, acompanhada por um revirar de olhos.

— Ele era gostoso e eu queria conhecer seu novo namorado.

— Namorado? — o menino pergunta.

— Ele não é meu namorado — Danielle garante. — Ele trabalha para a mamãe.

O garotinho se aproxima com a mão estendida.

— Sou Parker Bergen.

— Milo Huxley — digo, lhe dando um bom aperto de mão. — Você tem um aperto forte aí, Parker.

— Papai disse que um homem é medido por seu aperto de mão — explica.

Eu sorrio.

— Seu pai estava certo.

Luto contra os sentimentos que começam a tomar conta do meu coração. Não vou me importar que ela seja viúva com dois filhos. Meu trabalho foi tomado por ela, o que significa que ela é a inimiga número um. A primeira regra da guerra é não ter empatia pelo outro lado.

— Vá para dentro, Parker. Vou conversar com Milo por um minuto sobre coisas chatas de trabalho.

Ele concorda com a cabeça.

— Prazer em conhecê-lo. Eu gosto do seu sotaque. É como o do Thor!

Eu rio.

— Thor gostaria de ser tão legal quanto eu. Eu sou mais Loki do que Thor, de qualquer maneira.

— Então, você é um cara mau? — ele pergunta.

Eu decido que sim, definitivamente sou o vilão que você não pode deixar de amar. Digo a Parker:

— Acho que Loki é incompreendido e tem um irmão bonzinho que o deixa louco, você não concorda?

Parker franze os lábios, ponderando sobre o que eu disse.

— Eu acho que o Loki faz escolhas ruins.

Ele estaria certo novamente, mas como estou traçando paralelos com a vida do meu próprio irmão, sinto a necessidade de defendê-lo.

— Mas se Odin não tivesse favoritos, Loki não precisaria provar seu valor.

— Bem, talvez se Loki não fizesse coisas ruins, ele poderia ser o herói — Parker discorda.

— Quantos anos você tem?

Ele sorri.

— Seis.

Por que estou discutindo com uma criança?

— Fale comigo quando tiver nove anos.

Ele ri.

— Tudo bem então, já chega de análise de super-heróis — Danielle afirma, colocando a mão no ombro do rapazinho.

Parker olha para cima com olhos tristes e depois suspira.

— Ok, mãe.

— Vá para dentro agora — ela o lembra.

— Tchau, Milo!

— Tchau, Parker.

— Desculpe por isso. Ele realmente é apaixonado por super-heróis e assiste sem parar, lê os quadrinhos, e é só... toda a sua vida. Além disso, o garoto é um maldito gênio, então quando encontra algo, ele se fixa. Três anos atrás, eram trens. Juro que eu sabia mais sobre motores e todos os modelos diferentes do que jamais poderia querer saber, mas Parker os adorava. Então, ele passava horas ensinando a mim e ao Peter em todas as partes de funcionamento. Era impressionante... eeeee eu não tenho ideia de por que estou divagando assim.

Porque ela está caindo aos pedaços, ao que parece.

— Eu mesmo sou fã de super-heróis. Foi bom conhecer outra pessoa que consegue acompanhar. É ainda mais impressionante que ele seja apenas um garoto.

— De qualquer forma, obrigado por desmerecer isso — ela fala. — Eu agradeço.

Eu não tive muita escolha, não é?

— Estou aqui para tornar o seu trabalho mais fácil — respondo.

— Claro que você está. — Ela ri.

— Eu fui menos do que útil? — questiono.

Ela suspira.

— Não vamos brincar, Milo. Você não está feliz em ser meu assistente, assim como eu realmente não queria que você fosse. Como pode ver, minhas mãos estão cheias, e prefiro que nós dois coloquemos nossas cartas na mesa e sejamos sinceros um com o outro. Não tenho tempo ou vontade de mentir para você.

Interessante. Hora de testar essa teoria.

— Se eu perguntasse se você planeja ou não renunciar, você diria?

— Não nessa vida.

Eu sorrio. Ela é geniosa e eu gosto disso.

— Entendido — respondo.

— Eu preciso entrar — ela explica. — Obrigada novamente por deixar o arquivo.

Abaixo a cabeça e espero que ela entre. Afinal, sou um cavalheiro.

Entro no carro, então me sento lá pensando em quando fazer meu próximo movimento.

Mulheres como Danielle são a minha fraqueza. Adoro quando não há joguinhos ou segundas intenções. Honestidade é a melhor política e tudo mais. Vai ser triste quando ela se encontrar como a minha assistente em alguns meses, porque, se ela não renunciar, eu vou ter que derrubá-la.

CAPÍTULO 9

DANIELLE

Hoje é um dia que eu gostaria de poder ignorar. Minha mente está dispersa, não consigo me concentrar, e cada vez que fecho os olhos, vejo o rosto de Peter.

Não o sorridente da foto que fica na minha mesa.

Não o homem que, naquela manhã, estava rindo e jogando beijos na minha direção.

Em vez disso, eu o vejo como estava no necrotério. Frio, imóvel e desaparecido.

— Você está ouvindo uma palavra do que estou dizendo? — Milo pergunta, estalando os dedos.

— O quê?

— Claramente não. — Ele bufa.

— Desculpa, eu estou… minha mente está em outro lugar.

Como no julgamento que eu deveria estar em uma hora. Eu tecnicamente não deveria estar aqui. Callum me instruiu a tirar a semana de folga e me concentrar nas crianças, trabalhar de casa, mas fiquei lá sentada, olhando para a parede, e chorei.

Eu o fiz prometer não contar a Nicole que estava começando. Não quero ouvir merda das minhas amigas. Elas não têm ideia de como é isso. O desamparo que está me comendo viva. Eu não quero ouvir o testemunho. Não quero ver seu rosto e vê-lo respirar quando Peter não está respirando.

— Muito profissional — Milo murmura. — Nós vamos trabalhar hoje ou você prefere parar agora?

Foda-se ele.

65

— Estou fazendo o meu melhor! — estalo. — Estou aqui, o que é mais do que posso dizer sobre você no último ano. — Eu me levanto, talvez um pouco mais irritada com ele do que a situação exige. — Eu sou sua chefe, lembre-se disso. Você não pode ser um idiota comigo!

Milo fica de pé com as mãos estendidas na frente dele.

— Ok? Eu estava sendo sarcástico. Mas, já que você tocou no assunto, eu estava tentando juntar as peças da minha maldita vida. Meu irmão arrancou das minhas mãos a empresa que ajudei a construir, atravessou o oceano, por uma garota, devo acrescentar, e não se deu ao trabalho de me considerar. Então, sim, você é minha chefe agora. Como isso é fazer o seu melhor?

Meu coração está acelerado e sinto como se estivesse sendo rasgada ao meio. Todo esse tempo, estive me segurando e, agora, não acho que posso mais. Estou travando guerras em todos os lugares e não ganhando nenhuma.

Isso não é sobre ele. É sobre mim e como ele acha que pode simplesmente passar por cima de mim como um trator. É sobre como nada disso deveria ser meu problema.

— Então isso te dá o direito de ser um babaca? — grito.

— Desculpe, mas não estou conseguindo ver como chamar você de profissional é ser um babaca.

— Porque você não quis dizer isso! — continuo a gritar, enquanto Milo está ali com os braços cruzados. — Você acha que eu sou estúpida, hein? Acha que eu não vejo que você quer me destruir? Bem, adivinhe? Já estou no fundo do poço, então o único caminho é para cima.

— Você está drogada? — Milo pergunta, com seu forte sotaque. — Talvez você devesse tomar, se não estiver. — Ele ri. — Não tenho ideia do que te deixou tão irritada.

— Tudo! Você! Você estar aqui! Minha filha adolescente lunática que está tornando minha vida um inferno! E toda essa situação... seu irmão quer lhe ensinar uma lição, e estou presa a lidar com isso. — Encaro os profundos olhos verdes de Milo, furiosa por tudo ter dado tão errado. — Nada disso foi como deveria ser. Minha vida era perfeita — afirmo, meu lábio começando a tremer. — Eu deveria estar em casa, criando meus filhos com o meu marido!

Quando digo a última palavra, um soluço sai do meu peito e começo a chorar.

Embora, não seja aquele tipo de choro silencioso. É o tipo de choro barulhento, detestável, que escorre ranho.

Os braços de Milo me envolvem e ele me segura em seu peito. Agarro suas lapelas e aperto, perdendo o controle.

— Eu não posso! — Eu tremo, mas Milo aperta mais forte. — Eu não posso ir hoje. Não sou forte o suficiente.

— Hoje? — ele pergunta.

— O julgamento — eu mal falo, antes que a próxima rodada de histeria se liberte.

Milo me guia até o sofá e me senta, e então pressiona minha cabeça em seu peito. Eu não penso, eu aceito o conforto que ele oferece. Estou muito quebrada para me importar com quem está ajudando. Estou longe demais no mar da dor para nadar de volta à praia.

Eu perdi tudo e agora tenho que sentir tudo de novo.

Eu mesma quero matar aquele homem.

Quero que a família dele saiba da agonia que ele infligiu à minha.

Quero que Peter entre pela porta novamente, mas sei que isso nunca vai acontecer.

Esfrego o rosto contra o peito de Milo e o cheiro de sua colônia amadeirada me enche. Então me atinge. Eu estou... soluçando... em Milo.

Meu assistente que quer meu emprego.

A minha dor de cabeça que está planejando me expulsar deste escritório.

— Oh, Deus! — Levanto a cabeça, cobrindo o rosto com as mãos. — Eu sinto muito.

— Nem mais uma palavra — ele ordena. — O julgamento do seu marido é hoje?

Concordo com a cabeça, uma nova onda de constrangimento me atingindo.

— Olha, eu não sei o que acabou de acontecer. Eu perdi o controle. — Limpo sob meus olhos e solto uma respiração pesada.

— Você está segurando isso há um tempo, eu presumo?

— Acho que sim.

Milo assente lentamente com a cabeça.

— Eu tive a melhor assistente de todas quando estávamos em Londres. Ela era inteligente, engraçada, me colocou no meu lugar em mais de uma ocasião. Ela estava lá quando meu cachorro morreu e foi um grande conforto. De qualquer forma, o trabalho dela era muito mais do que apenas me ajudar no serviço.

Eu olho para ele, me perguntando do que diabos ele está falando.

— Não tenho certeza de onde você está indo com isso...

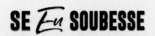

— Eu também não — ele admite.

— Que bom que esclarecemos isso — digo, tentando brincar.

Mas Milo não ri.

— O meu ponto é… que, enquanto estou preso nesta posição, estou aqui para ajudar.

— Ajudar?

— Sim.

Eu o estudo com cautela.

— Ajudar como?

Ele bufa.

— Eu não sei, mas estou tentando ser legal.

E ele está sendo legal.

— Eu agradeço — afirmo.

— Você está melhor agora? — Os olhos esmeralda de Milo me observam como se eu fosse um animal ferido. O que, talvez, eu seja. A morte de Peter me levou a extremos. Ou eu era uma pomba quebrada que não podia voar ou eu era um tigre, arrancando a garganta das pessoas. Eu não encontrei o meio-termo, e isso está me desgastando.

— Acho que vou ficar. — Coloco a mão em seu braço. — Obrigada.

— Feliz por ajudar.

— Sabe, você é um ótimo assistente — provoco.

Espero pela indignação e nojo, mas, em vez disso, ele me olha com uma mistura de encantamento e admiração. Alguma coisa, não sei o quê, está diferente agora. Ele parece um pouco mais gentil, não ameaçador, o que é uma coisa ruim. É assustador, para ser honesta.

— Por que você está aqui hoje? — uma voz profunda quebra o momento.

— Callum — eu digo, ficando de pé.

Ele olha para Milo e depois para mim com um sorriso irônico.

— Você está de folga, Danielle. Eu implicitamente disse a você para ficar com a sua família. É onde você precisa estar.

— Você não contou a Nicole, certo?

— Não, eu esperava que você fizesse isso por agora. — Ele suspira, colocando as mãos nos bolsos. — Sei que esta é uma situação bizarra, mas ela te ama e quer estar lá para você.

— Eu sei, mas não estou pronta.

Os olhos de Callum se enchem de empatia.

— Eu entendo, só saiba que nós estamos todos aqui para ajudar.

Milo limpa a garganta.

— Odeio acabar com a festa, mas alguém deveria fazer algum trabalho neste lugar.

— Você está insinuando que Danielle não faz? — Callum o desafia.

Espero, meu coração batendo no peito. Aqui está uma chance para Milo me detonar ou contar a ele sobre o erro que tive com a pesquisa. Seus olhos encontram os meus e depois voltam para seu irmão.

— Não — Milo diz, com convicção. — Você encontrou uma ótima substituta para mim, irmão.

Os olhos de Callum piscam em surpresa.

— Bem, isso foi muito adulto da sua parte.

Vejo a mão de Milo abrir e fechar, mas ele não responde.

Agora é a minha vez de fazer por ele o que ele fez por mim.

— Sabe, Callum, Milo tem sido um verdadeiro trunfo. — Eu me viro para olhar para ele com um sorriso. — Ele encontrou um erro na pesquisa, corrigiu e economizou para a empresa um pouco de dinheiro que teríamos perdido se tivesse passado direto.

Callum nega com a cabeça e empurra o batente da porta.

— Então, ele fez seu trabalho? Ótimas notícias. Acho que há uma primeira vez para tudo.

Eu quero defendê-lo, mas Milo agarra meu pulso.

— Está tudo bem, ele já se decidiu sobre mim há muito tempo.

— Alguns padrões são difíceis de quebrar — Callum repreende, e depois sai pela porta.

Penso na conversa que ele teve com Parker sobre super-heróis e irmãos.

— Talvez você seja mais parecido com o Thor do que pensa — digo, quando ele se vira.

— Não me pinte como o herói.

— Você foi, alguns minutos atrás. Poderia ter contado tudo ao Callum, ter me feito parecer estúpida. Você poderia ter dito a ele que tive um surto e que estava soluçando, mas você não disse.

— Como você sabe que eu não estava jogando o jogo que fomos preparados para jogar? — Milo pergunta.

Percebo que não sei, mas algo em meu interior diz que ele não estava.

Milo não tem motivos para ser legal comigo. Ele é um rico, arrogante e egocêntrico que viveu uma vida que só posso sonhar, mas só um tolo não veria seus motivos. Ele está desesperado pelo afeto de seu irmão. O homem que ele admirava, que queria ser igual, mas nunca foi bom o suficiente aos seus olhos.

Assim como Thor e Loki.

— Acho que vamos descobrir. Mas talvez você não seja o cara mau, Milo. Talvez esteja procurando por algo.

Ele se inclina para perto, seus olhos treinados nos meus.

— Não tente ver algo que não está lá. Você só vai acabar decepcionada, assim como todo mundo. Agora, pegue sua bolsa, nós temos um julgamento para comparecer.

Capítulo 10

DANIELLE

— Você está pronta? — Milo pergunta, enquanto nos sentamos do lado de fora do tribunal.

— Não.

Alguém alguma vez está pronto para lidar com algo doloroso? Essa pergunta sempre me confunde. Quando o médico dizia às crianças que elas estavam tomando uma injeção, ele perguntava: "Vocês estão prontos?" Era uma pergunta estúpida. Claro que eles não estavam prontos. Eles sabiam que ia doer pra caramba.

Assim como isto vai doer.

No entanto, não tenho quatro anos. Eu sou uma adulta, e tenho que aguentar a dor.

— Ok, então — ele fala, abrindo a porta. Eu o vejo andar ao redor do carro, abrindo-a para mim, com a mão estendida. — Vamos lá.

E enfrentar o homem que destruiu meu mundo inteiro.

Não querendo parecer mais uma bela bagunça, coloco a mão na dele e saio do carro.

Felizmente, desde a nossa conversa no escritório, ele está totalmente em silêncio. Estive tão perdida em pensamentos. Enviei uma mensagem para Richard, mas não obtive resposta. Não tenho certeza de como vou lidar com isso se o juiz não o retirou da defesa.

Milo mantém a mão na parte inferior das minhas costas, enquanto passamos pela segurança. Por mais louco que seja, estou feliz por ele estar aqui. Eu não o conheço bem e essa pode ser a razão pela qual é reconfortante. Não há expectativas de que eu precise me manter composta ou desmoronar. Posso sentir o que sinto e ele ainda vai aparecer para o trabalho.

Meu estômago começa a se revirar quando estamos diante das portas.

— Eu não consigo fazer isso — sussurro.

— Você consegue.

— Não. — Balanço a cabeça para os lados rapidamente. — Não consigo. Como faço para não gritar? Chorar? Virar as mesas quando ele entrar? Como?

Milo segura meu rosto em suas mãos e solta um suspiro pesado pelo nariz.

— Você deveria fazer essas coisas.

— O quê? — grito, e agarro seus pulsos, afastando-os. — Que tipo de conselho é esse?

Ele dá de ombros.

— Seria a notícia da noite. Talvez você possa até viralizar. — Milo sorri, debochado. — Pense nos vídeos. Mulher louca em Tampa sobe nos bancos para atacar o suspeito, apenas para ser algemada. Seria bastante apropriado, não acha?

— Idiota. — Não consigo parar de rir, porém.

— Aposto que Ava adoraria.

Coloco a mão sobre a boca para parar de rir.

— Sim, ela adoraria que seus amigos postassem isso e a envergonhassem.

— Veja, dois pássaros com uma cajadada só.

— Ok, então eu deveria entrar lá, fazer uma cena e me tornar famosa na internet? — pergunto.

Milo bate o dedo no queixo.

— Eu ficaria encantado. Com você na cadeia, sou a próxima escolha lógica para conseguir o meu emprego de volta.

Reviro os olhos com um sorriso.

— Bem, qualquer coisa para tornar a vida mais fácil para você.

Solto uma respiração profunda e empurro a porta para abri-la. Meus olhos ficam para baixo ao fazer meu caminho para a primeira fila e me sentar. Milo está sentado ao meu lado, completamente casual e sem se afetar. Eu, por outro lado, sinto que vou rastejar para fora da minha pele. Olho ao redor, levando um momento para observar a sala. Já estive aqui algumas vezes, mas é como se eu estivesse vendo-a com novos olhos.

A madeira clara de carvalho cobre a sala com detalhes em marrom. O assento do juiz é alto, mostrando sua autoridade sobre o processo. Estamos sentados no lado direito do tribunal, para que eu possa ficar atrás da promotoria.

Não vejo ninguém do escritório de Peter e tento não deixar minha preocupação se instalar porque ainda não há ninguém do lado da defesa.

Uma mão toca meu ombro, e eu pulo.

— Sra. Bergen?

— Sim.

— Sou Rachel Harlow, a promotora do julgamento de seu marido. — Ela sorri. — Desculpe te assustar, eu queria me apresentar.

Olho para a mulher com não mais de vinte e nove anos com perguntas rodopiando.

— Eu não entendo, onde está o Joshua? Pensei que o promotor público estivesse processando.

Ela faz o olhar de advogada arrependida, que é uma máscara para cobrir sua decepção. Peter inventou aquele olhar.

— Ele está supervisionando, mas, considerando os fatos do caso, estamos muito confiantes. Há outro advogado associado comigo, então, por favor, não se preocupe.

— Sem chance disso, Sra. Harlow. Em quantos casos de assassinato você já atuou? — pergunto.

Rachel se arrepia.

— Este é o meu primeiro, mas estou bem preparada.

Peter sempre disse que ninguém está preparado para um julgamento por assassinato. Embora eu aprecie sua confiança, isso não faz nada para o meu nervosismo. Ela pode ser jovem, faminta e pronta para deixar sua marca, mas eu teria preferido que não fosse o julgamento do meu marido.

Ela é jovem, e eu me lembro muito bem de Richard e Peter pensando que eles eram uma merda quando definitivamente não eram.

— Eu só estava esperando Josh, só isso. — Dou a ela um sorriso suave. — Quem está representando a defesa?

Eu conheço a maioria dos escritórios de advocacia, porque eram concorrentes de Peter. Ele fazia questão de assistir a outros julgamentos para ver quem era bom e quem era péssimo. O conhecimento alimentou seu fogo, e nada fazia seu inferno queimar mais do que outro advogado digno.

Eu rezo repetidamente para não ser Schilling, Bergen & Mitchell. Eu vou embora, e Milo não será capaz de me deter.

— Acredito que foi trocado no final da semana passada — afirma, abrindo seu arquivo, analisando o papel.

Não me conforta que ela nem saiba a quem vai se opor no julgamento.

— Danielle — uma voz profunda diz, por trás.

— Richard, é você?

— Não — garante, imediatamente. — Nós não estamos defendendo. Queria que você soubesse no início desta semana, mas eu estava em julgamento.

Acho que me ligar era trabalhoso demais……

— Richard — a Sra. Harlow cumprimenta, concisamente.

— Rachel. — Nenhum amor perdido lá, ao que parece. — Você está preparada para vencer?

— Estou sempre preparada.

— Sim, mas isso não significa que você tenha o melhor registro. Eu presumi que Joshua seria…

— Ele não é. Entendo que vocês dois conhecem o Joshua e ele tem um histórico impressionante, mas deixe-me ser franca, eu sou tão boa quanto. Conheço os prós e contras. Estou bem ciente das provas, testemunhas e todo o funcionamento interno deste caso. Você pode ter certeza de que este caso é minha prioridade. Eu conhecia o Peter também. — Ela me olha com olhos gentis. — Podemos não ter estado no mesmo time, mas ele era um de nós. Não levo isso com tranquilidade.

— Obrigada — declaro, apertando minhas mãos com força.

A náusea contra a qual eu estava lutando fica mais forte quando ela caminha até sua mesa. Eu me sento aqui, cantando alguma música aleatória na cabeça para não desmaiar.

Então, a porta lateral se abre.

Minha cabeça está leve e minhas mãos estão dormentes. Tudo fica nebuloso quando ele entra na sala. Seu cabelo está cortado mais curto do que na identificação fotográfica e ele se barbeou. Está vestindo um terno que é um pouco grande demais; ou ele emagreceu ou foi emprestado.

Eu sabia que este momento seria difícil, mas não estava nem perto de estar preparada.

Lágrimas se formam e suspiro quando seus olhos encontram os meus.

— Você pode fazer isso — a voz profunda de Milo diz, em meus ouvidos. — Não demonstre fraqueza.

Eu me viro para ele, deixando Milo ver a dor que está me enchendo. Não consigo escondê-la, mas não posso deixar o assassino ver.

De todas as pessoas do mundo, Milo é a segunda pior para ver esse meu lado. Ele quer tirar de mim também. Ele planeja me despir de algo que eu amo e quero.

No entanto, neste momento, eu não vejo isso nele.

— Como? — sussurro a palavra.

Os olhos de Milo travam nos meus.

— Você controla. Não mostre a ele que está rasgada por dentro. Mostra que ele não te quebrou.

Eu fecho os olhos, aproveitando qualquer força que ainda resta dentro de mim.

Eu não estou quebrada, apenas com dor.

Eu penso em Ava e Parker. Quão fortes eles são e como passaram por isso.

Uma mão repousa sobre meus ombros, e rapidamente me viro para encontrar minhas três melhores amigas sentadas na fileira atrás de mim.

— O quê? — pergunto. — Como?

Eu não contei a elas. Sabia o que aconteceria se fizesse isso. Elas iriam sair do trabalho, sentar-se ao meu lado e serem... bem, elas. Minhas amigas fazem demais por mim. Dependi delas nos últimos quase dois anos e não queria sobrecarregá-las ainda mais.

— Você não achou que nós te deixaríamos fazer isso sozinha, achou? — Kristin pergunta.

— Mas vocês têm trabalho. — Olho para elas. — Todas vocês têm outras coisas. Eu não queria......

— Ninguém nesta tribo anda sozinha — Nicole me diz. — Você foi estúpida em pensar que não descobriríamos.

Os olhos de Heather estão cheios de amor e uma pontada de frustração.

— Estou na lista de testemunhas. Eu estava apenas esperando você nos dizer que precisava de nós. — Ela olha para Milo e depois de volta para mim. — Mas estou feliz que você tenha alguém, mesmo que não tenha sido nós.

Não é desse jeito. Milo não é meu alguém, ele é meu assistente que assumiu a responsabilidade de estar aqui. Provavelmente para pegar sujeira para usar contra mim mais tarde.

— Milo, não......

— Está tudo bem — Heather me interrompe. — Ficamos felizes em ver que você não estava sozinha. De verdade.

— Agora eu entendi — Milo afirma, suavemente, para que apenas eu possa ouvir.

— Entendeu o quê?

Seu sorriso se alarga.

— Por que meu irmão se mudou para os Estados Unidos.

O juiz entra e eu não tenho tempo para responder.

— Por favor, levantem-se — o oficial de justiça anuncia e ficamos de pé. — O honorável juiz Evan Hellingsman está presidindo.

E então começa.

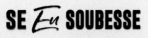

75

Capítulo 11

MILO

Não sei por que estou sentado aqui, querendo confortá-la.

É diferente de mim em todos os sentidos.

Danielle tem uma vida da qual não quero fazer parte. Ela é viúva, com filhos, e está claro que tipo de vida ela quer viver. Ela quer que o marido a adore e criar os filhos como uma unidade — bem, esse não sou eu.

Eu sou imprudente em todas as facetas da minha vida. Gosto de aventura, sexo e ter zero responsabilidades. Minha família gosta de dizer que sou imaturo, mas prefiro dizer que sou teimoso e inteligente. Por que me amarrar quando eu deveria voar?

É algo estúpido, realmente, se você pensar bem. Eu estaria fazendo um desserviço a quem fosse idiota o suficiente para me amar.

Danielle começa a mexer com as mãos, e eu as cubro com as minhas.

Ela olha para cima, e eu aperto um pouco.

— Você está bem?

É claro que não está, mas ela acena com a cabeça em concordância de qualquer maneira.

Movo a mão de volta para o colo, fingindo que não sinto um impulso de proteção quando se trata dela. Ela brincou sobre agredir o bastardo sentado do outro lado desta grade, mas fui eu quem teve que segurar o assento para me impedir de fazer exatamente isso. Os argumentos iniciais foram difíceis de ouvir. Eles descreveram Peter sentado à mesa em seu escritório, como estava encarando as fotos sobre ela com sua família diante dele. A imagem era clara; eu teria pensado que estava lá, vendo esse homem entrar, levantar a arma e acabar com a vida de Peter. Quando vi suas lágrimas, quase tive um ataque de raiva. É ridículo que uma mulher que mal conheço me faça perder o controle.

Mas aqui estou eu, sentado ao lado dela, querendo encontrar uma maneira de aliviar sua dor.

— Ok, eu gostaria de pedir um recesso para o dia. O julgamento será retomado amanhã às nove — o juiz fala, e bate o martelo.

Danielle se vira para as três mulheres — incluindo minha cunhada — atrás dela. Elas começam a conversar, e me sento aqui, me repreendendo por pensar que qualquer coisa disso foi brilhante. Eu deveria ter ficado no escritório e trabalhado para ser melhor que Danielle. Não deveria estar em um tribunal com ela.

Não deveria estar fazendo um monte de coisas que não consigo me impedir de fazer.

— Pronto? — Danielle pergunta.

— Sim, claro. — Eu me levanto e a sigo para fora.

Imediatamente, a morena engata seu braço no de Danielle e segue em frente. Nicole e outra loira estão no final. Começo a me mover pelo corredor, mas alguém agarra meu antebraço.

— Posso te ajudar? — pergunto a Nicole.

— Qual é o seu jogo?

— Jogo?

A loira bufa e cruza o braço.

— O que quer que você esteja fazendo, não faça — avisa.

— Eu não tenho a menor ideia do que você está falando — afirmo.

Nicole dá um passo para perto, e embora ela seja muito menor do que eu, é bastante assustadora no momento.

— Ela é como uma irmã para mim. Ela é da família.

— Bem, querida cunhada, nós também somos — aponto.

— Mas eu gosto dela.

— Estou ferido. — Aperto meu peito.

— Sim, você estará — ameaça. — Heather é policial e conhece todos os melhores lugares para enterrar um corpo.

Olho para a loira que apenas acena com a cabeça com um sorriso.

— Entendido — eu digo.

— Bom. — Nicole sorri e prende seu braço no meu. — Agora que resolvemos isso, conte-me toda a sujeira sobre Callum que eu possa usar contra ele mais tarde.

Eu ri muito.

— Eu posso acabar te amando.

Ela olha para cima com um sorriso.

— Não duvido que você vá.

Parece que meu irmão me venceu em outro aspecto da vida. Ele encontrou uma mulher que é claramente incrível.

Nicole e eu passamos por onde Danielle está, sua amiga morena a confortando. Tento imaginar como hoje deve ter sido para ela, mas não consigo.

Este homem conhecia seu marido em algum nível. Estava ciente de que Peter tinha uma esposa e família, mas por estar enfrentando a possibilidade de prisão e não conseguir lidar com sua raiva, ele matou a pessoa que estava defendendo sua vida inútil.

É uma alma lamentável.

— Obrigada por estarem aqui — Danielle diz para suas amigas.

— Claro que estamos aqui, idiota.

O lábio de Danielle começa a tremer e uma lágrima cai.

— Eu não queria fazer isso. Não sabia se conseguiria, então se eu não contasse a vocês, não seria real.

Nicole solta meu braço e corre para ela.

— Nós entendemos, mas você nunca precisa se esconder conosco. Se não pudesse fazer isso, nós teríamos ficado na sua casa e assistido a filmes.

Caralho, que inferno. Quem tem amigos assim? Eu não, com toda certeza. Meus amigos estavam mais preocupados com cerveja e sexo do que em sequer perguntar como eu estava depois que meu pai morreu. Callum estava na universidade e achava que eu precisava melhorar mais.

Ninguém entendia como me senti ou se importou com isso. Eu estava cheio de raiva com o incidente. Queria justiça, respostas; queria que ele voltasse.

Precisava de alguém que desse a mínima, mas eles não fizeram isso. Então fiquei com mais raiva, bebi mais e dei ao mundo o dedo do meio.

Eu acabei me saindo bem, se você me perguntar.

— Sinto muito. Eu amo vocês! — Danielle chora ainda mais.

Mulheres.

— Eu não sei vocês — começo, quebrando seu momento choroso. — Mas acho que todos nós poderíamos ficar bem com uma caneca ou duas? — Ninguém responde. Na verdade, elas ficam ali como se eu estivesse falando outra língua. — Sabe, devemos entornar todas? — esclareço.

Nicole balança a cabeça, negando.

— Ele quer dizer tomar cerveja e ficar bêbado.

— Você não precisa ficar. — Danielle se aproxima de mim. — Agradeço que tenha vindo, Milo. Realmente agradeço, mas não posso imaginar que você gostaria de ficar por aqui.

Aqui está a saída que todo homem aguarda.

Ela tinha embrulhado para presente até.

E eu vou devolvê-la — como um tolo.

— Meu mimo. — Dou uma piscadinha. — Eu insisto.

Danielle coloca a mão no meu braço, me empurrando para longe de suas amigas.

— Se isso é algum...

— Não é — eu a interrompo, antes que ela possa dizer jogo ou qualquer outra palavra que possa inventar. — Deixe-me fazer isso — imploro a ela.

— Por quê?

Essa é a pergunta de um milhão de dólares.

Porque eu gosto dela.

Porque ela é forte, resiliente, e eu vejo minha vida na dela.

O que é uma coisa muito ruim.

Capítulo 12

DANIELLE

Por que não consigo parar de olhar para ele? Ava estava certa quando disse que ele era "sexo quente sobre duas pernas"? Eu não acho que ele seja feio de jeito nenhum, mas… faz um longo tempo desde que olhei para um homem dessa maneira.

É a sua personalidade que atrai as pessoas? Minhas amigas com certeza estavam rindo de suas piadas, sorrindo com ele e se divertindo na noite passada. Sem falar na garçonete, que praticamente caiu no colo dele no final.

Elas sabem que ele está tentando tirar o meu emprego. Sei disso também, mas aqui estou eu, olhando para ele, tentando descobrir o que diabos está errado comigo.

— Posso ajudar? — Milo pergunta, me pegando no flagra.

— Estou bem.

— Você está encarando — ele me acusa.

— Só estou tentando descobrir uma coisa — confesso.

— O motivo de eu ser tão deliciosamente sexy?

Eu ri.

— Não.

— Tem certeza?

— Positivo. Sua boca arruinou totalmente.

Mais uma vez, eu realmente olho para ele, tentando vê-lo através dos olhos de uma garota solteira. Sua barba tem alguns dias, dando-lhe uma aparência mais áspera do que quando ele está completamente barbeado. Ele definitivamente malha, pela forma como suas camisas se encaixam bem, a menos que ele as compre pequenas demais para parecerem maiores.

O ex-marido de Heather, Matt, fazia isso, e todas nós zombávamos dele por isso também. Não acho que Milo se rebaixaria a esse nível, mas também não duvidaria se ele fizesse.

— Você acha que o sotaque é sexy então?

Eu suspiro.

— Por que você acha que tem alguma coisa a ver com a sua aparência?

— Porque esses olhos azuis estão vagando por todo o meu corpo.

Pega no flagra.

— Tudo bem — concordo. — Eu estava encarando, porque todo mundo pensa que você é gostoso, mas eu não tinha certeza. Estava tentando entender do que se tratava todo o hype.

Sua mandíbula se abre como se o que eu disse fosse completamente insano.

— Desculpe, você o quê?

— Estou tentando entender o hype — repito, sem pedir desculpas. — Eu estava simplesmente juntando as peças.

— Sobre se eu sou ou não sou?

— Gostoso.

Milo me encara, seus olhos verdes escurecendo.

— E?

— E o quê?

Ele geme, passando sua mão pelo rosto.

— E o que você concluiu?

Ele realmente não vai gostar disso, mas eu já enfiei o pé na lama o suficiente, posso muito bem ir até o fim agora.

— Ainda não tenho certeza.

— Inacreditável. Eu estou ofendido. — Bufa.

Merda.

Eu sou a chefe dele e basicamente disse a ele que o estava verificando. *Bom trabalho, Danielle.* Por que você não se esbofeteia com um processo de assédio sexual enquanto está nisso? Preciso consertar isso.

— Me desculpa, isso foi inapropriado. Como sua chefe, não deveria ter dito isso.

Ele zomba.

— Não estou ofendido porque você é minha chefe!

— Só sei que tenho uma posição de poder sobre você. Há todo o movimento "me too" e eu não estava tentando fazer você pensar...

81

— Que você é completamente maluca? Eu já acho, graças a isso. Como você não sabe se me acha sexualmente atraente?

— Okay — digo, lentamente. — Posso ver que este é um assunto delicado para você. Não quero que pense que, uma vez que sou sua chefe, eu estava tentando tirar vantagem disso.

As sobrancelhas de Milo se erguem e ele para de falar.

Bem, se não me ferrei na primeira vez, com certeza fiz isso agora, apontando meu grande fracasso profissional.

— Milo? — finalmente chamo, depois de alguns minutos de silêncio constrangedor.

— Muitas me disseram que sou irresistível.

— E humilde?

— Não, isso nunca, mas não posso acreditar que você esteja questionando se eu sou ou não atraente.

Dou de ombros.

— Você se considera gostoso?

— Claro que sim, caramba. — Ele se levanta, tirando sua jaqueta.

— Ok, mantenha suas roupas!

— Estou apenas mostrando o que você precisa ver — fala, desabotoando a camisa.

— Milo! — Eu ri.

Ele se senta novamente, ainda nada contente.

— Nunca tive uma mulher incerta sobre eu ser bonito. O que há de errado com você?

— Comigo?

— Sim, você!

Isso não estava indo do jeito que eu esperava.

— Talvez seja você — aponto. — Você acha que eu sou atraente?

— Sim — ele responde, sem hesitar.

— Oh. Bem. Ok. Obrigada?

Ele me acha atraente. Não sei como me sinto sobre isso, mas estou toda quente por dentro. Faz muito tempo desde que um homem disse isso para mim. Até mesmo meu marido nunca foi excessivamente carinhoso. Sei que ele me amava, mas me pergunto se ele achava que eu envelhecia bem ou se ainda era bonita para ele.

Nossas vidas eram loucas e não tínhamos tempo para essas coisas.

— De nada. Você duvidou mesmo disso? — ele pergunta.

— Toda mulher não duvida?

— Sim, e vocês são todas umas malucas do caralho!

Eu realmente não gosto do tom dele, mas vou deixar isso passar, já que tenho certeza de que quebrei cerca de dez regras da empresa nessa conversa.

— Ok, então me conta — pede, com frustração em sua voz. — O que te deixou tão intrigada?

Não há como sair disso. Vou ter que ser honesta.

Eu me inclino para trás e cruzo os braços.

— O que há em você que as pessoas gostam? Acho que você é um cara legal, apesar de tentar agir de outra forma, mas minhas amigas e minha filha parecem pensar que você é algum tipo de grande partido.

Os olhos de Milo se arregalam.

— Acho que é bastante óbvio.

Claro que ele diria isso. Está apaixonado por si mesmo.

— Definitivamente não é a sua personalidade.

— Eu sou um grande partido, Danielle. Eu sou rico, sexy, fantástico na cama, e eu...

— Tem uma opinião muito modesta de si mesmo — termino sua frase.

Milo coloca a pasta de lado e balança a cabeça para os lados.

— Você está perdendo a visão geral.

— Esclareça-me, então.

Mal posso esperar para ouvir isso. Aqui estava eu, pensando nas coisas boas que ele fez ontem, e ele está prestes a me lembrar por que ele é o idiota que Callum diz que é.

— Além do óbvio, sou exatamente o que as mulheres querem. Eu não sou de joguinhos ou faço você acreditar que quero algo que eu não quero.

— As mulheres não querem isso!

— Talvez não as mulheres americanas.

Idiota.

— Porque sua esposa diz a você... oh, isso mesmo, você não tem uma.

Milo me encara, bravo.

— Por escolha, querida. Eu não quero uma esposa ou um amor ou qualquer coisa a ver com essa porcaria. Estou bastante feliz com a minha vida.

— Isso é o que todos dizem.

Acredito que, apesar das declarações de Milo, no âmago de cada ser humano está um desejo de ser amado acima de tudo. É por isso que nós buscamos companhia assim que começamos a nos separar dos nossos pais. Eu queria, mais do que qualquer coisa, ser amada tão profundamente, que isso me faria viver.

Então percebi que essa merda só existe em histórias. Eu tinha um marido que me amava, filhos, uma casa, e então me lembrei que ser amada é apenas parte de um quadro maior.

Nós também precisávamos trabalhar, cuidar das coisas e enfrentar as dificuldades de viver juntos e em sintonia. E isso terminou abruptamente da maneira mais dolorosa possível.

No entanto, eu faria tudo de novo, porque aqueles poucos momentos em que eu era tudo que importava para Peter me carregaram nos tempos difíceis.

Milo se levanta, levando a pasta que colocou de lado.

— Quero dizer o que disse. Vi o lado ruim de um casamento, e não quero fazer parte disso. No entanto, quando encontrar aquela garota que me colocar de joelhos e que for insuportável ficar longe dela, ela saberá que a escolhi. Escolhi amá-la contra a minha vontade de ser solteiro. Essa é a garota que estou procurando, mas acho que ela não existe.

Descanso os braços na mesa e sorrio.

— Mal posso esperar para vê-la te colocar de joelhos. — Uso suas próprias palavras contra ele, que ri.

— Eu também mal posso.

Vejo isso em seus olhos. Neste momento, ele não é mais imune ao amor do que o resto de nós. Só ficou bom em fingir.

— Você não vai! — grito com Ava, enquanto ela está colocando os sapatos.

— Você não pode me fazer ficar em casa. Vou pegar uma carona para o tribunal por conta própria então!

Eu me aproximo, segurando seu braço.

— Maldição! Você não pode se sentar lá e passar por isso. Não pode!

Ela não pode ver as fotos de seu pai deitado no sangue. Sei que ela pensa que tem idade suficiente para enfrentar o mundo, mas ela não faz ideia.

CORINNE MICHAELS

Um tribunal não é divertido. É um inferno e está sugando a vida para fora de mim.

Eu me recusei a ir hoje. Tive que me encontrar com um inspetor e não achei que era uma boa ideia reagendar. Claro, Milo trouxe à tona o fato de que o tenho como meu assistente extremamente qualificado e que estava inventando desculpas, mas... ele pode ir se ferrar.

Agora estou discutindo, porque Ava acha que tem o direito de estar lá.

— Não me diga o que não posso fazer, mãe! Eu sou muito mais forte do que você pensa. Não sou uma criança.

— Isso é exatamente o que você é — declaro, me jogando no sofá. — Você é uma criança, Ava. É minha filha e ouvir aquilo... não é o que seu pai gostaria.

— Eu preciso saber — ela admite.

Como faço para mantê-la longe disso? Tentar protegê-la é mesmo a coisa certa? Olho para o teto, rezando por alguma ajuda aqui.

Já que ninguém responde, decido cavar mais fundo para ver qual é a verdadeira razão pela qual ela quer estar lá.

— O que você acha que vai ouvir que vai te ajudar? — pergunto.

Ela se move em minha direção.

— Eu não sei, mas pelo menos posso ver o homem que o tirou de nós. Parker nunca conhecerá o papai. Quero que o homem responsável veja meu rosto.

Percebo o quanto ela é parecida com o pai agora. Peter tinha o mesmo fogo dentro de si. Ele queria respostas, a verdade, e lutar contra as injustiças do mundo. Eu queria ser feliz. A ignorância era uma benção para mim.

— Acha que ele realmente se importa? — jogo de volta. — Porque posso prometer a você que ele não se importa. Ver seu rosto não vai deixá-lo subitamente envergonhado pelo que fez conosco. Não vai acertar as coisas. Não vai trazer o papai de volta. Não fará nada com ele e tudo com você.

Ela se senta no sofá ao meu lado.

— Eu não sou mais uma garotinha, mãe.

Oh, como ela está errada. Aos dezesseis anos, ela está longe de conhecer as duras realidades que a vida adulta oferece. Eu daria tudo para ser jovem e ingênua novamente. Era muito mais fácil.

Também entendo o desejo que ela tem em algum nível. Ela perdeu o pai e isso é algo que pode ajudar a trazer um encerramento.

— Eu sei que você não é — garanto. — Não posso deixar você ir

ao julgamento, mas se concordar em não brigar comigo sobre isso, então pode vir para a leitura do veredicto. Quero que você escape das partes horríveis, mas acho que você deveria estar lá para os argumentos finais.

Ava salta em minha direção, envolvendo os braços em volta do meu ombro.

— Obrigada, obrigada, obrigada. Eu não vou brigar com você.

Retribuo seu abraço, tentando me lembrar da última vez que ela me abraçou. Nós temos estado em lados opostos de tudo por tanto tempo.

Ela solta cedo demais, e vou dizer alguma coisa, mas a campainha toca.

— Eu atendo! — grita e sai correndo, abrindo a porta antes que eu possa ficar de pé. — Bem, se não é o cara duplamente sexy. — Ela torce o cabelo no dedo.

— Isso dá cadeia — o sotaque britânico que passei boa parte do meu dia lutando contra responde. — Você precisa de uma surra adequada.

— Quer me dar uma? — pergunta.

Oh, querido Deus. A mandíbula de Milo fica escancarada, embora ele tenha se enfiado direto naquela.

— Vá para o seu quarto, Ava — ordeno, e ela franze a testa.

— Mas ele é tão bonito.

— Vai. — Eu aponto.

— Pelo menos sua filha tem olhos que funcionam — responde.

— Sim, minha filha de dezesseis anos acha que você é bonito, delicie-se com isso.

Milo me ignora e estica uma pasta.

— A cidade está sendo administrada por um bando de idiotas que mandaram isso de volta. Você está recebendo muita resistência da vizinhança existente.

Fico impressionada com o quanto as pessoas resistem à mudança. Este projeto é para limpar um prédio de apartamentos em deterioração e revitalizar a área. Nós planejamos colocar um parque para as crianças, novas cestas de basquete — porque as antigas estão quebradas — e pequenas lojas para ajudar com os empregos. Todas essas coisas são boas, mas você pensaria que estamos derrubando uma floresta para construir um estacionamento.

É loucura.

Também está me fazendo parecer uma tola com Callum. Eu o pressionei por este terreno. Praticamente vendi a ele a ideia de como isso seria maravilhoso. Agora, ele está respondendo a todos os tipos de cartas, reclamações e problemas com licenças.

— Vou ter que bolar uma ideia.

— Eu deveria dizer isso — Milo concorda, com presunção condescendente.

Então me lembro de que ele trabalha para mim.

— Bem, assistente, já que você é meu cachorrinho e tudo mais, acho que você poderia realmente brilhar nesta área.

— Seu cachorrinho?

— Foi assim que Callum te chamou. — Sorrio. — Acho que é hora de testarmos essa personalidade magnética e boa aparência.

Isso será muito divertido.

CAPÍTULO 13

DANIELLE

— Eu atendo! — Parker grita, quando a campainha toca.
— Merda! — resmungo, tendo Ava na minha frente com um pincel de maquiagem.
— Olha a boca, mãe.
— Aham, como se você não falasse merda quando não estou por perto?
— Oh, eu digo muita coisa que você não ficaria feliz — Ava me informa.
— Por que eu sequer perguntei — murmuro.
— Mamãe! — Parker grita. — Milo está aqui!
Olho para Ava, que está sorrindo para mim.
— Por que você está olhando assim para mim?
— Nada.
— Já terminamos? Não confio em Milo solto com Parker.
Ava revira os olhos.
— Parker pode lidar com Milo. Vai ficar falando até o cara cair no sono. Ninguém pode ser malvado com aquele garoto, ele é o melhor.

Eu rio, porque ela não está errada. Ava pode ser uma cadela furiosa comigo, mas quando se trata de seu irmão, ela é completamente diferente. Sempre foi protetora com ele. Agora que seu pai não está aqui, ela às vezes parece pensar que é um segundo pai em vez de irmã, mas ele a ama e não se importa. Parker é a única coisa com a qual Ava se preocupa mais do que tudo.

Sou grata por isso, pelo menos.

— Você tem razão. — Eu me remexo no lugar, odiando este vestido. Sinto que não importa para onde eu me mova, algo que não deveria está caindo.

— Pare de se mexer ou seu rosto não ficará perfeito para o seu encontro.
— Isso não é um encontro — corrijo.

Esta é uma missão de reunião-de-negócios-barra-coerção, graças ao meu assistente. Depois de mais três dias de acompanhamento com a cidade apenas sendo ignorado, Milo me pediu para soltá-lo da coleira. Ele explicou que tem uma conexão — que ele fez em menos de um mês morando aqui — no escritório do inspetor.

Ontem à noite, recebi um telefonema dizendo que estava tudo acertado. Eu precisava estar bem-vestida, porque tínhamos um jantar com o inspetor e sua namorada.

Milo me implorou para confiar nele e deixá-lo trabalhar seu ângulo, desde que tentamos o meu e ficamos devendo.

Confiar nele é um exagero, mas estou cansada de ser sacaneada por esse cara e, se Milo tem o contato, estou disposta a aceitar. No entanto, isso não é um encontro.

— Tanto faz. Você está arrumada, tem uma lingerie sexy e está usando sapatos que dizem "me foda", isso é um encontro.

— Ava Kristin Bergen — eu chio. — Não use essa palavra perto de mim, e esses sapatos são os que você me fez usar.

— Porque eles te deixam gostosa, mãe. Você precisa parecer gostosa, se quiser seguir o plano de Milo. Agora, pare de se mexer para que eu possa consertar seu rosto.

Consertar meu rosto?

— O que diabos está errado com o meu rosto?

Seu lábio superior sobe e ela encolhe os ombros.

— Acho que não há nada de errado com ele, se você fizer as sobrancelhas com mais frequência e talvez colocar um pouco de maquiagem.

— Caramba, valeu.

— Só estou dizendo, mãe. Você está ficando mais velha e vai ser mais difícil atrair um homem se não se esforçar um pouco.

Bato na perna dela.

— Não sou velha. E não quero um homem.

Estou bem sozinha. Tenho meus filhos, meu trabalho e minhas amigas. Não há nada que um cara vá trazer para minha vida além de dor de cabeça... e talvez um orgasmo, mas posso fazer isso acontecer sozinha.

— Claro, você tem quase quarenta.

— Sim, quase, mas ainda não tenho.

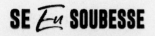

Ava revira os olhos.

— Bem, quando eu terminar aqui, você vai parecer ter vinte e, se dermos sorte, não vai parecer desleixada.

Peter e eu costumávamos brincar sobre o que faríamos se algo acontecesse com um de nós, e eu sempre disse que nunca me casaria novamente. Talvez fosse porque nunca quisemos nos casar em primeiro lugar. Nós nos amávamos, mas tínhamos objetivos maiores que um anel de casamento. Eu queria construir um império imobiliário e ele seria o sócio.

Aí eu engravidei e tivemos que mudar tudo. Bem, eu tive.

Olho para minha filha, a criança que não planejamos e que me trouxe por esse caminho, e toco sua mão.

— Sei que você e eu tivemos nossas diferenças, mas quero que saiba o quanto te amo, Ava. Obrigada por me ajudar esta noite.

Ava suspira e, por um momento, as paredes que ela construiu ao redor de si mesma desmoronam.

— Eu também te amo, mãe. Mas, se você não calar a boca e deixar eu me concentrar, vai ter contorno na parte errada do seu rosto.

E então as paredes estão de volta.

— Como você aprendeu tudo isso, afinal? — pergunto.

— Youtube.

Excelente. Agora estou realmente com medo.

Eu me sento em silêncio, e Ava continua pegando coisas e pintando meu rosto, e fazendo humm's e ah's para o próprio trabalho. Não tenho ideia de como me pareço, mas ela está satisfeita.

— Pronto — anuncia.

Eu me levanto, e ela se move rapidamente para a minha frente.

— Ava, mexa-se.

— Não! Você não pode olhar. Tem que confiar em mim.

Sim, isso é um problema. Eu não confio nela. Esta é a melhor maneira que ela poderia usar de vingança por seu castigo.

— Não, mexa-se.

— Mamãe! Por favor! — implora. — Eu prometo, você está maravilhosa. Basta ir até lá e ver o que Milo e Parker pensam. Se você não estiver gostosa, ele não vai te levar e você sabe que Parker vai dizer alguma coisa.

Ela está certa nisso. Parker ainda tem aquela honestidade infantil que toda mulher odeia. Gosta de cutucar meu lado e perguntar por que balança. Ou quando toca as linhas ao redor dos meus olhos e pergunta por que enrugam como as da vovó.

Todo mundo deveria ter filhos, eles são ótimos para a autoestima, ninguém jamais disse isso.

— Tudo bem, mas se eu fizer isso e parecer a noiva do Chuckie ou algo assim, você ficará de castigo por mais um mês, entendeu?

Ela acena com a cabeça.

— Sim. E se você estiver maravilhosa, eu recebo meu telefone de volta amanhã?

Agora é minha vez de rir.

— Não nessa vida, mas boa tentativa.

Solto um suspiro nervoso e começo a andar, mas esses sapatos são impossíveis. Peter me comprou um par de Christian Louboutins para o nosso aniversário de dez anos. Ele disse que eu nunca os teria comprado, então cuidou disso. Eu os usei uma vez, pensei que meus pés estavam quebrados e nunca mais. Além disso, pareço uma girafa bebê descobrindo as minhas pernas quando ando.

Nicole parece uma modelo de passarela. Eu pareço uma idiota.

No entanto, eles combinaram perfeitamente com o vestido quase inexistente que estou usando.

Vou ser demitida quando Callum ouvir sobre o papel de tola que vou prestar. Não há dúvidas na minha cabeça. Deixei Milo me colocar nesta hoje e vou acabar pagando por isso.

Tropeço, tentando sair do banheiro, mas Ava agarra meu cotovelo.

— Sério, mãe?

— Escuta, o melhor cenário esta noite é que eu não quebre um tornozelo.

Ela bufa, caminhando para o quarto e resmungando.

— Não tenho mais esperanças.

Desço as escadas e paro no último degrau. Me sinto ridícula com essa roupa. Só Deus sabe como está meu rosto, e não consigo andar.

Um desastre esperando para acontecer, é isso que é.

— Batman ou Super-Homem? — pergunta Parker.

— Tem certeza de que quer debater isso?

— Você tem?

Parker é muito apaixonado por este assunto. Espero que Milo saiba no que está se metendo.

— Não há discussão. É o Super-Homem. Batman nem é um super-herói de verdade.

Ele está prestes a receber uma lição.

91

— Ele é um herói ainda maior que o Superman! — Parker grita, e posso imaginar seu rostinho cheio de toda a fúria que pode reunir. — Ele tem que descobrir como fazer as coisas sem nenhuma ajuda alienígena. Ele é melhor porque é inteligente. Isso é um superpoder. E não se preocupa com kryptonita, porque é humano, como nós.

— Ele não é mais rápido que o Superman ou mais forte que ele — Milo o provoca.

— Ele é melhor, porque poderia ser eu ou você.

— Bem, definitivamente você, mas eu não sou nem de perto tão inteligente quanto Bruce Wayne — Milo comenta, casualmente.

Sorrio, sabendo o quanto Parker sentiu falta disso com seu pai. Eles viram cada filme, leram histórias em quadrinhos e debateram como as coisas deveriam seguir, e Parker adorava aquele tempo com Peter.

Minha cabeça descansa contra a parede, afastando as lágrimas que ameaçam se formar porque, por mais triste que eu esteja, estou mais pelos meus filhos.

— Você pode ser meu Alfred. Tem um sotaque legal e eu acho que faria bem o trabalho — Parker oferece, e eu rio.

— Tudo bem — digo, saindo para a sala de estar, mantendo os olhos em Parker. — Acho que é hora de você ir para a cama, amigo.

— Uau! — Parker fala. — Você parece minha mãe, mas não se parece com ela.

— Está ruim? — pergunto, com medo.

Eu não faço nenhum contato visual com Milo. Não estou pronta para ver a reação dele a qualquer que seja a minha aparência. Não é como se eu fosse trabalhar parecendo que saí da cama, mas fui dona de casa por dezesseis anos. Não sei o que está na moda. Minha insegurança está em dez de dez, e se Milo olhar para mim com decepção nos olhos, eu posso surtar.

O que é insano, porque ele trabalha para mim e me odeia.

Parker sorri para mim e me tranquiliza.

— Você está bonita.

— Bem, estou feliz por você pensar assim. — Toco seu nariz. — Ava está lá em cima. Vá se preparar para a cama e ela vai te cobrir, ok?

— Ok, mãe. — Parker caminha de volta para Milo. — Traga-a para casa às dez, ok?

Milo ri e bagunça seu cabelo.

— Farei o meu melhor.

— Cama — ordeno.

Parker sai correndo, deixando Milo e eu sozinhos. Olho para o chão e os pés dele entram no meu campo de visão.

— Bem. — Ele limpa a garganta. — Pronta para ver meu charme, como você chama, em ação?

Eu rio de sua bobeira e faço o meu melhor para acalmar as borboletas causando estragos na minha barriga. Não há como negar quão inacreditável Milo parece agora. Ele está vestindo um terno preto cortado para se encaixar perfeitamente. Seus ombros estão jogados para trás e o cabelo normalmente castanho-claro parece um pouco mais escuro. A barba por fazer que estava em seu rosto agora está mais grossa e tem mais bigode do que antes. Não tenho certeza se é o terno ou a maneira como ele se porta, mas Milo está definitivamente sexy.

— Você está bem? — pergunta, e fico lá parada olhando para ele.

— Eu? Eu estou... sim. Estou ótima. Pronta para terminar este jantar já — digo, nervosa, colocando o cabelo atrás da orelha.

Ele dá um passo para mais perto e me lembro que sou sua chefe e que isso não é um encontro. Isso é um jantar com um propósito.

— Isso funcionará brilhantemente. Meu plano é infalível.

— Estou te dando uma chance nessa, Milo. Você tem uma oportunidade de fazer isso funcionar.

Ele dá um passo mais perto, e meu estômago cai. Até seu cheiro é fantástico.

Jesus Cristo, Danielle, pare com isso. Foco. Encontro de trabalho com seu subordinado.

— Estou totalmente ciente dos termos. — Sorri, debochado. — Lembre-se que uma vez eu tive uma assistente, e parte de ser um bom chefe é saber quando alguém pode fazer algo por você.

— Certo. E o seu trabalho é o que agora?

A mão de Milo se levanta, roça minha bochecha e depois cai.

— Tornar a sua vida mais fácil.

Nego com a cabeça e me concentro em colocar meus nervos de lado. Tenho que fingir que não me importo nem um pouco com o quão bem ele se parece ou cheira. Preciso lembrar que não importa o que Milo pensa sobre a minha aparência ou sobre este vestido ou sobre o fato de ele não ter feito um único comentário. Não sou uma mulher e ele não é um homem. Isto é guerra e nós estamos vestidos para a batalha.

Tenho que mentir como se minha vida dependesse disso.

— Gosto do seu terno, a propósito — digo, pegando minha bolsa da mesa lateral.

Ele enfia as mãos nos bolsos e se balança nos calcanhares.

— Que bom que você aprova.

Espero que diga alguma coisa sobre o que estou vestindo, mas ele não diz. Endireito meus ombros e balanço minha cabeça para os lados, os fios fazendo cócegas em minhas costas nuas.

— Vamos ver se você conversa tão bem quanto caminha.

Os olhos de Milo derrapam para o meu peito e depois voltam para cima.

— Vou me divertir bastante. Espero que esteja pronta, Sra. Bergen.

Talvez ele não esteja tão desinteressado quanto pensei.

— Este foi o seu plano brilhante? — pergunto a Milo, puxando meu vestido um pouco, apenas para ter a parte de trás mais baixa, o que significa que uma porção do meu bumbum está aparecendo. Não consigo sair ganhando com este maldito vestido.

Estamos no clube, esperando para ver se a namorada do inspetor da cidade aparece. Aparentemente, Milo não tinha exatamente um jantar *planejado*. Não, ele simplesmente descobriu onde o cara estaria e planeja estragar o encontro dele. Então, estamos no clube de campo que Nicole odeia mais do que a própria vida, porque é onde ele frequenta.

Tive que vir aqui algumas vezes com Peter e uma com Nicole. Este lugar é onde a sociedade autoproclamada rica e esnobe se encontra.

Uma garota passa, me dá um sorriso malicioso e me lembro de nunca deixar Ava me ajudar a escolher um vestido novamente. Ela vetou tudo o que eu vestia até este. Exigiu que não o tirasse e que a deixasse usar suas "habilidades loucas" no meu rosto. Esta noite foi como viver em uma realidade alternativa.

— Pare de se contorcer — ele me diz.

— Eu me sinto ridícula. E se ele nem vier aqui?

— Apenas relaxe, ele estará aqui.

Não é por isso que me sinto ridícula. É porque pareço uma prostituta muito cara. Sem mencionar que este é um esquema tipo o do seriado *I Love Lucy* inventado por ele. Não tenho certeza se sou Ricky ou Ethel neste papel.

— Milo, acho que isso é um erro.

— O quê? Isso é exatamente o que precisamos fazer. Não faça um temporal em copo d'água.

— Ok? — Bufo, rindo com sua escolha de palavras. — É tempestade, mas com certeza.

Ele me olha com uma sobrancelha levantada.

— Temporal é muito mais digno.

— Nada sobre isso é digno.

— Confie em mim, tudo está indo de acordo com o plano. Eu tenho tudo do jeito que preciso para garantir as licenças que ele vem arrastando os pés para liberar.

Tudo do jeito que ele precisa para quê? Isso não faz nenhum sentido. O plano inteiro consiste em uma possível "amiga" da academia jantar com Darren, o inspetor. Que tipo de plano é esse exatamente?

— Você precisava que eu me vestisse *desse jeito*? — digo, brava.

No carro, ele me informou que meu papel era ajudar a entreter sua amiga enquanto ele fazia sua mágica. Se não funcionasse, ele queria que eu parecesse encantadora e o ajudasse a encontrar uma maneira de manipular o inspetor. Mal sabe ele que tenho zero planos de fazer qualquer um desses papéis. Eu sou a chefe e vou resolver as coisas da maneira certa. Só precisava que ele marcasse o encontro.

— Você parece bastante deliciosa. — Ele sorri, me olhando de cima a baixo. Esta é a primeira vez que ele disse alguma coisa sobre como me pareço. Não que eu não o tenha flagrado olhando. No carro, quando me sentei, o vestido mal cobria... qualquer coisa. Vi seus olhos brilharem e ele se mexeu em seu assento. Então, quando me ajudou a sair do carro, Milo fez o possível para manter os olhos em seus pés quando eu sabia que ele tinha uma visão dos meus seios. E, alguns momentos atrás, vi seus olhos irem dos meus pés até a minha cintura antes que ele limpasse a garganta e desviasse o olhar, mas ainda sem uma palavra.

— Você acha? — pergunto, e dou uma rodadinha.

Estou brincando com ele um pouco. É justo, já que ele cumpriu sua missão de me pegar olhando para ele.

— Sim, as costas desse vestido são divinas.

— Não há costas — eu o lembro.

— Estou ciente, e definitivamente está funcionando para você. — Milo mexe as sobrancelhas para cima e para baixo.

E pelo olhar do homem que parou com um sorriso afetado, ele também concorda.

Milo se aproxima mais, colocando o braço em volta das minhas costas, dedos roçando a pele das minhas costas e me fazendo arrepiar.

— Frio? — pergunta.

— Um pouco.

Pura bobagem. Nunca está frio em Tampa. Faz fronteira com "mais quente que o inferno" e "assando em uma fogueira".

— Eu te ofereceria meu paletó, mas estaríamos cobrindo suas costas e essa é a nossa arma secreta — ele murmura, conspirador.

— O quê?

— Seu vestido, Danielle. Vai derrubá-lo de bunda.

Ele é insano. Eu não posso fazer isso.

— Esta é uma ideia tão ruim — aviso. — Quer saber? Mudei de ideia sobre este plano. Conseguiremos as licenças porque temos a papelada em ordem, não porque flertamos com ele no clube. Sou uma mulher crescida com a cabeça no lugar. — Saio de seu aperto, mas ele agarra meu pulso para me parar.

Considerando que normalmente não uso saltos de dez centímetros, eu balanço e quase caio.

Os braços de Milo envolvem minha cintura, me segurando firme.

— Olha. — Sua frente está nas minhas costas, e luto para não fechar os olhos e me inclinar para trás. Seus lábios roçam meu ouvido e ele sussurra: — Você é todas essas coisas. Você é mais do que isso, mas esta é a nossa chance de pegarmos ele. É hora de mostrar a ele quem você é, mas requer um pouco de sutileza. Vê aquele homem?

Eu concordo.

— Bom. Ele está aqui e pronto para descobrir exatamente quem está no comando da Dovetail.

Felizmente, isso me desperta o suficiente para ver o inspetor, que está nos sacaneando com a papelada, parado bem ali.

O ponto principal é que eu preciso resolver isso e nós temos uma oportunidade aqui. Eu posso sair por esta porta com a minha dignidade ou depois de fazer o que preciso para cumprir meu trabalho.

Os dedos de Milo deslizam contra o meu braço nu, pegam minha mão, e eu me movo com ele.

— Kandi, querida. — O sotaque de Milo está muito mais forte do que alguns segundos atrás. — Não sabia que você frequentava este clube.

Como ele mente tão facilmente?

— Milo. — Ela sorri de volta. — Você conheceu meu noivo Darren?

— Darren Wakefield — Milo diz, com a mão estendida. — Não sabia que você era o par da Kandi. Acredito que você conheça Danielle Bergen.

Milo Huxley, preciso ficar de olho em você.

Ele faz parecer que está genuinamente surpreso. Foi fácil para ele e um pouco assustador para mim como as palavras saíram como uma segunda natureza.

— Sim, como vai você? — pergunto.

Darren sorri calorosamente, então aperta minha mão.

— Danielle, que surpresa agradável. É ótimo vê-la fora dos limites do trabalho.

Mentiroso. Ele está se cagando nesse momento.

— É um prazer vê-lo aqui também, Darren.

Darren puxa Kandi para o seu lado e Milo coloca a mão na parte inferior das minhas costas. Desta vez, sou capaz de suprimir o arrepio que seu toque traz.

— Eu não sabia que você era membro do clube — Darren diz a Milo.

— Ah, eu não sou. Meu irmão esnobe é. Estou aqui pela primeira vez. Queria ver o motivo de todo aquele alarido.

Kandi passa o dedo pelo peito de Darren, seus olhos em Milo o tempo todo.

— Por que não pegamos uma mesa, já que somos todos amigos? Poderíamos pegar algumas bebidas.

— Nós adoraríamos — falo rapidamente, antes que Darren possa objetar. — Vou retocar meu pó no nariz.

— Eu vou junto — Kandi fala.

— Nunca vou entender por que garotas não podem fazer xixi sozinhas. — Darren ri.

Meus olhos estão em Milo e murmuro para ele: "se comporte".

Ele pisca e eu nego com a cabeça, sorrindo.

Como se isso alguma vez fosse acontecer.

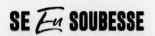

Capítulo 14

DANIELLE

Kandi e eu estamos paradas em frente ao espelho, arrumando nosso cabelo e batom. Ela é extremamente bonita. Seu longo cabelo loiro fica naqueles cachos perfeitos que eu nunca consigo fazer no meu cabelo. Ela tem olhos azuis cristalinos e seus seios são definitivamente feitos pelo homem. Darren parece ter cerca de cinquenta anos e sua calvície não está o ajudando a parecer mais jovem. Mas não acho que ela está com ele por sua aparência.

Termino de retocar meu batom vermelho, mais uma vez querendo castigar minha filha por me fazer parecer assim, e me viro para ela.

— Onde você conheceu o Milo? — questiono.

Por que perguntei isso a ela? Eu queria perguntar como ela conheceu Darren, não Milo. Era isso que eu queria dizer.

— Nos conhecemos na academia. — Ela sorri. — Ele disse que você é a chefe dele?

— Eu sou.

— Meu Deus, como você aguenta isso?

— Aguento o quê? — questiono.

Ela ri e inclina a cabeça.

— Olhar para ele o dia inteiro. Eu nunca faria nenhum trabalho.

Oh, ótimo, outra fanática.

Não vou dizer a ela que hoje eu, de fato, acho sua boa aparência um pouco perturbadora. Mas, mesmo assim, ele é tão arrogante, convencido, cheio de si e... Milo. Claro, ele é legal, carinhoso, engraçado e parece sair do seu caminho às vezes para as pessoas. Sim, ele é inteligente, e Parker veio correndo quando ele parou na porta, mas isso é porque ele é uma criança.

Em vez disso, pergunto:

— Você não está noiva?

Ela ri, encostada no balcão.

— Ainda posso navegar no mercado sem comprar os produtos, docinho. Além disso — prossegue, olhando para a minha mão —, você está em um encontro com ele e tem um anel especial no dedo.

Olho para o meu anel de casamento e o cubro.

— Bem, acho que nem tudo é o que parece.

— Como assim?

Não há nenhuma razão que eu precise dizer alguma coisa a ela, além de calá-la. Não somos nada parecidas neste momento. Não estou flertando com homens na academia quando tenho um noivo. Não estou sequer flertando com alguém e estou tecnicamente solteira. Mas não posso colocá-la em seu lugar, porque esse é o grande plano de Milo e, se eu estragar tudo, nunca vou parar de escutar sobre isso.

— Meu marido morreu há quase dois anos — digo. — Só não tirei ainda. — Minhas palavras podem ser fortes, mas minha voz definitivamente não é.

— Oh. — Kandi toca meu braço. — Eu sinto muito. Não quis dizer...

— Não, está tudo bem — eu a tranquilizo, rapidamente. — Nós provavelmente deveríamos voltar para os rapazes.

Ela acena com a cabeça.

— Posso te perguntar uma coisa?

— Claro.

— Você está... você sabe... *com* Milo, então?

Não tenho certeza do que Milo disse a ela e não sou boa nesse tipo de coisa. Então, faço o que posso fazer... desviar.

— Se você quiser saber, terá que perguntar a ele. Não tenho liberdade para dizer de uma forma ou de outra.

Espero que ela não tenha ideia do que isso significa, porque eu mesma não tenho, e fui eu quem falei.

— Ah, porque eu acho que ele é incrível.

— Há quanto tempo você o conhece? — pergunto.

— Apenas alguns dias — ela sorri —, mas... quando ele fala, juro, eu poderia morrer.

Em vez de fazer o barulho de vômitos que eu gostaria, concordo com a cabeça.

— Bem, não faça uma coisa dessas.

Poupe a todos nós e simplesmente me mate, isso tornaria a coisa toda mais fácil.

— Então, se vocês não são um casal, você se importa se eu... tomar uma atitude?

Agora estou confusa. Se ela está noiva de Darren, como diabos ela vai tomar uma atitude quando tem uma pedra gigante na mão?!

— Mas você está noiva, pelo que disse? — falo, como se fosse uma pergunta porque... Hã?

Ela dá uma risadinha desagradável.

— Claro que estou, mas o que os olhos de Darren não veem, o coração não sente.

Essa é uma base realmente sólida onde você está construindo o seu relacionamento, Kandi. Esta conversa está começando a pesar sobre mim. Para terminar, pego minha bolsa.

— Milo provavelmente estará nos procurando. Nós deveríamos ir.

— Sim, nós definitivamente não queremos deixar Milo esperando. — Ela suspira, e então sai comigo atrás de si.

Eu a odeio, decidi. Por que ela se importa tanto com ele? Porque ele é bonito? Que idiotice. Ela o conhece há alguns dias e de repente está dando em cima dele? Ela sabe sobre o pai dele? Sobre o quão difícil foi para ele quando seu irmão se mudou para cá? Não, quem sabe sou eu. Duvido que ela saiba sequer o seu sobrenome, mas com certeza está animada para tirar a calcinha e deixá-lo entrar.

— Aí está você. — O sorriso de Milo é largo quando me aproximo (sem cair, eu devo acrescentar). — Quando você estava no banheiro, Darren estava me contando sobre sua afeição por carros.

— Oh, Darren poderia falar de carros o dia inteiro. — Kandi sorri. — Tenho outras coisas que prefiro fazer com meu tempo.

Sempre tive inveja de mulheres ousadas. Nicole, por exemplo, é alguém de quem tenho ciúmes. Ela é confiante, sexy, não dá a mínima para o que os outros pensam e vai atrás do que quer. Kandi me lembra um pouco ela, só que é grosseira. Porque ela parece querer Milo.

Por que isso me incomoda não é um ponto em que estou disposta a pensar agora.

Ela nem está tentando esconder seu flerte. Bem na frente de todo mundo, ela está pendurada em seu noivo, mas olhando para Milo.

— Devemos pegar uma mesa? — pergunto.

— Danielle, eu não sabia que você era tão gata. — Os olhos de Darren se demoram um pouco demais.

Eles são um casal que faz swing ou algo assim? Talvez este seja um acordo que eles tenham, um relacionamento aberto. Mas não, obrigada. Este é o encontro mais bizarro que eu já tive. Agora me pergunto o que exatamente Milo disse a Kandi em suas sessões de academia sobre qualquer relacionamento falso que ele e eu temos.

— Obrigada, eu acho.

Milo envolve seu braço em minhas costas, seus dedos cavando meu quadril.

— Somos homens de sorte, não somos? Ter mulheres tão espetaculares em nossos braços? E não deixe a beleza de Danielle enganar você. Ela é brilhante pra caramba também. Você seria sábio em ouvir as ideias dela. — Ele dá ao homem um olhar aguçado.

Quando Darren começa a falar com Kandi, eu me inclino e digo a Milo:

— Grande maneira de ser sutil. Acha que ele entendeu o que você quis dizer?

Sua mão desliza para a minha barriga e ele me gira, então nós estamos quase peito a peito.

— Darren é o tipo de homem que gosta de se sentir importante. Amoleça-o e faça-o pensar que você é amiga dele, e ele vai te mostrar o tamanho de sua importância te fazendo um grande favor.

Pressiono a mão em seu peito; para qualquer outra pessoa, parecemos que somos um casal, sendo carinhosos.

— Se isso não funcionar, toda essa noite miserável é em vão.

— Eu certamente não chamaria essa noite de miserável. E, se isso não funcionar, eu me demito.

Olho para cima para ver se ele está mentindo, mas seus olhos estão firmes.

— Você tem tanta certeza assim?

Ele acena com a cabeça, subindo a mão pelas minhas costas nuas, e meu estômago afunda.

— Há apenas uma coisa que me deixa incerto sobre esta noite, mas não é ele.

Há outro significado por trás de suas palavras, mas não confio em mim para questioná-lo. Sou a pior paqueradora do mundo. Não tenho ideia se é mesmo isso que ele está fazendo ou se estou imaginando.

— Do que você não tem certeza? — pergunto.

Seus dedos percorrem minha espinha e juro que meus joelhos vão ceder. O braço de Milo me envolve quando me curvo um pouco.

— Nada mais. — Ele sorri para mim e agora eu sei. Ele está flertando. Ele está realmente flertando, e é muito bom nisso.

— Bem. — Limpo a garganta e dou um passo para trás. — Feliz por você está todo... sabichão e tudo mais.

— Milo e Danielle — Darren chama. — Vamos tomar algumas bebidas.

Ele se move para que sua mão possa tocar minha pele novamente.

— Sim, vamos fazer isso.

A caminhada até a mesa parece quilômetros. A cada passo, meu coração acelera, sabendo que agora eu tenho que fingir que sou seu encontro ou pode ser porque ele percebe que não sou tão indiferente quanto eu pensava.

Quando isso mudou?

Quando eu de repente olhei para o Milo e não quis dar uma joelhada nas bolas dele, mas, em vez disso, queria ver se a barba dele pinica quando nos beijamos?

— O que você gostaria de beber?

— Água, por favor — peço ao garçom, querendo me manter sóbria. De jeito nenhum vou seguir os passos das minhas duas amigas idiotas e beber. Kristin e Heather já passaram por isso. Vou permanecer sóbria e totalmente no controle.

— Nós vemos quem é a mais sensata deste grupo — Milo brinca, e então sua mão vai para trás da minha cadeira.

Os outros pedem bebidas e me reclino, os homens discutindo sobre carros.

Começo a cantarolar para não enlouquecer. Quando chego a sessenta e duas garrafas, Kandi resolve o problema com as próprias mãos.

— Milo — ela ronrona. — Darren odeia dançar e eu amo essa música, você se importaria de dançar comigo?

— Se estiver tudo bem para o seu noivo? — pergunta, olhando para Darren.

— Eu não me importo nem um pouco.

Ele se levanta com um sorriso.

— Então eu adoraria.

Bem, não me pergunte, Milo. Não estou nada bem com isso, mas tanto faz. Faça o que quiser, estarei aqui com a minha água, não torcendo nem um pouco que a senhorita Bunda Magra caia e arrebente a própria bunda.

CORINNE MICHAELS

Eu deveria ter pedido vodca.

Agora sou forçada a sentar aqui, observando-os caminhar até a pista de dança. A mão dele não a toca, mas está perto, e eu fervo.

Então, ela para, se vira e seus pulsos descansam nos ombros dele. As mãos de Milo estão na cintura dela, e tenho que segurar o assento para não fazer uma cena.

Não gosto que ele a toque.

Não gosto que eu não goste que ele a toque.

Não deveria dar a mínima se suas mãos estão em Kandi ou em qualquer outra mulher, aliás, mas aqui estou eu, olhando para eles, fervendo.

— Ela é linda, não é? — Darren pergunta, afastando meu olhar de Milo.

— Sim, você é um homem de sorte.

— Concordo. Ela me mantém jovem.

Oh, querido, aquele navio já se foi há muito tempo, assim como o seu cabelo.

— Isso é ótimo — digo.

— Sim — concorda, olhando para eles dançando. — É realmente ótimo.

— Você tem sorte de ter alguém que te faça feliz.

Não quero pensar em Peter, mas penso. Lembro-me de dançar com ele na sala, sorrindo, rindo e sendo boba.

— Sinto muito saber sobre seu marido — Darren fala. — Eu não o conhecia, mas me lembro da notícia de seu assassinato.

Sempre me perguntei por que as pessoas se desculpam. Darren não matou Peter, então por que ele sente muito? Nunca foi algo que me importasse, até que aconteceu comigo. Meu coração ficou partido após sua morte, mas me vi tendo que confortar os outros. Eles não sabiam o que dizer, e eu faria o que pudesse para ajudá-los a me ajudar.

Perder alguém inesperadamente é impossível de explicar. As coisas não foram piorando ou houve algo em que pudéssemos nos agarrar, como a maneira como ele lutou contra isso ou como estávamos preparados.

Ele foi trabalhar um dia e nunca mais voltou para casa.

— Agradeço as condolências — afirmo.

Ele faz uma pausa novamente. Seus olhos continuam procurando Milo e Kandi, o que me faz pensar se ele está realmente tão confortável quanto Milo parece pensar.

Eu os observo na pista, meu próprio ciúme formigando em minhas entranhas, e eu o empurro de lado. Milo é meu empregado. Pode dançar com quem diabos quiser. Pelo menos é o que estou dizendo a mim mesma. Faço um bom trabalho com isso até que o vejo sorrir para ela, os dedos dela brincando com a parte de trás de seu pescoço, e algo dentro de mim dói.

— Eu sei o que é isso — fala, antes de tomar sua bebida.

— O quê? — Eu me inclino para trás e me arrependo quando meu vestido se move novamente. Sério, vou queimá-lo quando chegar em casa e dançar ao redor das chamas.

Darren coloca seu copo na mesa, girando-o e falando.

— Você está aqui para me fazer assinar os papéis.

— Prometo que não é por isso que estou aqui.

Realmente não é. Estou aqui porque meu assistente é um idiota e deixei que me convencesse a confiar nele.

— Não estou tentando ser difícil — garante.

Agora é minha vez de pressionar.

— Então por que o atraso?

— Há complicações com a papelada — Darren me informa.

Tudo besteira. Essa papelada foi revisada várias vezes, está tudo em ordem, mas por mais que Milo possa conhecer caras como ele, eu também conheço. Eu o conheço, ou os homens como ele, no mundo dos negócios. Ele gosta de se sentir importante, necessário e de ter mulheres à sua mercê.

Mas eu sou a garota errada.

— Não tenho certeza de como isso pode ser possível — devolvo. — Por que você não me conta quais são os problemas para que possamos resolvê-los?

— Houve outra empresa que solicitou licenças e acho que os fios estão cruzados.

Que mentiroso. Eu pesquisei minuciosamente esta propriedade antes de comprá-la. Não houve licenças arquivadas, uma vez que os proprietários anteriores basicamente deixaram o complexo desmoronar. Estava uma merda. A cada dia que esta propriedade permanece intocada, nós estamos perdendo dinheiro.

Este é um jogo de poder.

— Mesmo se for esse o caso, não vejo por que isso prejudicaria nossas licenças. Você sabe que nós somos os donos.

Darren parece refletir sobre o que eu disse. Não sei se ele pensa que sou burra ou se vou jogar o jogo dele, mas vim para ganhar esta noite e ele não vai sair dessa.

Ele dá de ombros.

— Vou dar uma olhada de novo na segunda-feira.

Aposto que ele não vai.

— Vocês dois parecem confortáveis — comenta Milo, antes que eu possa responder a Darren.

— Nem metade do que vocês dois parecem — atiro de volta.

Seus olhos se arregalam, o sorriso cresce, e percebo que simplesmente me entreguei, deixando-o ver que eu estava prestando atenção.

— Você notou, não é?

— Não, na verdade, estava muito ocupada tendo uma conversa estimulante com Darren.

Milo se senta com um sorriso arrogante.

Cretino.

— Bem, então, por que não nos contar o que vocês estavam discutindo?

Nos minutos seguintes, as coisas variam de tensas a ainda mais tensas, enquanto Milo comanda a conversa. Ele informa Darren de seus erros, mas sempre consegue recuar antes de ultrapassar a linha. Seu tom é firme, poderoso, e eu estaria achando tudo bobagem se não estivesse completamente excitada por isso.

Este é o homem que está se escondendo por baixo de ser meu lacaio. Sua força é inebriante. A maneira como ele toca Darren como um instrumento, dobrando cada nota até ficar do jeito que ele quer.

Ele tem feito isso comigo o tempo todo?

Não posso deixar de me perguntar por que ele é bom nisso.

Agora decido liberar meu próprio poder e ir para a matança.

— Você não está ficando cansado de todo esse vai e vem, Darren? E não vai parar até que tenhamos as nossas licenças. Tenho certeza de que você tem coisas muito maiores para se preocupar com o seu casamento chegando. Sabe, reservar o local, planejar a lua de mel... negociar um acordo pré-nupcial rígido.

Kandi ri.

— Nós não faremos um acordo pré-nupcial, boba.

Darren limpa a garganta.

— Na realidade... eu, uh... Acho que podemos querer discutir isso.

A bebida de Kandi espirra na mesa quando ela a abaixa com um baque.

— Você está brincando comigo, Darren?

— Como eu disse, você tem muito no seu prato — prossigo. — Então,

por que eu não apareço na segunda-feira para pegar a papelada assinada e agendar a inspeção geral para que possamos obter nossas licenças? Então estaremos longe de você para valer.

O braço de Milo descansa atrás de mim e seus dedos roçam meu ombro nu.

— Nós dois sabemos que a desculpa da papelada é um monte de besteiras. Então, qual horário na segunda-feira funciona melhor para você?

Depois de um longo suspiro resmungão, ele diz:

— Dez da manhã. E não se atrasem, ou vocês vão perder o horário comigo, e não sei quando estarei disponível depois.

Capítulo 15

MILO

— Ai, meu Deus! — Danielle diz, agarrando minha perna, e nos sentamos no carro. — Conseguimos! Nós conseguimos que ele parasse com aquela porcaria dele.

Não estou comemorando até que eu tenha essa permissão em mãos, mas não vou estragar o humor dela ainda. Ela está me olhando como se nós fôssemos um time vencedor, e eu gosto muito disso.

— De nada.

Esta noite *foi* um sucesso, mas Darren ainda é um idiota pomposo. Teremos que descobrir se realmente conseguimos o que precisamos na segunda-feira.

Isso não significa que não vou me deleitar com seus elogios um pouco. Ela revira os olhos.

— Por favor, você não fez isso por conta própria. Comecei a conversa enquanto você dançava com a lambisgoia loira e flertava com ela, e eu totalmente fechei no final. Esta não foi uma missão solo, amigo.

As pontas dos meus dedos deslizam contra sua pele cremosa e vejo seus olhos mudarem do ciúme para o desejo. A noite inteira ela está fazendo essa dança. Se minha atenção estava em Kandi, o corpo de Danielle ficava rígido e a raiva quase irradiava dela. Vou ver se estava certo sobre sua antipatia por ela.

— Estou sentindo um pouco de ciúme em relação a Kandi — comento, ligando o motor e adorando o fato de que temos total privacidade no carro. Ela não pode correr, não pode evitar essa conversa, e eu pretendo usar a vantagem agora.

— Eu não estava com ciúmes.

Mentira.

— Então por que chamá-la de lambisgoia? Ela é legal, está noiva, e você não a conhece. Acho que você está com ciúmes.

— Você não sabe do que está falando. — Danielle bufa e olha para longe pela janela.

— Sério? Porque, se você mudou de ideia sobre me achar desejável, eu não te culparia.

Sua cabeça vira rapidamente e ela me encara, brava.

— Não mudei.

— Então, você não se importaria se eu dissesse que Kandi e eu vamos tomar uma bebida depois que te deixar em casa?

— Não. Embora ela provavelmente não esteja mais no clima. Parecia um pouco chateada quando saímos.

— Eu posso deixar qualquer um no clima. Então, você está perfeitamente bem se eu dormir com ela?

Ela faz uma pausa de apenas um instante e, em seguida, cospe a palavra:

— Sim.

Oh, eu não acredito nisso por um único segundo.

— E você acha que seria uma boa ideia? — continuo a irritá-la.

— O que me importa? Eu sou sua chefe, não sua babá. Quer dormir com a puta da academia, faça isso. Não posso te impedir.

— Ela é uma puta? Não sabia que vocês se conheciam.

O que Danielle não sabe é que eu nem vi o rosto de Kandi a noite toda. Dancei com ela, desejando que fosse Danielle. Tive que me impedir de arrancar Kandi dos meus braços e levar Danielle para a pista de dança, só para sentir sua pele.

Já era ruim o suficiente que eu parecesse não conseguir controlar minhas mãos de encontrar maneiras sutis de tocá-la a noite inteira.

Ela me encara, brava.

— Conheço garotas como ela. Ela está noiva e não conseguia tirar as mãos de você. Se não estava te tocando, estava te dando olhares sedutores. — Sua voz sobe algumas oitavas. — "Oh, Milo, você é tão engraçado. Oh, Milo, eu adoro dançar. Gostaria de tocar no meu corpo? Não se preocupe, Milo, eu volto, porque quero que você diga palavras britânicas sujas para mim. Risadinha. Bufo. Risadinha".

Eu rio de sua imitação de Kandi.

— Definitivamente nem um pouco incomodada com ela, deu para ver.
— Que nojo. Consiga alguma dignidade, moça — Danielle continua. — Ela sabia que você estava lá comigo e era como se eu fosse invisível. Muito rude?
— Mas você não está com ciúmes, certo?
Danielle aponta o dedo para mim, sua raiva crescendo.
— Você é um idiota. Não estou com ciúmes, sinto pena dela.
— Bem, então... — Dou de ombros. — Já que você está perfeitamente bem comigo dormindo com ela, poderia enviar uma mensagem para ela avisando que a encontrarei no meu apartamento?
Seu queixo cai e ela se vira e se afasta de mim.
— Eu não sou sua assistente, faça você mesmo.
Há mágoa em sua voz, e isso me permite saber tudo o que eu suspeitava. Em algum lugar nas últimas semanas, as coisas mudaram. Não a vejo mais como a mulher que roubou meu emprego. Vejo uma mulher forte que perdeu o marido de uma maneira terrível. Ela é sexy, inteligente, engenhosa, e estou ansioso para vê-la, mesmo que isso signifique receber ordens suas.
Isso será um problema entre nós se continuarmos a ignorar. Não sou conhecido por ser um homem paciente, então vamos chegar ao cerne da questão nesse momento.
Faço a curva para a rua dela e estaciono na entrada de sua garagem. Ela faz um movimento para sair do carro, mas agarro seu pulso.
— E se eu te disser que não queria que você mandasse uma mensagem para ela de qualquer maneira? — desafio. — E se eu te disser que não quero conhecê-la, tocá-la, vê-la novamente?
— Por que você não iria querer isso? Você é solteiro, ela... não é, mas claramente isso não a incomoda.
— Porque... — Faço uma pausa, esperando que ela olhe para mim.
— Por quê?
— Eu não a quero. Nem um pouco.
Os olhos de Danielle se arregalam um pouco e sua respiração falha.
— Você não quer?
— Não.
— Oh.
Sorrio com sua inocência.
— Há outra pessoa que eu quero, Danielle.

Ela se mexe, me encarando naquela porra de vestido. Cada centímetro dela é perfeito, e esse vestido me deixou morrendo de vontade de vê-lo no chão. Sempre a achei bonita, mas, esta noite, ela está deslumbrante. Quase perdi a cabeça quando a vi. Não conseguia me mexer, pensar, falar, e nunca fiquei mais grato do que estava mais cedo, quando Parker tinha sua atenção.

Eu estava lá parado como um maldito idiota com a minha boca aberta.

Agora, eu claramente não estou pensando, já que tudo o que quero fazer é pegar seu rosto nas mãos e beijá-la até que não possamos respirar.

— Quem você quer? — pergunta.

— Você.

Os olhos de Danielle se arregalam e sua respiração falha quando admito para ela o que tentei desesperadamente evitar.

— Milo — ela sussurra meu nome.

— Diga-me que você não estava com ciúmes — exijo.

— Eu... Eu... Eu não vou fazer isso com você. — Coloca o cabelo atrás da orelha e desvia o olhar.

— Fazer o quê?

— Isso! Você trabalha para mim.

— E?

— E eu não posso complicar as coisas.

Não é uma resposta boa o suficiente.

— Não estou perguntando sobre nada disso — informo.

Existem inúmeras razões para ir embora? Sim. Mas, nesse exato momento, quero que ela admita que sente o que eu sinto.

— Apenas...

— Diga-me que você não estava com ciúmes. Diga-me que não se sente diferente sobre mim e que esta conversa acabou. Mas não minta para mim, porra.

Eu a quero. Porra, cada parte de mim a quer. Não me importo com o fato de que ela está responsável pelo meu emprego. Quero beijá-la, matar nossa vontade e voltar a me concentrar no que é importante: recuperar meu emprego. Nada de passar meus dias pedindo para mamãe encontrar meus velhos quadrinhos para Parker, ou me preocupando com o julgamento do marido dela.

Então, nós precisamos deixar isso de lado e voltar ao modo como as coisas eram. Se ela disser que não sente o mesmo sobre tudo isso, eu vou embora. Se eu estiver errado, nunca mais falaremos sobre isso novamente.

No entanto, sei que não estou. Vi isso esta noite, claro como o dia. O desejo estava em cada toque que compartilhamos.

— É muito confuso. Não sei o que estou sentindo — Danielle admite, como se estivesse confessando algum pecado mortal.

Sempre gostei da frase menos conversa e mais ação. Eu me orgulho de ter vivido por esse lema.

Fazendo o que eu queria a noite toda, ternamente tomo seu rosto nas mãos. Meu polegar acaricia sua bochecha, e ela agarra meus pulsos.

— O que você sente agora?

Seus olhos encontram os meus.

— Você.

— E agora? — pergunto, aproximando o rosto do dela.

— Medo.

— Não vou te machucar — prometo.

A última coisa que quero fazer é causar mais dor do que ela já suportou.

Seus olhos se fecham por um momento e então suas pálpebras se levantam lentamente, revelando os lindos olhos azuis.

— O que estamos fazendo?

— O que você quer que eu faça?

Ela abaixa o olhar para os meus lábios e não preciso que responda, porque já sei.

Eu me aproximo, esperando que ela desperte disso e me afaste.

— Você quer que eu te beije? — indago, quando nossos lábios estão tão próximos que posso sentir sua respiração.

CAPÍTULO 16

DANIELLE

O que ele perguntou?

Estávamos mesmo conversando? Não consigo me lembrar, porque tudo o que sinto agora é Milo. Ele está em toda parte e não consigo pensar direito.

— Danielle — murmura. — O que você quer?

Eu o quero.

Eu quero... Eu quero... Eu quero saber se isso é real ou não.

Quero lembrar como é ser beijada, desejada... tocada.

E quero que seja ele que me mostre.

Mas há uma parte de mim que não tem certeza se isso é a coisa certa ou não. Eu me preocupo que isso só vai complicar as coisas.

Abro os olhos, procurando respostas nos dele, querendo saber se estou pensando demais nisso ou se talvez ele esteja brincando. Vejo o conflito, anseio e esperança girando ao redor, mas há uma suavidade na pontinha de tudo isso.

— Estou com medo — admito novamente.

Ele fecha os olhos, pressionando sua testa na minha, e corro os dedos para baixo pelo seu braço. A vida é curta. Eu vi em primeira mão. Amei e perdi, mas, de alguma maneira, sobrevivi à dor. Não sei o que é isso ou por que sinto isso, mas sinto.

Talvez seja o jeito que ele olha para mim às vezes. Talvez seja como trata meus filhos. Talvez seja o jeito que, quando eu estava desmoronando, ele me segurou. Seja qual for o motivo, eu gosto dele. Sinto alguma coisa e esta noite é impossível negar.

— Eu sou um tolo — afirma, calmamente.

Não. Ele não é. Eu sou. Sou a tola que o quer, mas tem muito medo. Trago minhas mãos de volta para seu pulso e digo as palavras que têm estado na ponta da minha língua:

— Me beija.

A cabeça de Milo se levanta em um estalo.

— O quê?

— Me beija — repito. — Me beija antes que eu mude de...

E ele faz. Seus lábios pressionam contra os meus e eu congelo. A boca de Milo é firme, mas não áspera, enquanto mantém minha cabeça firme. Não me movo. Não posso me mover, porque seus lábios estão tocando os meus. Minha cabeça começa a girar e tento me concentrar na sensação disso, mas estou abalada.

Ele se afasta.

— Se você quer que eu te beije, é melhor me beijar de volta. Saia de dentro da sua cabeça.

— E-eu só fiquei chocada — tento explicar.

— Me beije como se você me quisesse. A menos que esteja com muito medo e prefira que eu beije outra pessoa?

Ele quer que eu o beije? Ah, eu vou beijá-lo.

— Cale a boca. — Minha voz é dura. Não quero pensar nele beijando mais ninguém.

— Me faça calar.

— Foda-se!

— Se você está oferecendo... — Milo joga de volta. — Ou você pode provar que não tem medo e me mostrar que sabe o que está fazendo.

— Quer que eu te beije?

Seu nariz roça o meu.

— Sim.

— Tudo bem.

Cretino. Eu vou te mostrar como é me beijar.

Agarro seu rosto e me inclino sobre o console. Eu o beijo forte, inflexível, e com tudo que tenho. Ele é tão duro comigo quanto eu e de repente estou de volta ao meu lugar, novamente com ele me segurando. Empurro contra seus lábios e ele se inclina mais forte contra mim. Sua língua desliza pela minha boca, mas não o deixo entrar.

Milo solta um gemido baixo que se aproxima de um grunhido quando tenta novamente. Isso mesmo, amigo. Não sou mansa ou branda. Posso fazer sua cabeça explodir.

Finalmente, abro os lábios apenas o suficiente e, quando nossas línguas se tocam, eu estou acabada. Não tenho mais nenhum controle sobre esse beijo. Milo o pegou de mim ou talvez eu tenha dado a ele. De qualquer forma, não poderia me importar menos. Suas mãos se emaranham no meu cabelo, segurando-me em sua boca, e agarro a gola de sua camisa.

Já fui beijada, mas nunca desse jeito. Nunca me senti leve e ainda assim consciente ao mesmo tempo. Ninguém jamais fez minha cabeça girar ou meu coração disparar assim. Eu anseio mais. Este é um beijo que as mulheres sonham.

A cena do filme está montada, as luzes estão fracas e tudo em que qualquer um pode se concentrar é em nós.

Movo as mãos para seu pescoço, me segurando, porque posso flutuar para longe.

Milo devora minha boca, e eu não poderia lutar contra ele se tentasse.

Com cada roçar das nossas línguas, me derreto mais profundamente em seus braços. Mesmo no carro onde não há espaço, não consigo chegar perto o suficiente dele.

De repente, há uma batida na janela e eu o empurro de cima de mim.

Oh, meu Deus.

Eu me esforço para recuperar o fôlego. As janelas estão completamente nubladas e o calor dentro do carro é sufocante.

Outra batida.

— Humm, mãe? — A voz de Ava está cheia de diversão. — Você e Milo estão bem?

— Merda — murmuro.

— Vocês querem explicar por que o carro está embaçado? — pergunta, colocando as mãos em concha na janela e tentando ver dentro.

— Que diabos eu vou dizer? — pergunto a ele.

— Que você é uma adulta e para ela cuidar da vida dela. Ou que você e eu estávamos nos pegando e você gosta de mim.

— O que diabos é "pegando"?

— É se beijar, mãe. Você sabe, igual em Harry Potter... — Ava explica. — Sério, mãe, eu sei que você está aí dentro. Posso te ouvir.

Caramba. Não acredito que me empolguei tanto. Arrumo meu vestido de volta para o lugar certo e ela bate na janela novamente, o que me faz pular.

— Jesus!

Em vez de Milo tentar consertar sua camisa, cabelo ou qualquer outra coisa que ficou bagunçada, ele se inclina sobre mim, abaixando a janela.

— Podemos te ajudar?

Ava sorri e olha para mim.

— Pensei que isso não fosse um encontro? E seu batom está totalmente arruinado.

Quando eu era adolescente, nunca fui pega beijando meu namorado. Como uma adulta, sou pega pela minha adolescente. Oh, a ironia.

— Vá para dentro — digo.

— Seu cabelo está todo bagunçado.

— Chega! — Dou a ela minha melhor voz de mãe. — Já para dentro.

Ela ri.

— Isso é ótimo. — Então a criança faz algo que poderia realmente me fazer espancá-la. Ela pega o telefone, tira uma foto e corre para dentro. — Hashtag, te peguei!

— Ava! Volte aqui! — grito, quando ela fecha a porta. — Oh, meu Deus! O que eu estava pensando? No que diabos eu estava pensando?

Eu me inclino para trás e as lágrimas começam a se formar. Sou tão estúpida. Não deveria tê-lo beijado. Sou uma idiota. Milo trabalha para mim e está tentando tirar meu maldito emprego. Vê-lo de outra maneira é estúpido. Isso pode ser o que ele quer.

— Danielle — ele diz meu nome, mas não consigo encará-lo. — Está tudo bem.

— Não, não está bem. Eu tenho que ir. Nunca deveria ter estado aqui com você. Sou uma completa idiota. Por que te beijei? Por que me deixei pensar que isso...? — Paro e saio do carro. Meu coração está acelerado enquanto as consequências do meu erro me atingem. Eu o beijei. Na frente da minha casa, onde minha filha viu, caramba.

Claramente, eu não estava pensando. Estava sendo tão egoísta, que não levei em conta nenhuma realidade como meus filhos, meu trabalho, minha vida. Só queria seus lábios estúpidos e perfeitos.

O ar frio da noite me atinge e começo a andar, mas esses fodidos sapatos me odeiam e afundo na grama, caindo.

Como se esta noite pudesse ficar ainda pior.

— Sério? — digo, olhando para o céu. — Sério?

Começo a me levantar, mas as mãos de Milo já estão na minha cintura me ajudando.

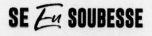

— Pare — peço, empurrando-o para longe. — Não preciso de ajuda. Eu estou bem e você precisa ir.

— Você está falando sério agora?

— Parece que estou brincando?

Eu me levanto, tiro os estúpidos sapatos e ando descalça em direção à minha porta. Não posso acreditar que me deixei escorregar assim. Estava tão envolvida no conflito que deixei minhas emoções estúpidas tomarem conta de mim. Eu o queria tanto. Queria ser desejada mais do que tudo e, por que eu sei, este era um jogo para me abrir para ele.

Com que facilidade eu cedi.

— O que diabos está acontecendo? — Milo pergunta, agarrando meu braço e me impedindo de subir os degraus de casa.

— Nada.

— Nada?

Tento puxar o braço para trás, mas ele não me solta.

— Isso foi um erro.

— Um erro? — repete.

— O que você é, um papagaio? Sim. Isso. O que quer que tenha sido. — Aponto com meus sapatos para o carro. — Não pode e nunca vai acontecer. Eu não sei o que é isso que você está fazendo, mas não estou brincando. Tenho outras pessoas em quem pensar e não posso perder meu emprego porque você está me deixando... seja qual for o seu plano... não vai funcionar.

Sua mão cai.

— Acha que era isso que eu estava fazendo? Jogando algum jogo bobo com você?

Meu peito aperta quando vejo o flash de dor em seus olhos.

— Sim! Sei o que você quer e o fato de que pode jogar com as minhas emoções para me fazer de idiota é baixo. Preciso entrar.

Afastando-me, de repente me sinto mais estúpida do que me sentia antes. Estou emotiva e um sentimento de culpa paira sobre mim.

Eu sei que Peter se foi. Sei que estou solteira, mas tudo que conseguia pensar quando Milo estava me tocando era o quanto seus lábios pareciam melhores.

Como Peter nunca foi possessivo.

Como Peter não me beijava daquele jeito.

Como Milo era diferente e eu gostava disso.

Deus, eu sou uma pessoa horrível.

— Você realmente acha que estou fingindo? Não sentiu o jeito que eu te quis a noite toda e até os dias que antecederam isso? Acha que eu faço questão de apoiar pessoas que mal conheço do jeito que tentei fazer com você? Se isso fosse um jogo, como você diz, por que eu te ajudaria? Não deveria te deixar cair e rir do resultado?

— Não sei o que pensar, mas não sou uma criança que pode sair por aí dando uns amassos com os funcionários!

Ele ri.

— Por favor, isso dificilmente foi um amasso. Nós somos adultos, aliviando a tensão, e claramente você se sente atraída por mim, não que eu te culpe.

— Seu babaca arrogante. Você estava dando em cima de mim a noite inteira.

— Estava? Eu estava bastante ocupado com a Kandi, se você se lembra.

— Uau, eu estava certa sobre você. Somos todos peões em seu pequeno jogo de xadrez. Pensei que você fosse um homem bom, falha minha. Não cometerei esse erro novamente. Você me disse o tempo todo quem você é. Eu deveria ter ouvido da primeira vez. Você é exatamente o que sua família diz.

Milo dá um passo mais perto, suas costas estão retas. Posso sentir a dor que minhas palavras acabaram de lhe trazer. Foi um golpe baixo, mas ele também não está lutando de forma justa.

— Eu não sou esse homem, Danielle. Não se engane, não sou o bom garoto que você quer, mas também não sou o vilão. Não estou jogando um jogo para tirar o seu emprego. Eu te beijei porque te queria, mas claramente cometi um erro de julgamento, como você apontou.

A mágoa de Milo se foi, substituída por raiva e decepção.

— Eu não...

— Você não precisa dizer mais nada. Acho que você deixou bem claro seus sentimentos por mim. Lamento que você sinta que me beijar foi um erro. Vou garantir que você não faça o mesmo duas vezes. Além disso, foi apenas um beijo. Isso não significa nada no grande esquema das coisas, não é? Não é como se alguma vez fôssemos ser mais que isso, uma vez que as coisas saiam do jeito que planejo. Boa noite, Danielle.

Fico ali parada, vendo-o se afastar, querendo dizer tanto, mas não digo. Se acabarmos com as coisas assim, não haverá confusão. Ele não deveria se importar com o que penso neste momento. Ele já deixou claro que não

deseja nenhum relacionamento. O que quer que isso seja, é insignificante para ele. Não posso ser isso para ninguém. Se eu der o pedacinho do meu coração que sobrou e ele o quebrar, o que acontece?

Tenho que pensar nos meus filhos, no futuro deles e no fato de que preciso da minha posição.

Ele alcança seu carro e nossos olhos se encontram. Então balança a cabeça para os lados e entra. Quando o carro dá ré e não consigo mais ver as luzes traseiras, uma lágrima cai.

Só estou me enganando, se penso que não me importo com o que acabou de acontecer. O pedaço restante do meu coração já está doendo.

— Bom dia, Sra. Bergen. Estou com a sua agenda do dia junto com alguns arquivos que você precisa revisar. Gostaria que eu os deixasse aqui? — Milo pergunta.

Eu tenho temido este momento. A ponto de quase ter ligado hoje dizendo que estou doente. Isso é o quanto a ideia de vê-lo depois de sábado à noite me chateou.

Durante todo o domingo, pensei em ligar para ele. Ele não fez nada de errado e eu o tratei como se tivesse feito. Pedi para ele me beijar e depois o afastei. Agora, preciso me desculpar e encontrar uma maneira de trabalharmos juntos.

— Milo — digo seu nome, e ele me olha com uma dureza que não vi antes.

— Mais alguma coisa que você precisava?

— Acho que devemos conversar.

Ele bufa.

— Não há necessidade. Não tenho nada a dizer.

— Bem, eu tenho — contraponho.

Milo está de pé, encostado na porta, com os braços cruzados.

— Isso tem a ver com os negócios?

— Sim. Entre e sente-se.

Posso ver o quanto ele odeia isso no momento. Por eu ser sua chefe e já que ele é tão inflexível em não falar sobre nada pessoal, isso é uma tortura para ele.

— Já recebemos a aprovação de Darren? — pergunto. Darren ligou para explicar que havia uma emergência e ele não poderia nos atender. Agora voltamos a esperar novamente.

— Não.

— Você entrou em contato com a cidade para acompanhar?

— Sim.

Ótimo, estamos em respostas monossilábicas. Hora de intensificar.

— Tudo bem, como foi a ligação?

Milo sorri, debochado.

— Bem.

Minha raiva começa a ferver.

— O que ele disse?

— Nada.

Eu poderia matá-lo.

— Você está falando sério? Realmente vai agir assim?

— Vou ter um longo almoço com o dono da Dovetail hoje para discutir o meu futuro com a empresa.

Oh.

— Está bem então. Quer dizer que vai almoçar com seu irmão? — Estou chocada. Não sei o que dizer. Sabia que ele estava chateado com o que aconteceu, mas Milo nunca me tratou tão friamente.

— Sim.

Sério, eu o odeio agora.

— Nós não vamos falar sobre a outra noite?

Milo ergue os olhos dos papéis em seu colo, sua expressão impassível. Não vou desistir. Ele está agindo como uma criança, e estou tentando ser a adulta aqui. Não precisa ser desse jeito.

Eu espero.

E espero.

E Milo não se mexe.

Com cada segundo que passa, penso em uma maneira diferente de tornar sua vida miserável.

— Pare já! — quebro.

— Parar o quê?

119

— Com isso! Toda essa atitude de "eu não me importo" e respostas monossilábicas. Me desculpe por ter surtado, ok? Ainda estou tentando me recompor e fiquei assustada. Nunca quis ferir seus sentimentos, Milo. Nunca. Você tem sido ótimo e me faz sentir coisas que me assustam. Estou tentando aqui; por favor, fale comigo. Eu não... Eu quero... Não posso me machucar de novo.

Milo fica de pé.

— Assustada?

Argh. Outra resposta curta.

Ele se move na minha direção, contorna a mesa, e fica parado na minha frente. Minha cabeça se inclina para trás para vê-lo.

— Assustada com o quê? — Milo pergunta, se inclinando. Suas mãos descansam em ambos os lados da minha cadeira e agora estamos cara a cara.

Meu pulso dispara com a sua proximidade. Por que meu corpo traidor se importa com ele? Tento desacelerar a respiração, mas até eu posso ouvir o quão difícil é.

— Não quero sentir essas coisas de novo — sussurro. — Não quero misturar as coisas.

— Acho que pode ser tarde demais, não acha? Você não acha que misturamos as coisas quando minha língua estava na sua boca?

Por que o pensamento disso faz meu estômago apertar?

— Não. — Nego com a cabeça.

— Você realmente acha que eu vou te usar para conseguir esse emprego de volta?

Eu quero dizer que não, mas a verdade é que não tenho certeza. Nada disso faz muito sentido para mim. Milo já me disse o tipo de homem que ele é, mas ele também sempre foi honesto. Ele explicou que não gosta de joguinhos, então por que agora não vou acreditar na palavra dele?

— Eu não vou mentir para você. Não sei o que pensar.

Seu rosto está perto, lábios bem na minha frente, e minha garganta fica seca.

— Não pense. Sinta, querida.

Eu me inclino um pouco mais para perto sem me dar permissão para fazer isso. O cheiro de sua colônia, a confiança que ele exala e a riqueza de sua voz são como uma droga. Você não pode ter apenas uma experiência, pois vai querer uma recaída de novo e de novo.

— Nós não podemos — sussurro.

— Ah, mas nós podemos, e você quer, não é?

Sim. Eu quero que ele me beije novamente.

Ele inclina a cabeça um pouco mais e logo antes de nossos lábios se tocarem, um barulho quebra o momento.

— Eu estou... interrompendo alguma coisa? — a voz de Callum enche a sala. — Posso voltar se vocês dois estiverem ocupados.

Por favor, que isso não esteja acontecendo. Fecho os olhos e sinto minhas bochechas queimarem.

— *Timing* perfeito como sempre, irmão. — Milo ri, soltando minha cadeira.

— Eu estava verificando se nós ainda sairíamos para o almoço. Olá, Danielle. — Callum sorri debochado para mim.

Agora fui pega em uma posição comprometedora com Milo tanto pela minha filha quanto pelo meu chefe.

— Callum, eu estava...

— Sim?

— Eu só estava...

— Ela estava prestes a me beijar, mas você estragou tudo — Milo termina.

Sério, eu quero rastejar debaixo da minha mesa e nunca mais sair. Não sei se já estive tão envergonhada na minha vida.

— Eu não estava! — declaro. Talvez estivesse, mas não há nenhuma maneira de eu admitir isso.

Milo balança a cabeça.

— Certo, nós estávamos checando a respiração um do outro caso eu precisasse de Ressuscitação Cardiopulmonar. Melhor?

Deixo cair meu rosto nas mãos.

— Aham, ótimo.

Callum ri.

— Eu não vou chegar nem perto disso. Estarei no meu escritório quando você estiver pronto, Milo.

Lentamente levanto meu rosto, rezando para que Callum tenha ido embora.

— Bem, isso foi bastante embaraçoso. — Milo sorri.

Meu estômago se revira quando deixo a vergonha me derrubar. Este homem me deixa louca e me leva a fazer coisas estúpidas. Preciso manter distância.

— Você sabia que ele ia aparecer?

Milo olha para mim em confusão.

— Como eu saberia quando Callum vai aparecer magicamente?

— Eu não sei, mas... argh! Isso não poderia ser pior.

Ele caminha em direção à porta, olha para mim com um sorriso e diz:

— Não se preocupe, não vou contar a ele sobre nosso beijinho na outra noite. Eu não gostaria que você tivesse problemas com o Recursos Humanos.

Foda-se minha vida.

CAPÍTULO 17

MILO

Meu irmão me entedia. Não há outra maneira de descrever isso. Ele sempre foi um pouco certinho demais, mas agora está verdadeiramente... monótono.

Cada regra que ele segue.

Cada parte de sua vida foi analisada e vasculhada para encontrar a escolha certa que lhe trará os resultados apropriados. A única decisão impulsiva que ele já tomou foi se casar com Nicole.

Tenho que dar crédito a ele, pois a mulher é definitivamente a melhor escolha que ele fez. O fato de ter que atravessar o Atlântico, no entanto, é o que trouxe nosso relacionamento a esse ponto. Se ele tivesse ficado em Londres, este almoço não seria necessário.

— Você queria conversar? — Callum pergunta, cortando seu bife.

— Não exatamente, mas você perguntou se poderíamos ter essa pequena conversa, então estou assumindo que é sobre minha posição na empresa. — Pego o copo de uísque e tomo um gole enquanto espero.

— Você está saindo? — ele finalmente pergunta.

— Para ir...?

Callum abaixa o garfo e a faca, bate de leve na boca com o guardanapo e dá de ombros.

Não sei o que isso significa, então permaneço quieto e espero. Ele acha que estou me demitindo? Ele quer ir a outro restaurante? Realmente as opções são infinitas.

— Você vai me fazer dizer? — Callum finalmente indaga.

— Claramente eu não tenho a menor ideia do que você está falando, então sim.

— Para Londres, Milo. Você está saindo para voltar para casa? Porque nós dois sabemos que essa pequena armação não vai durar muito mais tempo. Na verdade, estou bastante surpreso que você tenha aguentado tanto. Nós dois sabemos que você está infeliz.

É aqui onde novamente eu acho que meu irmão é fraco. Ele acha que sabe tudo sobre mim, mas nunca se dá ao trabalho de realmente perguntar.

Eu me inclino para trás na cadeira.

— Que bom que você é um leitor de mentes agora, Cal. Não sabia que você tinha tantos talentos.

— Você não pode me dizer que ser assistente dela é o que você quer.

— Vai se ferrar. Você não sabe o que eu quero. Ou não se importa porque é um bastardo que não dá a mínima para mais ninguém.

Callum ri.

— Acha que eu gosto das ligações da mamãe sobre o bebê dela não ter seu emprego de volta?

— Talvez ela pense que você é um idiota.

Tenho certeza de que isso não é verdade. Não o Callum perfeito dela, que faz tudo certo. Ela adora apontar todas as minhas falhas e me lembrar de como eu continuo a desapontá-la. Estou cansado de tentar encontrar o sol debaixo da sombra de Callum. É exaustivo e humilhante.

— Talvez ela pense que você nunca vai mudar.

— Então ela está certa. Eu sou o mesmo homem irresponsável que fui por todos esses anos, certo? O mesmo velho Milo, apenas um país diferente.

Ele nega com a cabeça.

— Pensei que você tivesse mudado nessas últimas semanas. Te vendo você com a Danielle, jogando pela equipe e tudo mais. Acho que estava errado.

— Mais uma vez, você faz suposições. Eu causei sequer um único problema desde que voltei?

— Não.

— Pedi para você me reintegrar como um executivo?

— Não, e por que isso, Milo?

Porque isso significaria que Danielle perderia o emprego.

Essa razão por si só deveria me fazer sair correndo para o próximo voo para Londres.

Maldito inferno, o que há de errado comigo? Eu vim aqui para recuperar meu emprego e destruir o bastardo que o tirou de mim. Eu queria vingança das mais poderosas. Meus objetivos eram claros, meu plano era infalível, e então eu a conheci.

Descobri que ela não era tão fácil de derrubar e vi o que isso custaria a ela. Acontece que ela não é uma bastarda. Ela é realmente perfeita.

— Porque eu sou um tolo — digo para Callum.

— Ah. — Ele sorri, debochado. — Acho que não preciso perguntar por que, já que, quando entrei, você estava prestes a beijá-la.

— Prefiro não falar sobre isso — respondo, com os dentes cerrados.

Callum descansa os braços sobre a mesa.

— Já te contei a história de quando papai conheceu mamãe?

Meu rosto cai, porque a última coisa que eu quero é uma viagem ao passado.

— Sério? Não, e eu também não me importo de saber.

Ele continua como se minha resposta fosse irrelevante.

— Mamãe e eu temos uma versão diferente da história, embora o resultado tenha sido o mesmo. O que mamãe não sabe é que eu costumava ouvir os telefonemas dele. Ele conhecia meu pai biológico e suspeito que ele foi colocado em nossas vidas por um motivo. Você sabe que meu pai era um homem de negócios implacável que prosperava em fazer os outros se encolherem para ele. Acho que ele queria o mesmo para mamãe, mas sabemos que não há muita coisa que faça aquela mulher ceder.

— Existe um ponto aqui, Callum?

Não me importo com isso. Papai se foi, e seja lá como for que eles se conheceram não tem influência na minha vida.

— Não seja um palerma. — Ele me olha, bravo. — Estou dizendo a você que papai não conheceu mamãe e simplesmente se apaixonou. Às vezes, você se encontra completo e escolhe sentir ou não. Você não é um bastardo sem coração, Milo, mas com certeza é um idiota.

— Como é que você sabe?

Callum joga seu guardanapo na mesa.

— Eu não vou apontar isso para você. Caramba, acho que você sabe o que te mantém tão irritado agora.

— Aham, você — lanço de volta.

— Eu sei. — Callum ri e se levanta. — Eu sou o vilão, como sempre. Não tem nada a ver com seus sentimentos em relação a Danielle. De repente, sou só eu quem está dificultando a sua vida. Estou certo?

Ele pode se foder. Eu não preciso disso. Não sinto nada além do desejo

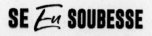

125

de socá-lo na boca. Danielle deixou claro o que ela pensa de mim, e ela está certa. Eu sou um bastardo egoísta que é impróprio para um relacionamento.

Sou o cara que vai machucá-la, porque não conheço outro caminho.

Eu vou falhar com ela, porque minha história diz que isso é inevitável.

De forma alguma eu a mereço, e persegui-la só terminará de uma maneira: em desastre.

Eu me levanto e jogo o dinheiro na mesa.

— Não, você é apenas o imbecil que precisa cuidar da porra da sua vida.

— E eu pensando que teríamos um bom almoço.

Agora é minha vez de rir.

— Acho que nós dois sabemos que não devemos tentar de novo.

Começo a sair pela porta, não querendo lidar com sua merda por mais um minuto, mas ele agarra meu braço quando eu saio.

— Vou continuar tentando. Quero que você saiba disso. Não por causa da mamãe ou nada disso, mas porque você tem uma família que se importa com você, independente do que pensa. Tem um sobrinho que deveria conhecer o tio dele, e Nicole aparentemente gosta de você, embora uma vez que ela o conheça, pode ser que mude de ideia. Além disso, você tem um cara que está cansado de não ter seu irmão por perto. Não vou desistir de você, não importa o quanto me afaste.

Ele me dá um tapinha no braço e se dirige para seu carro, enquanto fico lá, sem a capacidade de falar.

Em toda a minha vida, Callum nunca me mostrou que se importava. Ele sempre foi muito motivado para lidar com a minha merda. Não tenho certeza de como me sinto sobre isso.

Ele vai embora, e fico como uma estátua, ainda tentando processar o que acabou de acontecer.

CAPÍTULO 18

DANIELLE

— E você conscientemente entrou no escritório do Sr. Bergen com a arma? — o promotor pergunta, minhas mãos começando a tremer.

— Bem, eu sabia conscientemente que estava com a arma, mas não estava procurando por ele especificamente — responde o homem que matou Peter.

Estou impressionada com quão calmo e controlado ele é. Como se este fosse um dia como qualquer outro. Nem um pingo de remorso em seu rosto.

Eu não planejava estar aqui. Depois daquele primeiro dia no tribunal, encontrei todas as desculpas para faltar. No entanto, de alguma forma, estou sentada aqui, ouvindo e desejando ter ficado longe. Eu precisava sair do escritório depois do que aconteceu com Milo. Peguei minha bolsa e fui para minha barraca de comida favorita perto da praia. Eu me sentei lá, observando as ondas baterem na praia, me perguntando como diabos cheguei aqui.

Claro, a vida é uma loucura. Entendo bem. Mas isso está além da loucura. Está fora de controle.

Pensei em meus filhos, minhas amigas e minha família. Antes que percebesse, tinha acabado de comer e, em vez de voltar para o escritório, era como se outra pessoa estivesse dirigindo meu carro, me levando ao tribunal.

Não sei por que me senti compelida a estar aqui. Talvez fosse porque meus últimos pensamentos enquanto observava o oceano eram sobre Peter. Talvez fosse a culpa de quase beijar Milo novamente. Havia um sentimento

mesquinho dentro de mim de que havia alguma coisa importante acontecendo, e eu estava certa. Adam McClellan não deveria depor hoje, mas estou sentada aqui, assistindo isso acontecer.

— E sua intenção era usar a arma? — ela pergunta.

— Eu não fui lá matá-lo, se é isso que você está perguntando.

— Então qual foi o seu motivo?

Ele olha para mim por um momento e juro que meu coração para. Não estou sentada na parte da frente desta vez. Estou na parte de trás, tentando me esconder nas costas de qualquer um que puder. No entanto, ele se concentra exatamente em mim.

— Senhor McClellan. — Ela dá um passo na frente dele, quebrando o contato visual. — Você teve um motivo quando foi ao escritório do Sr. Bergen?

— Eu só ia assustá-los um pouco.

— Com uma arma carregada?

Ele dá de ombros.

— Aham.

— E depois o que aconteceu? — ela o pressiona.

Eu não posso ouvir isso, não sem alguém ao meu lado.

Estendo a mão, desejando que Milo estivesse aqui para segurá-la.

Engraçado que minha mente vá para ele. Foi ele quem me deixou tão dilacerada por dentro. Eu não deveria pensar nele do jeito que penso. Não deveria querer estar perto dele o tempo todo, droga. Definitivamente não deveria estar sentada no julgamento do meu marido, pensando em Milo, mas estou.

Meu peito dói e percebo que tenho que sair daqui. Isso está errado e eu estou uma bagunça ainda maior do que imaginava. Deslizo em direção ao final do banco, mas quando chego na beirada, Milo entra.

Seus olhos encontram os meus e ele me nivela com um olhar. Ele me observa e se senta ao meu lado.

— Você estava indo embora? — pergunta, em um tom abafado.

— Por que você está aqui? Como me encontrou?

Por que você apareceu magicamente quando eu desejei que você aparecesse? É o que eu quero dizer.

Ele se aproxima e meu coração dispara.

— Liguei para o seu telefone, não consegui te encontrar, então abri o aplicativo para encontrar o seu celular e descobri.

Agora meu assistente é o Sherlock Holmes. Exatamente o que eu preciso.

— Excelente. — Minha voz está encharcada de sarcasmo.

Milo me confunde, pega minhas emoções, as coloca no liquidificador em alta potência. Não sei se quero me apoiar nele ou correr gritando.

Adam leva alguns segundos, seus olhos encontram os meus novamente na multidão e eu poderia vomitar. Tudo dentro de mim parece frio e morto. Ele não consegue me olhar. Ele não deveria poder ficar sentado ali parecendo tão presunçoso.

— Eu entrei no escritório dele. Ele estava sentado lá...

Cubro meus ouvidos com as mãos. Isso é demais. Eu deveria saber que não deveria ficar aqui.

Milo olha para o estande, vendo quem está lá, e então se vira de novo para mim. Ele puxa minhas mãos para baixo e sussurra, os lábios roçando minha orelha:

— Não há nada que ele possa dizer que você já não tenha imaginado em sua mente.

A voz raivosa de Adam substitui a voz gentil de Milo:

— Pedi para ele ligar para o meu advogado, mas ele não queria. Eu disse a ele que não estava brincando, e ele me disse para eu me acalmar.

Olho para Milo.

— Não é melhor viver com a mentira? — sussurro.

Milo pega minha mão novamente.

— Nunca.

Passei por um milhão de cenários na minha mente sobre como Peter foi assassinado. Eles se desenrolaram como um filme na minha frente. Cada cena mais gráfica e horrenda do que a anterior. Ele implorou por sua vida? Foi rápido? Peter salvou outro advogado, sacrificando-se?

Mais do que tudo, quero saber se Peter pensou em mim e nas crianças. Houve um momento em que nossos rostos estavam em sua mente e ele sentiu o nosso amor?

Espero que sim.

Eu espero, mais do que tudo, que em seu último suspiro ele soubesse o quanto significava para mim. Como seu amor e determinação mantiveram nossa família unida.

Mas Milo está certo. Nunca vou saber o que Peter estava pensando. Nunca vou conseguir essas respostas, mas posso obter estas.

— Senhor McClellan, como a arma disparou?

Agarro a mão de Milo com mais força, sentindo como se isso fosse a única coisa me prendendo a este mundo agora. Sinto-me vazia, tonta e instável. No entanto, não consigo tirar os olhos do que está se desenrolando agora.

— Eu não sei — responde.

— Você não sabe?

— Eu estava a segurando, e então... disparou.

O promotor não perde um segundo.

— Você disparou a arma?

— Não. Como eu disse, foi um acidente. A arma disparou sozinha.

A defesa está mentindo. Eu já vi isso antes e peço a Deus que não funcione. Se eles conseguirem plantar uma semente de dúvida de que o assassinato foi acidental, este homem pode ir embora com um tapinha nas costas. Não há testemunhas do disparo real da arma, apenas o vídeo que o mostra entrando e saindo do escritório. Ninguém realmente viu Adam matar Peter.

A promotora caminha lentamente na frente do júri.

— Você quer me dizer que foi ao escritório com uma arma carregada, e o Sr. Bergen acabou baleado, mas você nunca quis machucá-lo?

— Está correto.

— Não tinha intenção de usar a arma? No entanto, colocou uma câmara cheia de balas nela?

Adam abaixa a cabeça.

— Não, eu queria falar com o meu advogado. Eu nem estava lá para ver Peter.

Meus dedos apertam com mais força e Milo faz o mesmo em troca.

— Com uma arma carregada?

Lentamente, Adam levanta o olhar, e observo enquanto ele tenta parecer arrependido.

— Aham, mas não era para estar carregada. Eu pensei que estava vazia.

— Então você quer me dizer que falhou em mais de uma ocasião? Porque ele foi baleado várias vezes; tiros que o afastaram de sua esposa e filhos para sempre.

— Como eu disse, foi um acidente. E sinto muito por sua família e tudo mais, porém há uma chance de ele ter abusado de sua esposa e filhos; foi o que ouvi dizer de qualquer maneira. Então, se for esse o caso, talvez não seja a pior coisa que poderia ter acontecido.

E eu me descontrolo.

Estou fora do meu lugar, incapaz de conter minhas emoções por mais um minuto.

— Mentiroso! — grito. — Você o roubou de nós e não tem remorso! Como você ousa!

— Ordem! — o juiz pede.

Continuo a gritar, mas não sei o que estou dizendo. Apenas raiva e devastação saem dos meus lábios. Aquele bastardo matou meu marido a sangue frio e agora está tentando manchar sua memória.

Os braços de Milo estão em volta da minha cintura, me puxando para fora do tribunal, e o juiz bate seu martelo e grita por ordem sem parar.

Meu coração está pulsando tão forte no meu peito que me preocupo se vou me machucar. Eu o odeio. Odeio ser tão fraca e odeio ter vindo aqui de qualquer maneira.

Quando a porta se fecha, colapso nos braços de Milo. Ele me segura em seu peito e eu caio em pedaços. Agarro-me a ele, tentando enterrar o rosto, porque ninguém deveria me ver.

— Está tudo bem, Danielle — Milo fala, e eu soluço. — Você está bem agora.

Eu não estou nem um pouco bem. Sou uma louca que se descontrolou no tribunal. Ninguém vai se lembrar do sorriso de Peter. Eles vão ver sua viúva psicótica gritando com um homem em julgamento. Eu fiz isso. Sabia que não devia, mas não conseguia me parar.

A raiva substitui minha vergonha e eu subitamente não quero conforto.

— Não, não está! — Empurro-me para fora de seus braços. — Acabei de entregar à defesa uma pequena vitória. Eu fiz isso. Eu lhes dei algo.

— Você não deu nada a eles.

— Eu dei! — insisto. — Porra, eu sei que não devia. Preciso sair daqui. Sabia que não poderia lidar com isso. Não posso lidar com nada, porque tudo que eu toco desmorona.

Milo agarra meus braços, me impedindo de ir embora.

— Você está sendo muito dura consigo mesma.

— Você perdeu aquela cena lá, Milo? Fechou os olhos e perdeu a lunática que surtou lá dentro?

— Você não vê quão magnífica você é. Está lidando com o peso do mundo e não se dá nenhum crédito, não é?

Eu não fiz nada além de foder as coisas de um lado a outro.

— Por favor — eu zombo. — Eu não mereço crédito por nada. Você

não entende? Eu destruí tudo!

Ele não está ouvindo o que eu digo, no entanto. Dá dois passos para frente e me puxa em seus braços.

Posso estar desmoronando, mas ele está me mantendo de pé. Milo encosta sua testa na minha.

— Você não se enxerga.

Eu gostaria que isso fosse verdade. Mas vi tudo o que acabei de fazer, e não gosto nada disso.

— Você só vê o que você quer — digo.

Milo levanta a cabeça, enxugando a lágrima que está escorrendo lentamente, deixando pequenas listras pretas contra a minha pele.

— Eu te vejo. Às vezes, gostaria de não ter visto. Você pode continuar a se afastar, e tudo bem, mas tenho lidado com pessoas fazendo isso comigo a vida inteira, Danielle. Eu fiquei bom pra caramba em lutar e vou lutar por você.

Eu não estou o afastando. Estou desmoronando. Há uma diferença. Toda a minha luta se foi. Assistir aquilo foi demais.

— Você não me quer, estou danificada.

— E eu não estou?

— Não da mesma maneira, Milo.

Ele esfrega minha bochecha com o polegar.

— Todos nós somos imperfeitos. Todos nós temos falhas. Todos nós não somos merecedores de alguma coisa, mas isso não significa que não queremos mais.

Outra lágrima cai quando olho para ele.

— Por que você está aqui? Por que veio até mim?

— Porque eu precisava ver você.

As paredes que normalmente estão ao redor dele estão derrubadas. Há uma vulnerabilidade em seus olhos. Algo que vi na outra noite, e isso me abala. Não sei se é porque estou emocionalmente despida ou por causa do que ele me mostrou nas últimas semanas, mas levanto minha mão para tocar seu rosto.

— O que está acontecendo com a gente?

Milo traz seus lábios à minha testa e dá um beijo suave lá.

— Eu não sei, mas não tenho certeza se sou forte o suficiente para ficar longe de você.

Eu olho para ele, percebendo que, mesmo durante este pesadelo de julgamento, eu o queria. Desejei que ele estivesse aqui para que pudesse me apoiar nele. Ele esteve lá para mim de uma maneira que eu não esperava, e me encontro o desejando.

— Eu também não — admito.

Lentamente, Milo traz seus lábios aos meus. Ele me beija suavemente e, por um segundo, não me sinto uma bagunça. Eu me sinto segura, e isso é uma coisa muito ruim de se sentir em seus braços.

CAPÍTULO 19

DANIELLE

— Então você começou a gritar com o réu? — Heather pergunta, servindo uma taça de vinho.

— Aham.

— Não foi o seu melhor momento, hein? — Kristin ri e enfia as pernas debaixo da bunda.

Reviro os olhos.

— Obviamente não.

— Bem, eu não posso dizer que te culpo, Danni. Você está segurando um monte de porcaria e tentando fingir que a vida é ótima. — A voz de Heather está cheia de compaixão.

Não sei mais o que dizer neste momento. Se eu chorar muito, me sinto um fardo. Se não quebrar, sou muito forte. Não há maneira certa de lidar com as coisas.

— Não estou fingindo nada. Estou lidando com minha vida o melhor que posso. Estou um pouco sobrecarregada? Sim. Quer dizer, minha adolescente é uma lunática do caramba, Parker perguntou sobre seu pai novamente, estou trabalhando em tempo integral e tentando pagar as contas, e vou fazer quarenta anos em três meses, porra. — Puxo o cabelo em um rabo de cavalo. — Ah, eu também beijei Milo — deixo escapar.

Poderia muito bem acabar com isso.

As duas colocam as taças na mesa e depois se olham de queixo caído.

— Isso ficou interessante — Heather fala.

— Sim, porque eu gritar como uma maníaca no tribunal não era ridículo o suficiente?

Kristin dá de ombros.

— Ela quer dizer que a merda ficou boa.

— Eu sei o que ela quer dizer. — Bufo.

Nicole abre a porta e depois a bate.

— Ei, desculpe o atraso. Não consegui fazer Colin dormir e Deus sabe que receberia uma centena de telefonemas se tentasse deixá-lo com seu... — Ela para de falar, observando o quarto. — Que diabos está acontecendo aqui?

— Danielle beijou o Milo.

Ela sorri debochadamente para mim.

— Ah, eu sei tudo sobre isso. Callum os pegou no escritório dela. Danadinha. Espero que você tenha um pouco de sexo sujo na mesa enquanto estiver nesse rolo.

Deixo cair a cabeça nas mãos.

— Eu não posso com vocês.

Nicole ri.

— Achou que ele não ia me contar? Ele disse que era super desconfortável de assistir. Que você estava toda ofegante e Milo ficou superansioso durante o almoço. Parece que você também gosta de um britânico. Oh! — ela grita e bate palmas. — Nós seremos irmãs legítimas!

Kristin começa a rir.

— Todos os nossos sonhos se realizando. Sermos irmãs da maluca do grupo.

— Por favor! — Nicole bufa. — Você gostaria de ser minha irmã.

Heather ri.

— Nós gostaríamos de poder apagar os anos em que você pensou que era nossa irmã.

Minhas amigas são absolutamente insanas. Nunca houve dúvida sobre isso, mas não vou me casar com ninguém. Inferno, Milo e eu nos beijamos — duas vezes. É isso.

— Acho que todo mundo precisa se acalmar um pouco. Foi um erro, ok? Estou claramente tendo uma espécie de crise de meia-idade e isso só sou eu... não lidando bem.

— Ou você finalmente está tendo uma segunda chance nas coisas — Kristin sugere.

— A mentalidade de conto de fadas se foi para mim, Kris.

— Certo, porque quando eu estava pensando em ficar com Noah você estava tão pessimista, né?

Ela era uma história totalmente diferente. Seu marido passou anos a fazendo se sentir pequena e insignificante. Ele cagou para ela, que merecia ser feliz novamente. Eu não estava infeliz no meu casamento quando Peter foi assassinado.

— É diferente e você sabe disso. Como qualquer uma de vocês pode pensar que esta é uma história boa e suculenta? Meu marido...

— Nem mesmo ouse — Nicole interrompe. — Seu marido não era nossa pessoa favorita e você sabe disso. Peter melhorou nos últimos dois anos, mas vamos ser sinceras, até você odiou o babaca por um longo tempo. Você quase se divorciou dele quantas vezes? Não use Peter como sua forma de escapar do amor.

— Sério, Nic? — Heather de brincadeira dá um tapa no braço dela.

— Não acho que mentir uma para a outra é a maneira como fazemos as coisas neste grupo.

Nicole olha para mim e espera que eu diga alguma coisa. Não, ela está certa, neste grupo nós não nos contemos e não mentimos uma para a outra. Somos honestas, não importa o que aconteça, e depois que nossos sentimentos são feridos e agimos como as vadias que somos, nós nos abraçamos e seguimos em frente. Nicole nunca gostou de Peter.

Kristin faz o que faz de melhor e tenta suavizar as coisas.

— Você sabe que eu amei Peter como um irmão, certo?

Concordo com a cabeça.

— Ok, então me ouça com o coração aberto. Amar alguém no passado não significa que você não merece amar no futuro, Danni. Talvez essa coisa tenha sido uma sessão de amassos. Talvez você o beije novamente e depois vá embora. Mas e se não for? E se ele for mais? E se Milo for seu próximo amor de verdade, mas você não foi corajosa o suficiente para ver?

Tento ouvir o que ela está dizendo. Em algum lugar dentro de mim, quero estar em paz com isso. Peter não gostaria que eu passasse minha vida sozinha. Ele não gostaria que nossos filhos não tivessem um homem para admirar e até mesmo amar seus filhos. Não era assim que nos sentíamos sobre as coisas. Não sei se Milo seria a escolha dele.

Ou se ele é a minha.

— Podemos não falar sobre isso?

— Não — todas elas respondem em uníssono.

Eu imaginava.

— Aqui está a coisa, nós nos beijamos duas vezes. Duas. É isso. Milo praticamente me disse, em termos inequívocos, que ele não é um cara de relacionamento. Seu próprio irmão não pensa muito bem dele.

Nicole levanta a mão.

— Em defesa de Milo, Callum pode ser um pouco crítico. Ele não viu exatamente a joia que eu sou até que praticamente o forcei.

— Sim, você é um maldito diamante. — Heather ri. — Ou talvez zircônia cúbica...

— E foda-se, eu sou cada pedra que existe porque somos todos perfeitos. No entanto, não estamos falando de mim, aqui. Estamos falando sobre Danielle e sua vida amorosa desastrosa.

— Que nobre de sua parte me permitir ter a palavra. — Reviro os olhos.

— De nada. Por favor, continue — Nicole instrui.

Ignoro sua teatralidade, porque é como ela sempre é. Heather e Kristin estão me observando e levanto as mãos para o alto com um bufo.

— Só estou dizendo que todas vocês estão agindo como se Milo fosse *o cara*. Ele é apenas *um cara*.

Não sei como deixar isso mais claro para elas.

Claro, eu gosto do Milo. Não vou negar isso ou o fato de que penso nele o tempo todo, caramba. E sim, ele esteve ao meu lado de maneiras que me surpreenderam. Provavelmente é por isso que sinto esse calor em relação a ele.

E não estou muito orgulhosa de admitir que ele me mostrou esse lado doce, que ele mantém escondido tão bem, um lado que eu quero ver mais.

Ou que ele beija bem pra caramba.

Não importa que eu fique nervosa quando ele se aproxima ou que o som de sua voz faça coisas comigo. Nada disso é relevante porque Milo e eu não somos nada. Eu sou sua chefe e ele é meu assistente.

É isso.

Não vou continuar imaginando seus olhos verdes perfeitos, a barba em seu rosto, ou o quanto amo estar envolta em seus braços.

Não. Isso acabou. Sou uma mulher forte e posso controlar meus pensamentos e sentimentos.

Não é grande coisa que tudo que eu quero é estar em seus braços alguns dias. É só porque ele cheira tão bem e eu gosto de perfume. Não é que ele seja forte, confiante, me faça sentir que sou importante quando ele me abraça apertado.

Não.

Nada disso é o motivo.

— Olá! — Kristin acena com a mão na frente do meu rosto. — Você ouviu uma palavra que dissemos?

Merda. Eu não estava sequer ciente de que elas estavam falando. Vasculho meu cérebro para ver se em algum lugar fui capaz de pegar alguma coisa. A palavra "esperança" se destaca, então eu tento isso.

— Sim, você disse... ter esperança ou talvez... — É claro que elas não estão comprando essa.

— Oh, eu conheço essa cara. — Heather ri. — Essa é a cara de "ela está ferrada". Sabe, quando você não consegue se concentrar no mundo ao seu redor, porque um cara está ocupando todo o seu espaço na cabeça?

— Aham. — Nicole joga um grão de pipoca para mim.

Kristin dá de ombros.

— Eu já vi isso antes também.

— Vocês são uma merda!

— Diga-me que você não sente nada pelo Milo — exige Kristin. — E não ouse tentar mentir.

— Eu... Eu sinto... Não posso dizer isso.

Heather se levanta, senta ao meu lado e pega minha mão.

— Você tem permissão para sentir novamente. Tem permissão de ter outra chance no amor. Tem permissão para namorar, transar e fazer más escolhas, porque você é uma mulher inteligente. Perder Peter foi horrível, e realmente fiquei feliz quando vocês encontraram uma maneira de superar a merda que vocês estavam passando. Quando ele foi assassinado, eu chorei com você e por você, mas isso não significa que o resto da sua vida acabou. Nem de perto.

Concordo com a cabeça.

— Só parece tão cedo.

Ela sorri.

— Olhe para todas nós, minha amiga. Eu era casada. Kristin se casou e se apaixonou por Noah antes que o divórcio dela fosse finalizado, e você a julgou?

— Claro que não — digo rapidamente. — Foi diferente, e nós sabemos disso. Scott merecia ser baleado, Peter não.

Kristin bufa.

— Isso não é verdade.

— Protesto! — Nicole levanta as mãos.

— Ainda assim — Heather fala, suavemente. — Todas nós tivemos que passar por perder nosso primeiro amor, o cara com quem deveríamos estar para sempre e aprender a deixar isso para trás. Nicole é a única que não se casou com os caras dela, mas ainda assim vivia uma vida de solteirona fazendo sexo a três até Callum aparecer.

— Meu Deus, sinto falta da dupla penetração — Nicole suspira, antes de beber seu vinho.

Heather e Kristin balançam a cabeça, negando.

— A questão é: — Heather bufa — todas nós encontramos um amor maior do que tínhamos antes. Não estou dizendo que Milo vai ou não ser, mas o fato de você estar tão em conflito me diz que ele é especial, Danni. Eu confiaria nesse pressentimento, porque, se você o perder, quanto isso vai doer?

Não respondo de imediato, porque a dor que sinto no meu peito está crescendo. Eu não quero perdê-lo, só não sei se estou pronta para me abrir ao amor novamente.

— Se eu nunca o tiver, não vai doer nada.

— Verdade — Kristin fala. — Mas você pode se sentar aqui agora, pensar nele com outra mulher, e não querer arrancar os olhos dessa vaca?

Penso em Kandi e nego com a cabeça.

— Não.

— Então aí está a sua resposta.

Nicole sorri.

— Aham. Foda os miolos dele e se apaixone. É realmente a única resposta para seus problemas.

Todas nós começamos a rir e minhas amigas fazem o que sabem fazer de melhor... me deixar maluca e me forçar a recontar cada detalhe dos dois beijos que compartilhamos.

— Olha como eu sou brilhante — Milo diz, ao entrar no meu escritório com papéis.

Ele está com um sorriso enorme e tentando aparecer como um pavão faria. É fofo... maldição. Não é fofo. Não, chato, burro ou qualquer outro adjetivo negativo, porque é isso que Milo é. Em hipótese alguma ele é fofo, incrível, maravilhoso, um ótimo beijador, tem uma bunda incrível, ah, e esse sotaque...

Maldição.

Lá vou eu de novo.

Limpo a garganta e ele sorri para mim.

— O que você fez que te deixou tão feliz? Adotou um cachorrinho? Assou uma criança em uma fogueira?

— Engraçado. Diga primeiro, querida. Diga que sou o homem mais brilhante do mundo.

Eu me inclino para trás na cadeira, esperando o inferno congelar.

— Não vai acontecer. — Eu rio. — Faço questão de não mentir, se puder evitar.

— Isso vai fazer você mudar de ideia. — Milo coloca o papel na minha frente com a assinatura de Darren.

— Você conseguiu a permissão?

— Nós com toda certeza conseguimos a permissão.

— Está assinado?

Ele sorri maliciosamente.

— Assinado, selado e entregue, baby.

— Tem certeza? Você não falsificou ou algo assim?

Ele nega com a cabeça.

— Absolutamente não. Nós fizemos nossa inspeção geral e estamos totalmente autorizados a construir. Está cem por cento pronto.

Eu me levanto, pegando os papéis na mão e os leio em voz alta.

— "Darren Wakefield aprova os planos para que a Dovetail Enterprises inicie..." e então está assinado. — Minha voz fica mais alta e eu continuo.

Nós conseguimos.

Nós realmente conseguimos.

Aquele esquema maluco dele funcionou e nós conseguimos as licenças.

— Viu?

— Milo! — grito e corro em direção a ele. — Não posso acreditar nisso!

Ele me pega em seus braços e me gira. Tem sido um inferno com essa maldita licença, mas conseguimos.

— Acredite, querida. Agora, diga as palavras...

Darren continuou seus joguinhos após a inspeção, nos mantendo no limbo pelos últimos dias, mas nós conseguimos. Callum vai ficar tão aliviado e talvez eu realmente consiga manter meu emprego. Tudo por causa de Milo e seu plano maluco que realmente deu certo.

— Você realmente me ajudou, Milo. — Sorrio para ele, que me coloca no chão. — Você é incrível, brilhante e o que mais quiser ouvir.

— Não, você é. — Milo pisca para mim e de repente eu percebo como isso foi inapropriado.

Depois do festival de vinhos com minhas amigas, fiz uma promessa que, até que Milo e eu conversássemos, eu não me permitiria cruzar nenhuma linha. Eu não sou de dormir com qualquer um. Não tenho casos de uma noite só. Preciso de estabilidade, regras, definições nos relacionamentos e alguém com quem possa contar.

Essa conversa me ensinou que eu não consigo funcionar em algo disfuncional.

Milo é o epítome disso. Ele é imprudente, espontâneo, vive sua vida sem regras e isso funciona para ele, mas nunca será assim que eu opero.

Dou um passo para trás, mas ele me segue.

— Agradeço toda a sua ajuda para conseguir resolver isso para a equipe. Nós precisávamos dessa vitória, e você a trouxe para casa para a Dovetail — digo, tentando voltar ao modo chefe e empregado.

— Não dou a mínima para a Dovetail.

Meu coração começa a acelerar quando Milo dá mais um passo para perto. Ele está me perseguindo, e estou presa sem ter para onde ir.

— Ok, bem, quaisquer que fossem os seus motivos, obrigada.

— Eu fiz isso por você — ele fala, seu corpo quase tocando o meu.

Não consigo pensar quando ele está tão perto e diz coisas assim. É muito difícil lembrar que não podemos ir lá.

— Não diga isso. — Viro a cabeça para o lado.

— É a verdade.

Nossos olhos se encontram e quero tanto que este seja outro momento da minha vida. Um onde eu não estivesse preocupada com tudo e com todas as minhas regras estúpidas. Eu o deixaria me levar para o tipo de mundo em que ele vive. Por que não posso ter o que quero? Será que algum dia vou me dar uma chance de viver e não me preocupar com todos os outros? Não. Eu não vou. Então todas as outras perguntas...

Meu coração dispara quando respondo a mim mesma e digo a ele:
— Não importa.
— Isso importa pra caralho. Eu fiz isso por você. Não fiz por Callum ou esse trabalho bobo com o qual ele está tentando me ensinar uma lição. Eu não dou a mínima para nada disso.
— Por quê?
— Por que você acha, Danielle?
Tento sair de seu alcance, mas ele me prende.
— Eu não sei o que pensar. Não faz sentido.
— Eu sei.
Meu peito sobe e desce, minha respiração engatando.
— O que você está dizendo?
— Estou dizendo que tenho sentimentos por você. Que não importa quantas vezes eu diga a mim mesmo que você está fora dos limites, me pego querendo te tocar. — Ele levanta a mão lentamente, empurrando a mecha de cabelo que caiu no meu olho.
— Nós não vamos nos beijar de novo — digo. — Não até falarmos sobre tudo isso e bolarmos algum plano.
Milo sorri, seus lábios roçam minha orelha e eu estremeço.
— Quem disse alguma coisa sobre beijar?

Capítulo 20

MILO

Eu sou um bastardo.

Eu sou um bastardo egoísta, mas não consigo me importar, porra.

Seus lábios se abrem e o desejo nada em seus olhos azuis enquanto ela tenta lutar contra isso. Vê-la assim é motivo suficiente para continuar.

— Estou dizendo que não podemos nos beijar. — Sua voz é suave e não há convicção em suas palavras. Seu corpo se move na minha direção, embora haja pouco espaço para isso, e sei que ela quer me beijar.

Deslizo o dedo pelo pescoço dela, amando a sensação sedosa de sua pele. Ela está absolutamente de tirar o fôlego nesse momento.

Durante todo o dia, eu a vi andar com sua saia lápis e blusa branca que eu podia ver por baixo com a luz certa. Pensei em rasgá-la, vendo os botões caírem ao nosso redor enquanto eu afundava meu pau nela. Cada vez que ela suspirava, a imaginava deitada embaixo de mim, enquanto eu arrancava sons diferentes daqueles lábios carnudos.

Se ela continuar respirando desse jeito, forçando seus seios a subir e descer, eu poderia simplesmente ir em frente com essa pequena fantasia.

— Então o que podemos fazer? — questiono.

Seus olhos se fecham e continuo a tocá-la levemente. Vou pressioná-la o máximo que puder. Ela não está me enganando aqui, e estou cansado de vê-la ter essa guerra mental. Quando está desprotegida, ela age, e isso é um espetáculo a ser visto.

— Nós não podemos... não podemos... nos beijar porque... Meu Deus — ela murmura. — Não consigo pensar com você me tocando.

Amo poder perturbá-la tão facilmente.

143

Ela segura o lábio inferior entre os dentes e fico duro pra caralho. Eu a quero tanto que dói. Preciso tocá-la. Mal posso esperar mais um momento e não dou a mínima para as regras dela em relação a nós.

Porra, não existem regras.

A atração entre nós é inegável e meus sentimentos por ela são maiores do que eu alguma vez quis permitir.

Danielle é a primeira mulher que me faz querer *mais* na vida. Eu não me importo com carros, dinheiro, trabalho, ou nada disso. Quero ser alguém digno dela. Alguém em quem ela pode confiar e isso está me deixando louco.

Penso em cuidar dela.

Vejo as coisas e penso em Parker e seu amor pelos quadrinhos.

Minha mente vagueia o tempo todo com pensamentos sobre como fazê-la sorrir novamente, porque a visão disso faz meu coração inchar. Como um fodido idiota.

No entanto, nesse momento, tudo que estou pensando é em tocar cada centímetro dela antes de perder o controle.

— Posso fazer isso? — pergunto, alcançando o topo de seu peito. Meus dedos roçam seu seio e ela solta um gemido suave.

— Milo.

— E quanto a isso? — Meu toque desce mais abaixo e passo por onde seu mamilo se esconde em seu sutiã. — Quer que eu pare?

— Não, mas nós deveríamos — ela admite.

— Quem disse, querida?

Movo a outra mão pelas costas dela, a prendendo a mim, e seus dedos agarram meu braço. Nós respiramos um contra o outro e eu paro.

Seus olhos se abrem. A luxúria e a paixão são desenfreadas. Esse olhar é suficiente para deixar um homem de joelhos.

Eu sei o que ela disse, mas não consigo me conter. Tenho que beijá-la. Eu a puxo ainda mais apertado e trago meus lábios para os dela, mesmo sabendo que ela pode se afastar.

Em vez disso, seus olhos se fecham, seus dedos sobem pelos meus braços até a nuca e ela fica na ponta dos pés e me beija.

Meu Deus, ela realmente beija.

Foi-se a mulher que pensa que tem algum controle. Assim como o beijo no carro, Danielle é quase selvagem. Suas mãos agarram o topo da minha cabeça, me segurando como se eu estivesse indo a algum lugar. Meus pés se movem para frente, precisando de apoio, mas nós batemos na mesa.

Minha mão engancha sob sua coxa, a levantando e empurrando tudo sobre a mesa para fora do caminho. Ouço o barulho de coisas caindo no chão, mas nenhum de nós se separa para avaliar o dano.

Sempre quis fazer isso.

Eu a beijo com força, descansando meu peso na mesa de madeira fria. Outro arquivo sai voando, batendo no chão, e ela se move mais para o centro.

Seus olhos estão cheios de calor, ardendo por mais. Eu estou de pé na frente dela, que está colocada diante de mim. Minha imaginação não lhe fez justiça.

Ela é uma deusa do caralho.

Seu cabelo está espalhado ao redor dela, seus lábios ligeiramente inchados do beijo, e em vez de me afastar, ela sorri para mim.

— Não vou parar se você não me parar, entendeu? — indago, subindo em cima dela.

— Milo — ela diz meu nome com conflito.

Meu polegar roça seus lábios e ela os separa, então esfrego ao longo da abertura.

— Você quer isso?

Seus olhos se enchem com tantas emoções que não consigo acompanhar. Eu vejo o medo, mas então ele se transforma em desejo. Ela está em sua cabeça novamente e vou tirá-la de lá nem que seja a última coisa que eu faça.

Minha boca substitui meu dedo em seu lábio e sua perna se curva para cima, enganchando em volta da minha panturrilha. *Sim, ela quer isso.*

Suas mãos viajam para baixo pelas minhas costas e deslizo a língua em sua boca, amando seu gosto.

Eu a beijo com força, apreciando o quanto ela corresponde meu poder. Danielle não é tímida comigo, e eu adoro isso, porra. Subo em cima da mesa, deixando meu peso se acomodar com ela.

— Deus — ela geme novamente.

— Você é tão linda, porra — digo a ela.

— Mais. Eu quero mais, Milo.

Fico feliz em obedecer.

Faço o que pensei o dia inteiro e me sento de joelhos, olhando para aquela camisa e a rasgando. Seus olhos se arregalam, mas antes que ela

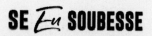

145

possa reagir, eu enfio o dedo no meio de seu sutiã e o puxo para baixo, deixando seus seios perfeitos transbordarem.

— Perfeita pra caralho — elogio novamente.

Minha boca se enche de água quando me inclino e tomo seu mamilo na boca. Eu chupo, lambo e brinco com a língua, e ela arqueia as costas para fora da mesa.

— Oh, meu Deus. Oh, foda-se — Danielle ofega.

Eu preciso prová-la. Toda ela. Deslizo a mão para suas pernas e continuo chupando seus peitos. Faço meu caminho de volta, puxando sua saia junto com ela.

Quando encontro o que está por baixo, é a minha vez de ficar chocado.

— Sem calcinha?

Ela sorri maliciosamente.

— Surpreso?

— Muito.

Suas bochechas ficam com o mais lindo tom de rosa e decido que quero ver se elas podem ficar mais vermelhas.

Saio da mesa e seus olhos se arregalam. Abro suas pernas e fico de joelhos.

— Eu vou aproveitar isso. Deite-se.

— Milo — começa a protestar. Não vou aceitar nada disso. Eu a aproximo um pouco mais e achato minha língua, saboreando-a.

Observo sua cabeça cair para trás e faço isso de novo. Em vez de tentar me empurrar para longe, seus dedos estão me segurando perto.

Não tenho certeza de por quanto tempo a devorei, mas eu poderia morrer um homem feliz bem aqui entre as suas pernas. Eu lambo, chupo e giro, mergulhando a língua em sua boceta, e depois volto a trabalhar em seu clitóris.

— Oh, sim. Oh, Milo. Certo. Sim. Oh! Porra — ela começa a murmurar bobagens e palavras soltas, enquanto eu a trabalho. — Eu. Vou. Sim!

Quando ela cai de volta na mesa, incapaz de segurar mais o seu peso, afundo dois dedos em seu calor e juro que poderia gozar apenas de dedilhá-la.

— Milo! — Danielle grita, quando goza... com força.

Continuo a extrair qualquer pouco de prazer que consigo, e então ela se senta.

— Preciso de você.

— Você precisa do quê, querida?

— Você.
— Para quê? — Quero ouvi-la.
— Quero que você me foda.
— Eu também gostaria muito. — Sorrio.

Ela se senta e, em seguida, a mão de Danielle está no meu cinto, desfazendo-o antes que retribua o favor à minha camisa. Ela a despedaça. Seus lábios estão no meu peito e ela continua a se atrapalhar com minhas calças. Então, sua mão mergulha para baixo, envolvendo meu pau.

Então, ela diz as palavras que todo homem sonha em ouvir quando uma mulher agarra seu pau pela primeira vez.

— Puta merda.

Sorrio, movendo a boca para o seu ouvido.

— E eu sei como usá-lo.

Puxo minha carteira para fora, procurando a camisinha, e então deixo minha calça cair no chão.

— Quero fazer você se sentir bem.
— Você está fazendo.

Sua voz é rouca quando diz:

— Acho que você sabe o que quero dizer.

Bem, eu tenho algumas ideias...

Então ela se inclina para frente, seus lábios envolvem meu pau e eu gemo, quase caindo no chão.

— Danielle. — Seu nome é como uma oração porque ela é definitivamente enviada do céu.

Ela cai de joelhos na minha frente, seus olhos encontrando os meus, e seguro a mesa para me manter em pé.

— Está bom? — pergunta.
— Caralho, que inferno, está melhor do que bom.

Ela sorri, passa a língua da raiz à ponta e depois me toma profundamente.

— Jesus Cristo — começo a suar, sua boca deslizando para cima e para baixo. Embora eu tenha aproveitado minha quantidade de boquetes, nada se compara a isso.

Ela continua a me explorar e, por mais que eu amasse continuar com isso, se eu não entrar dentro dela em alguns segundos, posso morrer, porra.

— Preciso te foder. Agora mesmo.

Eu a puxo para cima, travando minha boca na dela e a devorando.

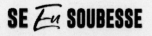

Nossas línguas duelam e nós damos um jeito de colocá-la de volta na mesa. Isso está longe de ser adequado, a saia dela em torno de seus quadris, minhas calças em torno dos meus tornozelos, nós dois com as camisas rasgadas, mas não há nada apropriado sobre foder sua chefe.

Rasgo a embalagem do preservativo, rolando-o para baixo, e ela olha para mim.

— Última chance. Vou arruinar você para qualquer outro homem.

Ela engancha a mão em volta do meu pescoço, me puxando para perto.

— Faça o seu melhor.

Desafio aceito.

Agarro seus quadris e empurro para dentro.

Nós dois nos abraçamos enquanto eu balanço para frente e para trás. Pego suas mãos, prendendo-as acima de sua cabeça, e continuamos a foder.

Cada som que ela faz me leva mais perto.

— Você tem uma sensação tão boa — digo a ela.

— Por favor, não pare — Danielle implora. — Por favor. Nunca pare.

Se eu pudesse ficar dentro dela para sempre, ficaria. A sensação dela ao meu redor é melhor do que eu jamais poderia imaginar. Nós nos encaixamos perfeitamente.

Suas mãos deslizam para cima pelo meu peito e seguro sua cabeça para evitar que ela bata na mesa, nós dois olhando nos olhos um do outro.

Isso se torna avassalador. Os sentimentos que tenho neste momento. A mão de Danielle tocando minha bochecha. Inclino a cabeça e tudo aquilo é demais, então explodo.

— Porra! — grito, gozando mais forte do que sabia ser possível.

E percebo, quase instantaneamente, que não é ela que está arruinada, sou eu.

Capítulo 21

DANIELLE

Oh, meu Deus.

Eu fiz sexo quente, suado e incrível na mesa com Milo.

Fico lá deitada, com ele ainda dentro de mim, tentando não surtar. Era como se eu estivesse completamente dominada por essa pessoa louca com tesão que não conseguia pensar em nada além de tê-lo. Cada toque me fez querer mais. Cada vez que ele me beijava, eu queria seus lábios em todos os lugares.

Depois, quando eles foram... Eu não queria que acabasse.

Milo levanta a cabeça dos meus seios e olha para mim.

— Aquilo foi...

Foi o melhor sexo que já tive na minha vida. Foram também mil linhas que eu nunca deveria ter cruzado.

Mas, quando olho para Milo, ainda sentindo seu corpo contra o meu, a única palavra que posso dizer é:

— Tudo.

Por mais duros que fôssemos, Milo ainda estava fazendo todo o possível para me deixar confortável. Ele embalou minha cabeça em suas mãos enquanto fazíamos amor. Ele me beijou várias e várias vezes, me disse que eu era linda e me fez sentir querida.

Ele se afasta e olho em volta para a carnificina do meu escritório.

Jesus Cristo. Minha mesa está completamente vazia, exceto por nossos corpos. Meus papéis estão espalhados por toda parte e tenho certeza de que o estrondo que ouvi em algum momento quando ele estava me chu-

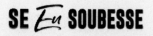

pando foi a foto da minha família que parece que está no chão. Graças a Deus todo mundo já foi embora para casa e nós não precisamos inventar nenhuma mentira sobre como o escritório ficou dessa maneira.

Milo puxa suas calças para cima, abotoando-as, e tento me cobrir. Sério, a caminhada para fora daqui será mais vergonhosa do que alguém jamais viu.

— Você não está surtando? — ele pergunta.

— Estou, mas não tenho certeza do que está me fazendo surtar mais no momento.

Quero ser honesta com ele. É a única maneira que isso vai funcionar.

— Ok, me conta.

Milo tem esse exterior duro e idiota, mas acho que por dentro ele é vulnerável e quer ser cuidado. É por isso que a baixa estima que recebe de seu irmão e de sua mãe o incomoda tanto. Nunca quero que ele questione o que sinto por ele.

— Eu gosto de você, Milo. Gosto de estar perto de você. Gosto de te beijar. Realmente gostei do que acabamos de fazer, mas estou longe de ser descomplicada. Não quero me machucar novamente. Mas então...assim, eu sou sua chefe e isso é totalmente contra a política da empresa, eu acho.

Milo toca minha bochecha.

— Eu conheço o dono.

— Engraçadinho.

Balanço as pernas, deixando-as penduradas sobre a mesa, e solto um suspiro pesado.

— Meu irmão não é um problema aqui, então risque isso da sua lista. Qual é o próximo?

— Ok... e o fato de eu ter sido viúva recente, com dois filhos, trabalhando em tempo integral, que perdeu a cabeça há alguns dias no meio de um julgamento?

— Sim, todas essas coisas são verdade, mas eu não dou a mínima.

— Você não dá?

— Não.

Olho para ele como se ele fosse louco.

— Como isso é possível?

Milo se senta ao meu lado e me envolve com o braço.

— Eu vivi uma vida egoísta e, quando estou perto de você, não quero mais viver assim. Estou ciente da sua... situação... e Parker, Ava, o julgamento e qualquer outra coisa que você inventar não tem relação com meus sentimentos. Se eu trabalhar aqui te incomoda, eu me demito.

Empurro-me para trás.

— O quê?

— Eu me demito. Não preciso desse emprego pelo dinheiro, já sou bastante rico.

Minha mandíbula está aberta. Se não era pelo dinheiro, então por que diabos ele está fazendo isso? Milo fez meu trabalho por anos, ele é definitivamente o assistente mais superqualificado de todos os tempos. Não fazia nenhum sentido para mim por que ele continuava a aparecer aqui, então presumi que tinha que ser por questões financeiras.

— Eu não... Eu não entendo.

— Eu te disse, eu sou egoísta. Queria meu emprego de volta porque nunca deveria tê-lo perdido. Meu irmão foi um idiota e eu queria que ele recebesse sua punição. Mamãe estava me deixando louco, então peguei um avião e vim para cá. Mas, não, não é o dinheiro que eu preciso. É o fato de que ele o tirou e, portanto, eu o queria de volta.

— Dane-se o dano colateral? — rebato, falando sobre mim.

— No espírito desta conversa, vou responder honestamente: sim.

Fico de pé. Eu sabia que essa seria a resposta, mas depois do que fiz, ainda dói.

Sua mão agarra meu pulso antes que eu possa me afastar.

— Eu não te conhecia, Danielle. Nem sequer sabia que você existia.

Fecho os olhos, tentando ao máximo parar as emoções esmagadoras que ameaçam transbordar. Não é apenas o que ele disse sobre nem mesmo precisar do trabalho que tentou tirar de mim, é a adrenalina passando e olhar em volta para a bagunça. Eu transei pela primeira vez desde que Peter morreu.

Inferno, eu não tinha feito sexo com mais ninguém desde que tinha vinte e dois anos, maldição.

O que diabos eu fiz?

Oh, meu Deus.

Seguro a mesa e me inclino para trás. O braço de Milo está em volta da minha cintura um momento depois.

— Danielle?

Olho para ele e culpa, vergonha e arrependimento começam a me preencher.

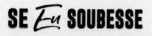

151

— Não. — Sua mandíbula aperta. — Estou vendo o que você está fazendo. Pare agora mesmo. Não ouviu nada do que eu disse?

— Você não entende. Eu gostei, Milo! Eu queria isso. E não estava pensando como uma adulta aqui. Eu te implorei. — Seguro meu cabelo. — Jesus Cristo. Eu implorei a você e eu... — *Eu o chupei.*

Eu fiquei de joelhos com seu pau na minha boca.

Não consigo me lembrar da última vez que fiz um boquete em Peter.

Com Milo, eu queria fazer isso. Estava tão excitada com a ideia de chupar o pau dele que praticamente implorei para ele me deixar.

— Não vou mentir e dizer que isso não me deixa muito feliz. Mas e daí? Nós somos adultos capazes de consentir que fizeram sexo. Não vejo o problema ou o que está te deixando tão chateada.

Não, ele não iria entender. Lágrimas começam a brotar em meus olhos e envolvo os braços em volta do peito. Não é apenas sobre o sexo para mim. Nunca fui esse tipo de garota e acho que nunca poderia ser. Não sou nenhuma puritana, mas acredito que o sexo deveria significar alguma coisa. Sou antiquada em alguns aspectos, e Milo definitivamente não é.

Eu sei que, quando digo isso, pode não fazer sentido, mas talvez nos ajude a nos afastar antes que eu me aprofunde demais.

— Fui casada por quase toda a minha vida adulta. Ainda estaria casada com Peter se ele não estivesse morto. Só fiz sexo com um homem antes dele. O que nós fizemos... o que acabamos de compartilhar, isso significou algo, quer você saiba ou não. — Enxugo uma lágrima e outra se forma. — Sei que não é o mesmo para você. Nós não somos nada e você não me deve nada. Deus, eu pareço uma maluca. Por favor, não pense que estou pedindo para você compartilhar minhas opiniões. Não preciso que me dê qualquer esperança de algo mais.

Milo dá um passo à frente e enxuga a lágrima do meu rosto.

— Você não tem que me pedir nada quando estou tentando dar isso a você. — Sua voz está cheia de ternura. — Meus sentimentos por você não são apenas sexuais. Não entenda mal, eu quero continuar fazendo sexo, mas também quero mais do que isso.

Meus lábios se abrem, e olho em seus olhos para ver se ele está mentindo.

— Mais?

Ele concorda com a cabeça.

— Sim, Danielle, mais. Serei honesto: não sei como *mais* funciona.

— Quer dizer um relacionamento? — pergunto.

— Isso, nunca estive em um antes, mas eles parecem bastante fascinantes. Reviro os olhos.

— Como você tem quarenta e um anos e nunca teve uma namorada?

Milo sorri, beija a ponta do meu nariz e dá de ombros.

— Nunca encontrei uma mulher digna da minha afeição. — Como é que eu gosto tanto dele? Ele é tão cretino às vezes. — Isso é até eu te encontrar.

E então ele diz merdas como essa e eu me derreto.

— Bem. — Descruzo os braços e os coloco ao redor de sua cintura. — Vou te dizer uma coisa: continue dizendo coisas assim, que isso vai te ajudar bastante.

Ele ri e roça o nariz contra o meu.

— Anotado. Mais alguma coisa que eu deveria estar ciente?

— Hmm — prolongo o som, enquanto penso. O que dizer a um cara sobre como estar em um relacionamento... — Acho que elogios, flores e carinho são obrigatórios. Você também deve estar ciente de que provavelmente não conseguirá o que quer no final, e a garota está sempre certa, especialmente essa garota.

Milo ri.

— Isso é tudo?

— Bem, há outras coisas, mas elas devem ser bem óbvias.

— Nada de transar com outras mulheres, certo?

— Isso é um fato.

— E você não vai ficar com outro homem? — questiona, com a sobrancelha levantada.

— Se é isso que estamos fazendo, então não. Eu nunca trairia o homem com quem estou.

— O que você quer que estejamos fazendo?

Com Peter, nós nunca tivemos tempo para aproveitar. Começamos a namorar e então fiquei grávida de Ava. Houve todo esse tempo que perdemos porque não conseguimos realmente desfrutar um do outro. Aqui estava uma chance de segurar nos freios.

— Eu quero levar isso devagar — digo. — Não porque não tenha certeza, mas porque tenho filhos em quem pensar, e quero que aproveitemos nosso tempo para nos conhecermos.

— Você sabe que estou ciente dos seus filhos e que eles fazem parte do negócio?

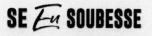

— Espero que sim. Ah, e minhas amigas, elas também meio que fazem parte do pacote.

Eu poderia muito bem esclarecer isso agora. Kristin, Heather e Nicole são essenciais na minha vida. Não que eu não faça minhas próprias escolhas, mas sei o que vem com a desaprovação delas.

— Entendido. — Milo sorri para mim. — E eu gosto dos seus filhos. Ava é um pouco assustadora, mas Parker é uma criança fantástica.

— Sim, em ambos os casos.

— Tudo bem, querida. Nós vamos levar isso devagar. Vamos aproveitar a companhia um do outro e, por enquanto, levamos um dia de cada vez, parece bom?

Corro a mão até seu pescoço e trago seus lábios nos meus.

— Obrigada.

— Pelo quê?

— Por me fazer sorrir de novo, mesmo que eu estivesse rindo de você algumas dessas vezes.

Milo sorri.

— Aposto que posso encontrar outras maneiras de te fazer sorrir.

— Estou ansiosa para descobrir.

Capítulo 22

DANIELLE

— Então é realmente um encontro desta vez? — Ava pergunta, vasculhando meu armário.

— Não.

— Mas vocês dois estão namorando?

Eu suspiro. Decidi que a melhor maneira de fazer Ava parar de ficar fora de controle era tratá-la do jeito que ela gostaria de ser tratada. A última semana foi como ter minha garota de volta, sem estar ocupada pela alma de Satanás. Não tenho certeza se minha nova abordagem parental está realmente funcionando, mas vou com ela por enquanto.

A primeira coisa que fiz foi dizer a ela que Milo e eu estávamos saindo. Depois de sua rodada inicial de perguntas que nunca vou repetir para ninguém, porque tenho cicatrizes para o resto da vida, ela realmente ficou um pouco animada.

— Eu te disse, estamos indo devagar. Esta noite é um jantar de negócios. Vamos comemorar as licenças e falar sobre o próximo projeto da lista.

Ela ri.

— A última vez que você disse que era "negócios", peguei vocês embaçando as janelas. — Ava pega o vestido e começa a girar. — Como um casal de crianças da escola. Oh, Milo, beije-me. — Ela faz barulhos e esfrega o vestido contra si. — Fale inglês britânico comigo antes que eu enfie minha língua na sua boca.

— Pare com isso e me dê o vestido, sua maluca. E você e eu não somos bffs ou seja lá como vocês chamam isso agora, então não vamos falar de beijos.

Eu não vou tocar no assunto com ela de jeito nenhum. Existem limites, e este é um que nós não vamos cruzar.

— Você não precisa falar comigo sobre isso, eu te peguei no flagra e postei na internet. De nada.

— Eu realmente deveria ter considerado a adoção quando estava grávida.

Ava dá de ombros.

— Eu teria te encontrado eventualmente.

Sim, ela definitivamente teria.

— Aqui, experimente isso. — Ela joga o cabide e o vestido na verdade não é ruim.

— Por que diabos você não me mostrou este antes do último jantar que eu tive?

Ava nem me dá a cortesia de tentar parecer arrependida.

— Porque aquele vestido era quente. Este aqui está... vestível.

Surreal.

— Isso é elegante, Ava. Você nem sempre tem que mostrar as mercadorias para fazer um homem notar você.

Ela explode em gargalhadas.

— Certo, mãe. Os caras adoram quando você os conquista com seu cérebro. Quero dizer, é para isso que eles olham quando você passa...

— Você sabe o que quero dizer. — Coloco o vestido, alisando o tecido e me olhando no espelho.

Este é realmente perfeito. É um vestido de cetim marrom que termina logo abaixo do joelho. Amo que seja apertado no peito e na cintura, mas tenha um pouco de volume ao redor dos meus quadris.

— Uau. — Ava assobia. — Você parece quente.

— Você acha?

— Totalmente. Posso fazer a sua maquiagem de novo? — pergunta.

— Não.

Só Deus sabe que novos truques ela aprendeu online. Vou manter minha rotina.

— Bem, então, posso usar meu telefone por mais tempo do que quando estou presa cuidando de Parker?

Eu realmente esperava que evitássemos essa discussão. Sim, as notas de Ava melhoraram, assim como seu comportamento. Tem sido realmente agradável estar perto dela. Ava está sendo legal, até mesmo assistindo a um filme com Parker e eu na outra noite, e não quero perder isso.

Parte de mim não pode deixar de pensar que é porque ela não tem aquele maldito telefone colado na mão.

Estas são as situações que eu gostaria de poder deixar para Peter. Ele era muito bom em ser o cara mau quando se tratava dela.

— Não, você melhorou, e eu agradeço, mas te peguei fumando, matando aula, e só Deus sabe o que não sei.

— Então eu estou de castigo pelo que você nem sabe que eu fiz?

— Ava, leva mais do que duas semanas de bom comportamento para compensar a merda que você fez e que eu saiba.

Minha filha é uma garota inteligente. Ela também tem um lado manipulador que tenho certeza de que está trabalhando em exaustão. Se eu ceder a ela agora, não haverá volta sem uma guerra.

Vejo as rodas girarem em seus olhos azuis.

— Tanto faz.

— A confiança é conquistada, querida. Quando está quebrada, não há como dizer quanto tempo levará para consertar. — Toco sua bochecha antes de soltar minha mão.

— Estou tentando.

— Sei que você está.

Ela deu passos largos, tenho que admitir, mas depois do inferno que ela me fez passar no ano anterior, ela tem que correr uma maratona antes de estarmos em terreno firme.

Ela sai do quarto e solto um suspiro pesado. Sério, é uma droga ter que ser a adulta. Sempre imaginei um relacionamento com Ava onde fôssemos amigas. Comeríamos pizza, conversaríamos e teríamos um vínculo de irmandade, mas ela nunca quis isso. Ava é a garota que, no minuto em que se sentiu velha o suficiente, parou de segurar minha mão para atravessar a rua e não precisou de mim para cobri-la à noite.

Era difícil aceitar a realidade do nosso relacionamento.

Desço as escadas, onde Parker está lendo sua nova revista em quadrinhos.

— Ei, amigo.

— Mamãe! Olha! — Ele me mostra a página.

— Uau, Thor parece bem feroz lá — noto.

Parker acena com um sorriso enorme.

— Ele é o melhor.

— Sério? E o Homem-Aranha? Pensei que ele fosse o melhor?

— Eu gosto dele também, mas Thor é mais legal e tem um martelo. Além disso, ele é um deus!

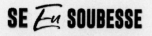

Se ele está dizendo.

— Ok, estou feliz que você encontrou um novo super-herói.

— Thor é igual Milo.

Vamos garantir que Milo nunca ouça sobre ser parecido com um deus. Eu não preciso inflar aquele ego mais do que já está.

Parker volta a olhar os quadrinhos e pego alguns dos brinquedos espalhados. Quem disse que a maternidade não é glamourosa?

Tento não ficar nervosa sabendo que ele estará aqui em breve. Milo foi à minha casa, conheceu meus filhos e conhece minha vida, mas não desde que fizemos sexo no outro dia. Não tenho certeza de como isso funciona agora. Nós meio que dissemos que estamos namorando, mas indo devagar. Só não sei como agir perto dele. Meus filhos vão ser capazes de olhar para nós e saber que fizemos sexo? Existe alguma vibração estranha que vamos emitir? Eu o beijo quando ele aparecer?

Tanta merda para pensar.

— Mamãe?

— Sim.

— Você gosta do Milo?

Ai, Jesus.

— *Você* gosta do Milo? — repito.

— Eu gosto dele — ele fala. — Você é a namorada dele?

Como e por que isso está acontecendo agora?

— Milo e eu somos amigos, Parker. Nós trabalhamos juntos e passamos muito tempo um com o outro.

Ele concorda com a cabeça como se isso fizesse todo o sentido.

— Ok.

Meu coração começa a voltar à velocidade normal e olho para o relógio, me perguntando onde diabos ele está.

— Você o beija?

Fecho os olhos, desejando que um buraco se abrisse e me levasse com ele, porque a única regra em nossa casa é que nunca mentimos. Não que eu ache que eles sempre seguirão, mas Peter e eu acreditamos fortemente na honestidade. Não sei se é porque, em nossos trabalhos, distorcer a verdade era esperado, então quando chegávamos em casa nunca quisemos questionar isso. Mentiras têm a capacidade de assumir sua própria vida. Elas começam simples e pequenas, então a próxima coisa que você percebe é que ela está maior do que você pode controlar.

Mas Deus, eu quero mentir agora.

Sento no sofá ao lado dele.

— O que é que você realmente quer saber, amigo?

— Milo vai ser meu novo pai?

Nunca estive mais grata por alguém não estar na hora do que agora.

— Você tem um pai. Ele pode não estar aqui com a gente, mas estará sempre aqui. — Aponto para o coração dele. — Ele vive dentro de nós e, enquanto falarmos sobre ele, lembrarmos dele e sorrirmos quando pensarmos em seu pai, ele nunca irá embora. Ninguém nunca vai substituí-lo, ok?

Os braços de Parker envolvem meu pescoço e ele segura firme.

— Você é a melhor, mamãe.

— Você é o melhor.

Ele me solta, senta como se nada tivesse acontecido e volta para seu quadrinho.

Levanto para pegar meu telefone para ver onde ele está e a campainha toca.

— Eu atendo! — Parker grita, correndo para a porta comigo em seus calcanhares.

— Parker — Milo diz, com um sorriso.

— Olha o que eu consegui! — Meu filho levanta o gibi.

— Thor. Boa escolha.

— Mamãe comprou para mim hoje — explica.

Os olhos de Milo encontram os meus e então ele percorre o comprimento do meu corpo, observando o vestido muito apertado.

— Ela se saiu muito bem então.

— Você está atrasado.

— Eu estou. Você me perdoa? — pergunta, puxando rosas das costas.

Bem, isso ajuda um pouco.

— Pode ser.

Ele sorri, debochado.

— Não achei que você seria fácil. — Milo se agacha na frente de Parker. — A razão do meu atraso é porque minha mãe me mandou um pacote e eu estava esperando o correio chegar. Fiz com que ela procurasse uma coisa que guardei e gostaria de compartilhar com você.

Então Milo sai para a varanda e volta com uma sacola.

— Isto é para mim? — pergunta Parker.

— Aham.

159

Meu filho solta um grito ao tirar dezenas de revistas em quadrinhos da sacola. Não apenas qualquer gibi... são gibis antigos do Homem-Aranha, Thor, Batman e Homem de Ferro. Aqueles que provavelmente valem dinheiro.

— Milo. — Limpo a garganta. — Isso é muito doce, mas ele tem seis anos. Isso é demais, e ele pode arruinar...

— Elas são dele, e ele pode fazer o que quiser. Não as toco há anos e gostaria que ficassem com alguém que as apreciasse.

— Ainda assim.

— Deixe-me fazer algo de bom para o seu filho, Danielle. — Ele se inclina para que apenas eu possa ouvir a próxima parte: — Ficarei feliz em deixar você fazer algo de bom para mim em troca.

Pelo amor de Deus.

— Estou jantando com você, essa é a minha boa ação.

— Dificilmente.

— Mãe, posso ficar com elas? — Parker me lança olhos de cachorrinho que caiu da mudança.

Milo cai de joelhos ao lado dele, me dando a mesma cara.

— Sim, mãe, podemos?

— Vocês dois são um problema.

— Do tipo bom, eu espero — Milo sugere.

Eu rio disso.

— Nem um pouco.

Nós nos despedimos de Parker e então ele vai incomodar Ava com suas revistas em quadrinhos. Tranco a porta atrás de mim e, assim que me viro, Milo está bem na minha frente. Suas mãos envolvem meu corpo e ele me empurra para que as minhas costas fiquem pressionadas contra a porta. Então seus lábios estão nos meus.

Eu o beijo de volta, saboreando a menta e amando a sensação de seu corpo contra o meu.

Ele se afasta depois de mais alguns segundos, descansando sua testa na minha.

— Você parece absolutamente perfeita. Eu não podia esperar mais um segundo para te beijar.

— Sentiu tanto assim a minha falta?

Ele ri uma vez e levanta os olhos para mim, mas o humor se foi.

— Caramba, eu gostaria que você não fosse tão irresistível.

Esfrego meu polegar contra seu lábio, removendo o batom vermelho que foi transferido.

CORINNE MICHAELS

— O sentimento é recíproco.

Nós fazemos nosso caminho para o carro, ambos com sorrisos em nossos rostos e os dedos entrelaçados. Milo é um cavalheiro, abrindo a porta do carro para mim e depois dando a volta.

Ele liga o carro e então para, me olhando para mim.

— Você me acha totalmente impossível de resistir também?

— Eu não diria impossível. — Não sei se eu deveria algum dia deixá-lo saber o quanto penso nele.

A travessura começa a girar em seus olhos verdes.

— Você se importaria de fazer uma aposta?

— Em quê?

— Sobre se você consegue manter sua calcinha até o final do nosso encontro.

Reviro os olhos.

— Tudo bem, o que vamos apostar?

Vou ganhar essa, sem dúvidas. Primeiro, Milo não conhece a profundidade do meu lado competitivo. Eu nunca perco. Comi um pote inteiro de pimenta em um desafio uma vez. Mergulhei nua em uma piscina supergelada porque Heather apostou cem dólares comigo que eu não faria isso. Não há nada neste encontro que seja impossível para eu resistir. Eu gosto dele? Sim. Quero fazer sexo de novo? Absolutamente, porra. Será que se isso significa que vou perder? Nem uma maldita chance no inferno.

— Se eu ganhar, o que significa que vamos ter uma foda de abalar a Terra esta noite, você tem que dizer a Callum sobre quão bom eu sou na cama.

Não é nem mesmo uma possibilidade.

— Você quer que eu diga ao meu chefe quão bom você é na cama?

— Não — ele corrige. — Quero que diga ao meu irmão idiota que eu sou a melhor foda que você já teve.

— Seu irmão também é meu chefe — aponto.

— Você está com medo?

— De quê? De você ir para casa com algumas bolas azuis? — zombo.

— Por favor. Se eu ganhar, você tem que fazer algo igualmente vergonhoso. — Pondero qual é a melhor coisa. Eu poderia fazê-lo se demitir, mas não é isso que eu quero. Milo torna o trabalho emocionante para mim.

Não apenas porque tenho esses sentimentos por ele, mas ele me faz sorrir.

Durante o dia, recebo bilhetes e e-mails engraçados, mostrando que ele se importa comigo. Posso passar meu tempo com ele e aprendo novos pequenos detalhes a cada dia. Coisas que pareceriam insignificantes para qualquer outra pessoa, mas que me mostram quem ele é.

É por isso que tem sido tão fácil me apaixonar por ele.

— Eu não tenho vergonha de nada, querida.

Que bobagem. Todo mundo tem limites. Tento me lembrar de algo, qualquer coisa, que eu possa usar. E então me lembro...

— Mas você tem medo de alguma coisa, não tem?

— Danielle — ele avisa.

— Sim, se eu ganhar, você tem que gravar um vídeo segurando um coelhinho fofo e bonitinho.

— Eu vou foder seus miolos hoje à noite — Milo ameaça.

Realmente, eu me pergunto se não deveria perder apenas por... Não, não, não, eu tenho que permanecer forte.

— Eu não estava planejando tirar minha calcinha para ninguém esta noite, então está apostado. Espero que você esteja pronto para o Tambor[1].

— Ah, estou batendo em alguma coisa sim, mas ela está no carro bem agora.

Eu sorrio, minha mão descansando em sua perna e se movendo em direção à protuberância em suas calças.

— Amanhã, você pode cumprir essa promessa. — Esfrego um pouco. — Mas, hoje à noite, nada aqui está saindo.

Milo agarra meu pulso.

— Está apostado, querida. Porra, está muito apostado.

---

1 Tambor é o nome do coelho da floresta do filme Bambi.

Capítulo 23

MILO

Maldito inferno, ainda estou duro pra caralho.

Estamos sentados à mesa de um restaurante chique que Nicole recomendou. A comida é uma merda. Prometeram meu prato italiano favorito, só que não tinha o mesmo sabor que em Londres. Não que a comida seja particularmente fantástica lá, mas ainda assim.

Agora, estou sentado aqui, pensando em todas as maneiras de conseguir Danielle ir para o banheiro, onde eu posso afundar meu pau nela.

E estou mais duro do que antes.

Ela sorri por cima de sua taça de vinho como se soubesse que sou eu quem está sofrendo com essa aposta.

— Eu vou tirar esse sorriso da sua boca — ameaço, de brincadeira.

— Se você diz... — Ela encolhe os ombros e, em seguida, toma um gole de vinho.

Se fosse esse o caso, nós não estaríamos sentados nesta mesa agora. Eu a levaria de volta ao meu apartamento, batizando cada superfície que pudéssemos encontrar.

— Tenha cuidado com as palavras que você usa — aviso.

Danielle balança a cabeça para os lados. Seu cabelo castanho-escuro cai em torno de seu rosto e eu apreciaria se não achasse tudo o que ela faz atraente pra caralho.

— Eu não tinha nenhuma intenção de fazer sexo esta noite.

— Por que diabos não?

Devo ter dito isso um pouco mais alto do que pensei, porque ela se aproxima, sua voz baixa.

— Porque estamos indo devagar.

— Lento e ré são duas coisas diferentes.

Ela suspira.

— Sei que você não está exatamente trabalhando com um manual agora, mas estamos em nosso primeiro encontro de verdade e tudo que você está preocupado é em tirar a minha roupa.

Caralho, que inferno. Odeio quando ela está certa. É bastante irritante porque, em vez de eu dizer a ela para ir se ferrar, realmente tenho que reconhecer isso.

— Sinto muito. Vou me comportar para que possamos ter um encontro adequado. E essa não era a única coisa que me deixou preocupado — informo. — Tenho certeza de que debati quase tudo desde o começo.

O que é verdade. Não sei qual é o protocolo em um primeiro encontro com alguém. Queria pegar flores para ela, mas temia que fosse ridículo. Então não tinha certeza se as garotas americanas gostam desse tipo de coisa ou se gostam que um homem aja com naturalidade. Honestamente, essa coisa toda tem sido um pesadelo do caralho.

Não o encontro em si. Isso tudo correu muito bem, mas o que leva até ele eu poderia ter deixado passar.

— Obrigada. — Ela sorri calorosamente, e aperto meus dentes para me impedir de dizer algo estúpido.

— Diga, eu tenho permissão de te dar um beijo de boa-noite?

Danielle estende a mão sobre a mesa, seus dedos se entrelaçando com os meus.

— Espero muito que você faça isso.

— Bom. Mal estou me mantendo no meu lugar como estou.

— Milo, não há regras nem nada. É que nós meio que fizemos as coisas um pouco ao contrário e quero nos dar uma chance melhor de trabalhar. O que você fez hoje com Parker significou tudo para mim, quero que saiba disso.

As palavras dela me envergonham um pouco, porque não foi nada, de verdade. Minha mãe tem reclamado do meu lixo na casa dela. Claro, alguns desses quadrinhos eram edições de colecionador. Pensei em mantê-los, mas optei por dar algo que me fez passar por uma parte muito difícil da minha vida para alguém que pudesse precisar.

Ava sou eu, literalmente, nessa idade, mas Parker eventualmente chegará lá. Talvez isso ajude, nem que seja um pouco.

— Estou feliz em fazer isso — digo a ela.

Danielle sorri para mim, seus cílios tremulando suavemente, a luz das velas dançando em sua pele.

— Continue assim e você pode ter sorte amanhã.

Agora é minha vez de sorrir maliciosamente.

— Vamos apenas nos preocupar em passar esta noite. No que depender de mim, você estará nua no meu carro.

Nós passamos pelo jantar com uma conversa fácil. Ela me conta sobre seu tempo na universidade, e falo sobre Londres.

Tenho saudades.

Não apenas porque é minha casa, mas porque Tampa é como estar preso no banheiro depois de um banho quente de quatro horas. É quente, abafada e os insetos são enormes. Meu plano era ficar aqui por alguns meses, conseguir meu emprego de volta e depois me demitir. Estou bem ciente das falhas dessa estratégia, mas gostei da ideia de deixar meu irmão idiota na mão.

Claro, tudo mudou agora, e não sei quando ou se vou voltar para Londres.

Eu pago a conta e pego sua mão, saindo do restaurante.

— O jantar foi maravilhoso — Danielle afirma e engancha seu braço em volta do meu.

— Foi.

— Você já foi à praia à noite?

Eu nunca fui à praia, na verdade. Sou bastante pálido, então a ideia de ficar sentado no calor miserável e no sol não me atrai.

Mas a forma como seu rosto se ilumina me faz pensar que à noite é diferente.

— Eu não tive tempo, por quê?

Ela sorri e suspira.

— É o meu momento favorito. Você gostaria de ir?

Como eu poderia dizer não?

— Claro.

Caminhamos algumas ruas e então ela tira os saltos. Tiro meus sapatos e então vamos para a areia.

— Eu amo isso aqui — reflete, enquanto nos aproximamos da água.

— Não sou muito fã do oceano.

— Sério? — A surpresa é clara em sua voz.

Envolvo meu braço em sua cintura, segurando-a com força.

— Não desde que meu pai morreu. Ele e minha mãe nos levavam de férias para as praias da França. Nós íamos todos os anos, não importa o que acontecesse. Depois que ele morreu, nós deixamos tudo isso de lado.

Danielle para de andar e me encara.

— Sinto muito, Milo.

— Não sinta, querida.

Ela se aproxima de mim, envolvendo os braços em minha cintura.

— Eu gostaria de poder conhecer sua mãe. Nicole tem pavor dela, mas ela é uma cretina, então a maioria das mães não a ama.

Eu rio.

— Mamãe é muito parecida com Nicole, acho. Elas não se arrependem de quem são.

— Ela disse isso.

— É por isso que acho que Callum se apaixonou por ela tão rápido.

Ela descansa a cabeça no meu peito. Sem os saltos, nossa diferença de altura é engraçada. Minha cabeça fica no topo de sua e nós permanecemos ali, parados.

— Sinto que me apaixonei por você rapidamente — Danielle admite.

— Você acha?

Ela acena com a cabeça contra mim.

— Eu não queria. Às vezes ainda não quero. — Sua cabeça se levanta, e o mundo desaparece enquanto ela olha para mim como se eu fosse digno de sua afeição. — Se eu cair com força e você não me pegar, tenho medo de não sobreviver ao pouso.

Meu coração dói e vejo o quanto suas palavras lhe custaram. Minhas mãos seguram seu rosto, e eu juro, bem nesse momento, que vou fazer qualquer coisa para fazê-la se sentir segura.

— Eu sempre vou amortecer sua queda, Danielle. Quero ser sua rede de segurança e espero ter provado isso para você. Ver você ferida me causa dor. Você não é a única que está se apaixonando.

— Não sou?

Como ela é tão cega?

— Não. Eu estou na mesma situação.

Ela sorri, fica na ponta dos pés e me beija.

— E você disse que não era um herói.

Solto uma respiração pelo nariz e descanso minha cabeça contra a dela.

— Acho que precisava encontrar uma causa pela qual valesse a pena lutar.

Capítulo 24

DANIELLE

— Eu não vou fazer o churrasco aqui este ano — digo a Nicole, que me dá seu olhar de desaprovação.

— Por que não?

— Porque não estou com vontade.

Por que eu preciso ter uma razão? É estúpido e eu não preciso do maldito estresse.

— Bobagem sua. — Nicole se joga na cadeira do meu escritório.

— Obrigada por aparecer, Nic.

Não sei por que ela sequer está perguntando sobre isso. Todo ano, ela chorava e reclamava sobre ter que se despencar até minha casa, lidar com meu marido estúpido e sair com um desejo renovado de ficar solteira. Heather basicamente a ameaçaria para fazê-la vir — e se comportar. Pensei que se alguém fosse ficar feliz com isso sendo feito, seria ela.

— Não vou a lugar nenhum. Eu transo com seu chefe, então meio que tenho licença para mandar um "foda-se".

Solto um suspiro pesado e bato a cabeça na minha mesa.

— Por que não me mudei para o Texas ou algum outro estado para escapar de vocês?

— O Dia da Independência entre amigos é algo que nós celebramos. Eu entendi por que não fizemos isso no ano anterior, já que Kristin estava lidando com seu divórcio. Então você cancelou o Dia de Ação de Graças entre amigos, o que eu aceitei. Eu te dei mais alguns meses...

— Oh, enterrar meu marido naquele ano foi uma boa desculpa?

167

— Bem, melhor do que qualquer merda que você está inventando este ano.

— Jesus Cristo, Nicole. Você tem uma alma ou sempre foi tão fria?

— Não tenho certeza porque ambas as respostas são igualmente assustadoras. — Nicole dá de ombros, olhando para as unhas. — Este ano você precisa fazer isso.

— Ah, e por quê?

— Porque seus filhos precisam saber que a vida continua após a perda. Ava, em toda sua rebelião e loucura, ama suas tias e primos. O Dia da Independência tem sido um marco na vida dela, de Parker, Aubrey e Finn desde que eles nasceram; e de suas amigas. Nós fizemos isso porque você nos forçou nessa porra e agora precisa continuar.

Ela tem coragem. Eu sempre soube, mas isso é ousado até mesmo para ela.

— Por que eu tenho que fazer na minha casa?

Nicole passa a mão pelo cabelo loiro que eu secretamente odeio por ter ciúmes. Eu gastei um longo tempo tentando tingir o meu dessa cor e depois desisti.

— Porque sempre foi você quem fez isso. Kristin poderia, mas vai viajar para ver Noah por duas semanas antes disso. Heather está falando sobre surpreender Eli e nós duas sabemos que sou a última pessoa em quem alguém deveria confiar. Sua casa sempre foi onde fizemos isso.

— Eu realmente não quero. — Suspiro.

— Por quê, Danni?

Por quê? Porque o Dia da Independência entre amigos era coisa do Peter. Mesmo que minhas amigas definitivamente nem sempre fossem legais com ele, meu marido adorava isso. Juro, assim que o Ano-Novo passava, ele estava falando sobre novas ideias para montar o quintal.

— Você sabe o porquê. Sabe por que esse churrasco estúpido é difícil para mim.

— Sim, porém é mais uma razão pela qual você ainda deveria fazer isso.

— Deve fazer o quê? — Milo pergunta, na porta do meu escritório.

Olho para a minha amiga para me socorrer. Não é como se fosse um segredo, mas também não posso explicar exatamente o motivo de eu fugir disso.

— Sabe... — Nicole sorri e fica de pé. — Você ainda é o assistente dela, certo?

Os olhos de Milo se estreitam um pouco.

— Sim?

— Excelente. Nós realizamos um grande churrasco a cada ano, onde toda a turma vem, as crianças, outras pessoas importantes e tudo mais. Danielle é a anfitriã e, este ano, ela vai precisar de ajuda.

— Nicole! — assobio o nome dela entredentes.

Quero dar um soco na garganta dela.

— O quê? Ele é seu assistente, ele pode ajudar, então não fica pesado demais para você. Acabou de dizer que estava superocupada. Eu vejo um problema e o resolvo.

Olho para Milo, que está claramente confuso.

— Você não precisa fazer nada disso, porque não teremos um churrasco.

— Por que raios não? — ele pergunta.

Ótimo, agora eu tenho que explicar para ele? Não deixei de mencionar Peter, mas não faz muito tempo que começamos a namorar. Nosso relacionamento é novo e estou tentando ser sensível a como me sentiria se ele estivesse sempre trazendo coisas de volta para sua ex. O fim de semana passado foi um primeiro encontro incrível — e ganhei a aposta — mas desde então nós estamos sobrecarregados de trabalho e não passamos muito tempo fora do escritório.

Milo não disse nada ou mesmo insinuou que seja um problema, mas aconteceu de eu ter mencionado meu medo para Nicole no outro dia. Parece que vou pagar por isso agora.

— Sim, por que, Danni? — Ela sorri para mim, sabendo que não vou dizer.

— Eu só não acho que você deveria ter que fazer coisas assim. Não é um evento Dovetail então…

Milo se senta ao lado de Nicole.

— Besteira.

— Meu Deus, eu amo essa palavra. — A voz de Nicole é melancólica. — Você pronuncia ainda melhor do que Callum. O sotaque dele está desaparecendo aos poucos desde que vivemos nos Estados Unidos. Diga "foda-se".

Milo ri.

— Foda-se.

— Oh. — Ela se contorce. — Diga: calcinha.

— Calcinha — Milo repete.

— Diga: "Eu vou ajudar a Danielle com a festa porque não sou um babaca".

Eu gemo.

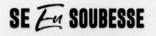

— Estou puta com você. Já é ruim o suficiente você ser bonita, mas então tem que ser uma vadia insistente e não ouvir as pessoas ao seu redor.

Ela foi abençoada com seios grandes, olhos azuis e cabelos loiros. Sem falar que ela é magra, inteligente, engraçada e nunca precisou de ninguém para cuidar dela mesma. Combine tudo isso com sua personalidade e não é de se admirar que teve que ser um homem como Callum para ter chamado sua atenção.

— Milo vai nos dar uma festa apropriada — Nicole fala, com seu falso sotaque britânico, e pisca. — Eu também posso falar britânico.

Ele explode em gargalhadas.

Pelo menos alguém a acha divertida.

— Você ri agora, mas te dou uma semana com ela e você vai achá-la tão irritante quanto eu acho.

— Se Cal não se cansou dela a essa altura, tenho certeza de que eu não cansaria.

Ela sorri maliciosa para mim com a cabeça inclinada.

— Eu escolhi o irmão errado, sem dúvidas.

Uma pontada de ciúmes me atinge, porque, se Nicole o quisesse, eu nunca o teria conseguido.

E então uma nova onda de emoções me inunda. Quando comecei a pensar nele como meu? Por que a ideia de Nicole e Milo me faz querer arrancar os olhos dela? Ela é minha amiga. Ela nunca faria nada, mas estou sentada aqui, fechando os punhos.

— Desculpa, amor. — Milo olha para mim e depois para Nicole. — Eu prefiro morenas. Uma em especial.

Olho para os papéis na minha mesa, tentando esconder meu rosto. Ele pode ser tão doce às vezes.

— Awww. — Ela bate palmas. — Vocês são tão fofos. Ok, sobre o churrasco...

Com certeza, depois de cinco minutos, Nicole conseguiu o que queria e estou recepcionando essa festa estúpida com Milo coordenando. Todos ao meu redor gostam de me atormentar? Tenho certeza de que a resposta é sim. Mal posso esperar para que Ava, Milo e Nicole fiquem juntos... só que não.

— Explica... essa tal festa entre amigos ou seja lá como vocês chamam? — Milo pergunta, nós dois sentados no meu sofá.

Seu braço está apoiado nas costas, permitindo que seus dedos rocem meu braço.

— É algo que começamos quando me mudei para esta casa. Nós nos reunimos, comemos, bebemos... não é grande coisa.

— Então por que tanta confusão sobre fazer isso?

— É... complicado.

— Por causa do seu marido?

Meus olhos encontram os dele e se enchem de arrependimento.

— Sim. Um pouco.

Milo coça sua bochecha, parecendo refletir sobre algo.

— Você não queria me dizer isso?

— Estou tentando não falar sobre ele. Sei que estamos neste novo relacionamento e... ele se foi.

Milo se move para mais perto.

— Ele era sua vida. Vocês têm filhos juntos, e se eu gosto do fato de que outro homem existiu antes de mim é irrelevante. Não tenho ciúmes de Peter.

Minha garganta fica seca e coloco a mão na dele.

— Eu não sei o que dizer...

— Olha, posso não saber nada sobre namoro, mas sei algo sobre honestidade. Fiz você se sentir como se estivesse incomodado com isso?

— Não — eu digo, rapidamente. — De jeito nenhum. Só sei como você falar da Kandi fez eu me sentir, e não quero que Peter seja assim com você.

Ele me dá um sorriso lento.

— Kandi estava aqui e era uma possibilidade. Peter se foi. Ele tem o seu passado. Eu não vou conseguir esse tempo nunca. Mas se outro bastardo quiser tentar intervir no agora e tirar você de mim, eu vou chutá-lo pra caralho.

— Bom saber. — Eu rio.

— Mas, falando sério, não faz tanto tempo que ele foi assassinado. Você está no meio do julgamento do assassino dele, e seria bastante injusto da minha parte esperar que ele nunca estivesse em sua mente, não acha?

Os sentimentos que tenho por Milo ficam mais profundos a cada dia. É uma loucura o quanto ele conseguiu localizar as rachaduras no meu coração e encontrar o caminho para invadi-lo.

— Você gosta de mim. — Suspiro e descanso a cabeça em seu braço.

— Eu gosto. Bastante.

— Eu também gosto de você.

Milo se inclina para frente e me beija.

— Eu sei.

— Você sabe?

— Está bem claro.

Levanto a cabeça.

— Como assim?

Seu sorriso me faz querer tanto dar um tapa nele quanto beijá-lo.

— Primeiro, você não consegue parar de olhar para mim, não que eu te culpe.

— Babaca.

— Segundo — continua, sem responder ao meu insulto —, você me beija em qualquer chance que tiver. Novamente, não que eu possa te culpar por isso também.

— Oh, senhor. Há mais nisso?

Milo ri e passa os dedos pela minha bochecha.

— Por último, você me fez vir aqui quando as duas crianças estão em uma festa do pijama hoje à noite, e não está mais usando seu anel de casamento. — Sua voz fica baixa e rouca.

— Eu tirei no outro dia — admito.

— Percebi.

Claro que sim, ele percebe tudo.

— Achei que estava na hora. Eu... Eu quero isso com você, e quero que meu passado seja resolvido, sabe?

Ele concorda.

— Eu não queria te pressionar, Danielle.

E ele não pressionou. Essa é a coisa. Não era ele, era eu. Eu estava pronta.

— Talvez você estivesse certo sobre eu gostar de você, hein?

Milo sorri, seu dedo desliza contra a minha mandíbula.

— Tenho a sensação de que você quer me mostrar o quanto gosta de mim esta noite, não é?

Meu estômago se aperta e meu coração começa a acelerar. Ele tem razão. Assim que eu soube que as duas crianças estariam fora naquela noite, chamei Milo para vir. Desde o sexo na mesa, não estivemos juntos. Ele tem sido doce e não disse uma palavra, mas eu estou morrendo.

— Pode ser. Se você se comportar — digo.
— Não tenho certeza se sei como fazer isso.
Eu sorrio.
— Não tenho certeza se você sabe também.
— Está com fome? — ele pergunta.
— Para quê?
O sorriso de Milo se torna travesso e ele agarra minhas pernas, me puxando para deitar no sofá. Ele paira sobre mim.
— Por que você não me diz o que quer e eu vou fazer o meu melhor para atender o seu pedido.
Levanto os dedos, roçando seu rosto, amando que ele tenha se barbeado ontem, mas a barba escura já está lá.
— Você me faz sentir essas coisas — confesso.
— Que coisas?
Ele tem sido aberto em relação aos seus sentimentos, e agora, vou fazer o mesmo. Milo me dá esperança novamente. É algo que eu aprecio e desejo, e quero que ele saiba o que isso significa para mim.
— Meu coração dispara quando você está perto. Minha boca fica seca quando te vejo pela primeira vez de manhã no trabalho. Tudo parece mais fácil quando você está por perto. Desde que entrou na minha vida, eu sorri novamente. Você me faz feliz, Milo. — Lágrimas se formam, mas eu as seguro, não querendo me sentir ainda mais exposta.
Seus lábios tocam os meus no beijo mais doce de todos.
— Estou tentando tanto não me apaixonar por você.
Elevo o rosto, nossos olhos espelhando a mesma coisa.
— Estou tentando também.
— Como você está indo até agora?
— Não muito bem.
Milo sorri.
— Eu também não.
Passo meu polegar em seu lábio inferior.
— O que você acha que devemos fazer sobre isso?
Ele fica de pé, engancha um braço por baixo das minhas pernas e o outro embala minhas costas.
— Qual o caminho para o seu quarto?
Meus braços envolvem seu pescoço e eu sorrio.
— Andar de cima.

Capítulo 25

DANIELLE

Milo me coloca na cama e eu tremo um pouco.

No meu escritório, era uma coisa. Aquela não era a minha casa e com certeza não era uma cama. Este é um lugar onde compartilhei minha vida com alguém. Meus filhos moram aqui, e estou dando boas-vindas para ele de algumas maneiras.

— Você entende que isso significa alguma coisa? — pergunto, dando-lhe uma saída.

— Eu entendo.

— Nós não voltamos a partir deste ponto. Somos um casal, ou como você quiser chamar.

Milo se inclina na cama com os braços em cada lado de mim.

— Não vou a lugar nenhum.

Eu realmente espero que não.

— E o seu trabalho? O que fazemos sobre o fato de você não poder continuar trabalhando para mim?

— Danielle — a voz de Milo é suave —, não fale mais.

Meu pulso está batendo como um tambor no meu ouvido.

— Me beija.

Ele leva seu tempo, ao contrário de antes, medindo cada centímetro à medida que se aproxima. Minha respiração acelera conforme a antecipação aumenta. Se ele não me beijar logo, vou perder a cabeça.

Eu me movo em direção a ele, agarrando sua nuca com ternura, e fecho o espaço.

Quando nossos lábios se tocam, eu gemo. Ele me beija suavemente, mas ainda assim ardentemente. Posso sentir o desejo saindo dele em ondas.

— Porra, você é perfeita pra caralho — ele fala e, em seguida, me empurra para trás em direção à cabeceira da cama.

Milo rasteja na minha direção. Eu me deito lá, e seu peso se instala em cima de mim. Posso sentir seu pau contra o meu centro e minha cabeça gira.

Eu me lembro de como ele era bom antes, e que ele definitivamente sabe como usá-lo. Ansiei por seu toque desde aquele dia, e espero ter muito disso esta noite.

— Não, eu não sou.

Ele empurra meu cabelo para trás.

— Para mim, você é.

Meu coração incha e trago os lábios de volta para os dele. Eu amo o sabor, o cheiro e a sensação dele assim contra mim. Amo como, quando ele olha para mim, eu me sinto forte e desejada. Amo que Milo seja doce comigo, mas permaneça profissional com os outros. É uma loucura porque, se eu contasse às pessoas como ele é, nunca acreditariam.

Só eu consigo o verdadeiro ele.

Não há muros entre nós. Ele é quem é, e eu posso ser eu.

Relacionamentos como esse não acontecem com muitas pessoas, muito menos duas vezes na vida.

Ele interrompe o beijo, olhando para mim.

— Eu nunca fiz amor com ninguém, querida, mas quero fazer esta noite.

Eu sorrio.

— Quero isso também.

— Tem certeza?

— Absolutamente.

Milo fica de joelhos e me puxa com ele. Meus dedos lentamente desabotoam cada botão de sua camisa, e então a empurram para fora de seus ombros.

Ele levanta minha camisa, expondo meus seios, e solta um gemido baixo de sua garganta.

Eu o vejo sair da cama.

— Levante-se — ordena.

Meu peito está apertado, mas faço o que ele pede.

— Tire suas calças — Milo me diz.

— Prefiro tirar as suas.

Ele sorri e levanta uma sobrancelha.

— Faça o favor.

Começo a desfazer a fivela do cinto e suas mãos se emaranham no meu cabelo, seus lábios esmagando os meus.

Milo me beija como se eu fosse o ar pelo qual ele está desesperado. O tempo não existe agora, e estou sob seu feitiço.

Meus dedos se esforçam mais, mas finalmente libero o botão, e seus lábios permanecem fundidos aos meus. A língua de Milo mergulha na minha boca, e nós duelamos pelo poder. Ele, é claro, ganha.

Os dedos de Milo engancham nas minhas calças e ele as empurra para baixo.

Quando não consigo respirar, ele me solta.

Ele desce mais, os olhos permanecendo nos meus, enquanto as remove completamente, então dá um passo para fora das dele.

Estamos nus um para o outro, completamente expostos.

Nenhum de nós se move, absorvendo este momento.

— Você confia em mim? — pergunta.

— Sim.

— Então deixe-me fazer você se sentir bem. — E prende meu cabelo atrás das orelhas. — Me dê seu coração.

— Ele é seu — respondo.

Ele o pegou quando eu nem sequer sabia que estava em jogo.

— Isso é o que eu queria ouvir. — A voz de Milo falha um pouco.

Sua mão desliza do meu pescoço para baixo pelo meu braço e nossos dedos se entrelaçam.

— Eu tenho o seu? — indago.

— Acho que você o tinha no momento em que te vi. Ali estava aquela mulher, de pé, mesmo quando se sentia perdida. Se eu soubesse que você viraria meu mundo de cabeça para baixo...

Toco seu rosto com a outra mão.

— Se eu soubesse que o homem que queria me arruinar acabaria sendo o homem que me restabeleceria, eu nunca teria lutado contra isso, para começar.

— Eu vou fazer amor com você agora — Milo declara, me deitando na cama.

Nossos lábios se tocam e o tempo de falar acabou.

As mãos de Milo passeiam pela minha pele e fecho os olhos, saboreando cada toque. Ele é suave comigo, ao contrário de quando nós partimos para a ação como crianças sobre a mesa. Agora, quero tomar meu tempo com ele.

Eu gemo quando sua língua gira em torno do meu mamilo antes que ele o tome na boca, chupando e movendo para frente e para trás.

Ele desliza mais para baixo pelo meu corpo, arrastando sua língua no caminho. Fecho os olhos, me preparando para a imensidão de prazer que ele está prestes a me dar.

Lentamente, ele faz o seu caminho para o meu núcleo, e então Milo me lembra por que eu estava desejando isso.

— Puta merda — ofego, quando ele começa a usar pressão no meu clitóris. Minha cabeça se debate para frente e para trás, enquanto ele continua a me deixar louca. Deslizo os dedos em seu cabelo escuro, tentando me prender na Terra.

Ele é bom demais nisso.

Se é que dá para ser bom demais.

— Milo — eu gemo. — Oh, Deus. Bem aí. Não posso... Eu vou... Eu. Oh. Sim! — grito, quando meu orgasmo me atinge.

Ele sobe de volta, me beijando conforme faz isso.

— Não sei se algum dia vou me cansar de fazer isso.

Eu sorrio, forçando meus olhos a abrirem.

— Também não sei se vou.

— Bem, ainda bem que temos muito tempo para eu te dar muito mais então. — A voz de Milo goteja com sexo.

— Deite-se, baby — instruo.

— Sim, senhora.

Ele vira de costas e pego a camisinha na mesa de cabeceira. Uma vez que a coloco nele, monto seus quadris. Minha mão descansa em seu coração e sinto a batida rápida. Ele está tão nervoso quanto eu.

Uma coisa é falar sobre o que isso significa, outra é fazer.

— Você está bem?

— Eu vou ficar — digo, balançando para frente, trazendo-o para onde preciso dele.

Sei que ele não está perguntando sobre a parte física do que estamos fazendo. Estamos na minha casa, na cama que uma vez eu dividi com meu marido, e posso ver a hesitação de Milo. Não tenho nenhuma, no entanto.

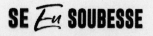

177

Isso não é sobre mais ninguém além de nós dois bem aqui. As emoções que estou sentindo são porque estou cheia de esperança.

Milo não deveria ser nada para mim. Eu não tinha nenhum plano de me apaixonar por alguém. Mas me apaixonei, e agora estou feliz.

Tenho que acreditar que, porque Peter me amava, ele iria querer isso. Se fosse eu que tivesse partido, sei que iria.

A ponta desliza para dentro e pego seu rosto nas mãos, forçando meus olhos a ficarem abertos. Começo a me mover para baixo, cada centímetro me preenchendo pouco a pouco enquanto vou devagar.

Os olhos de Milo começam a se fechar e eu paro.

— Quero que você assista isso — digo a ele. — Quero que sinta que nós dois nos conectamos fisicamente.

— Sentir você é muito bom, porra.

— Você me preenche, Milo. Em todos os sentidos.

Suas mãos envolvem meus quadris e me empurram para baixo todo o comprimento.

Eu não aguento. Gemo tão alto que é quase embaraçoso.

— Deus!

Ele me segura, me forçando a me mover em um ritmo lento e deliberado. Nós mantemos nossos olhos um no outro, não querendo cortar a conexão.

Cada vez que os quadris de Milo giram um pouco, eu quase me perco. Balanço meus quadris para frente e para trás, meu coração cheio assim como o meu corpo.

O prazer aumenta a cada impulso.

— Quero que você goze de novo — Milo fala, com os dentes cerrados. — Quero sentir você em volta do meu pau.

Seu polegar pressiona contra meu clitóris e ele começa a fazer círculos.

— Bem aí. Milo!

Explodo novamente. Caio para frente em seu peito e então ele me vira de costas na cama. Ele empurra com mais força, suor escorrendo de seu rosto, e seguro seus braços.

— Sentir você é tão bom — ele diz, entre estocadas. — Estou quase lá. Mantenha seus olhos em mim.

Uma onda de prazer cobre seu rosto enquanto ele goza.

Depois de nos limparmos, nós nos aconchegamos, minha cabeça em seu ombro, seus dedos correndo por minha coluna.

— Nunca pensei que fosse gostar disso — Milo reflete.
— Ficar abraçadinho?
— Sim. — Ele beija minha testa. — Sempre achei que era um pouco estúpido, mas posso ver o lado bom agora.
Levanto a cabeça, descansando o queixo na minha mão.
— Eu sou apenas especial.
— Não nego isso.
— Quando você soube? — pergunto.
Milo move a cabeça, seus olhos se estreitando como se estivesse imerso em pensamentos.
— Não tenho certeza. Acredito que foi quando pensei que você ia para a cadeia por criar desordem no tribunal e eu não precisaria lutar pelo meu emprego.
Eu rio.
— Você é um idiota. Não posso acreditar que você pensou isso.
— Por que eu não pensaria?
— Porque... Eu não sei.
Milo ri.
— Resposta fabulosa, querida.
— Resposta fabulosa, querida — zombo dele.
— Continue assim e você receberá uma surra adequada.
Reviro meus olhos.
— Você vai se arrepender disso.
— Oh, eu vou? — Milo pergunta.
— Eu bato de volta.
Ele levanta uma sobrancelha.
— Eu posso gostar quando você é um pouco travessa.
Eu rio.
— Você tem problemas.
— Você não faz ideia.
— Ah, é? — pressiono um pouco. — Como o quê?
Ele suspira.
— Bem, estou me apaixonando pela minha chefe, o que é um problema, já que minha missão era derrubá-la. Isso me deixa em uma situação bastante precária, uma vez que ou preciso largar meu emprego e encontrar algo mais adequado para meu conjunto de habilidades, ou ficar como seu "cachorrinho", como ela me chamava.

Ele acabou de... ele disse... Eu acho que ele disse que está se apaixonando por mim. Juro que ouvi isso.

Depois disso, eu não estava prestando atenção em mais nada que saiu de sua boca. Ele falou sobre amor. Eu sei que ele falou.

Meu coração está batendo mais rápido enquanto tento entender sua admissão. Eu o amo? Estou me apaixonando por ele? A resposta é sim para a segunda, mas há muito o que descobrir.

— Por que você parece que está pronta para correr? — Milo pergunta.

— Eu não estou. — Nego com a cabeça.

— Mentira.

Solto uma respiração profunda e me sento, puxando o lençol comigo.

— Você disse que estava se apaixonando por mim.

Ele se empurra para cima e acena com a cabeça uma vez.

— Pensei que fosse bastante óbvio.

— Óbvio como?

— Eu pareço um cara que gostaria de assistir a um filme no seu sofá ao invés de estar no pub? Ou que faria minha mãe enviar minhas antigas revistas em quadrinhos de Londres se não quisesse mais do que uma foda? Eu garanto a você, Danielle, que não é esse o homem que sou.

— É apenas... você disse isso.

Milo me observa e finalmente fala:

— Eu disse porque é verdade.

Toco sua mão.

— Estou me apaixonando por você também.

Ele passa a mão do meu ombro até os meus dedos.

— Agora que isso está claro, o que fazemos sobre todo o resto?

— Eu não sei — confesso.

Eu realmente não sei. O que nós podemos fazer?

— Eu vou me demitir.

— O quê? — Puxo minha mão de volta. — Por que você diria que essa é a resposta?

— Porque eu posso. Sejamos honestos, sou um pouco qualificado demais para ser seu assistente. Além disso, você nem me obriga a fazer metade da merda que forcei minha assistente a fazer. — Milo sorri.

Coloco a mão para cima.

— Eu não quero saber.

— Eu não pedi a ela para fazer aquilo — esclarece.

Bom saber.

— Ainda assim, demissão não é a resposta para nenhum de nós.

Eu não posso me demitir. Milo também não deveria. Ele e seu irmão precisam desse tempo, quer ele entenda isso ou não. O relacionamento deles está tenso há tanto tempo, e ver um ao outro no trabalho criou uma pequena ponte entre eles.

Se alguém apenas a cruzasse, isso seria ótimo.

— Bem, eu não vou me esgueirar como se estivéssemos fazendo alguma coisa escandalosa. Embora... foder minha chefe é bastante sujo.

— Você é um bundão.

— Eu gosto da sua bunda, querida.

Reviro os olhos.

— Você nunca mais a verá caso se demita.

Ele se deita, ainda encontrando uma maneira de tocar meu coração.

— Então qual é o seu plano?

— Eu não tenho um! — Eu ri. — É por isso que estamos discutindo.

— Sou mais um cara de ação. Falar é chato pra caralho.

Como ele funciona na vida? Eu me pergunto às vezes. Mas é por isso que ele e Callum discordam. Preciso ter detalhes para tomar a melhor decisão possível. Não sou um touro em uma loja de porcelana, pisoteando tudo.

Homens loucos.

— Independentemente disso, precisamos tentar encontrar a melhor solução. Você precisa desse emprego, Milo.

Ele zomba.

— Você e meu irmão gostariam pra caramba que eu precisasse disso.

— Como você veio trabalhar aqui? — Decido que é hora de levá-lo a uma resposta real.

— Você está brincando comigo, porra?

— Não. Estou perguntando como é que você foi capaz de trabalhar para a Dovetail?

De verdade, mal posso esperar pela resposta para dar um tapa na cara dele.

— Meu irmão é o dono!

— Sim — eu suspiro. — E você é americano?

Milo esfrega as têmporas.

— Claramente não.

— Certo. Então, novamente, como você consegue ficar aqui, Milo?

Ele leva um segundo para realmente pensar sobre o que estou dizendo e então seus olhos piscam com consciência.

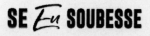

181

— Porra! Eu tenho que trabalhar para aquele bastardo, porque preciso do maldito visto.

Ding, ding, ding.

— Sim, então sente-se por um minuto e vamos encontrar uma maneira de contornar isso. — Sua boca se abre e eu nem preciso que ele fale. Levanto a mão para seus lábios para detê-lo antes que possa pronunciar uma palavra. — Nem sequer diga que nós devemos nos casar porque não estamos nem perto disso.

— Tudo bem.

Eu tento não rir, mas seu rosto petulante está dificultando.

— Milo, se e quando você e eu chegarmos a esse ponto, não será porque você não quer esconder o fato de que estamos namorando no escritório. Deveria ser porque não podemos viver um sem o outro.

Ele agarra meus braços, me puxando para seu peito, e eu guincho.

— Quem disse que posso viver sem você? — responde.

Agora ele simplesmente ficou louco.

— Eu não duvido que a ideia de viver sem mim seja difícil. Eu sou meio que incrível, mas não vamos lá, ok?

— Tudo bem, mas só se você me beijar.

Agora, isso eu posso fazer.

Capítulo 26

MILO

— Eu estou feliz, mãe. Realmente gosto dela. — Já se passaram vinte minutos dela falando sobre Callum e eu a abandonarmos. Juro, ela não era tão dramática quando éramos garotinhos. O que aconteceu?

— Estou feliz por você, mas isso não significa que eu quero meus dois meninos tão longe — continua.

— Eu não vou voltar para Londres tão cedo, mas talvez você possa vir de férias em alguns meses? Há um grande churrasco que vai acontecer e você pode gostar. Além disso, não quer vir ver Colin?

Seu primeiro neto, você pensaria que ela já teria ido morar com meu irmão a esse ponto.

— Talvez — ela suspira.

— Isso significaria muito para nós. Acho que você se daria muito bem com Danielle. Ela tem uma filha e um filho que nunca comeram chocolate inglês de verdade.

Ela não diz nada, mas posso ouvi-la sorrir. Mamãe passou vinte anos trabalhando para a marca de chocolates Cadbury. Doces são sua fraqueza, e a ideia de que ela pode compartilhar algo com eles que ela ama pode ser apenas a passagem.

— Acho que não tenho escolha então.

Eu sorrio.

— Acho que não.

— Você gosta dessa garota, Milo?

Eu me sento na cadeira, olhando para o horizonte de Tampa, pensando nela.

183

— Acho que a amo, mãe.

Ela suspira.

— Oh.

— Eu sei, não entendo o que deu em mim, mas ela é incrível e brilhante. Quando estou longe dela, quero estar perto. Quando ela está perto, eu não quero ir embora.

Mamãe funga e então começa com a choradeira.

— Oh, querido. Estou tão feliz por você. É apenas... é maravilhoso.

— Então, você vem para uma visita?

— Sim. Eu quero conhecer essa garota. — Ela ri. — Ligo para você em breve.

— Boa noite, mãe.

— Boa noite, Milo. Eu te amo muito, não importa o que você pensa de mim.

Ela desliga o telefone antes que eu possa responder, mas fico feliz em saber que ela está a bordo.

Envio uma mensagem rápida para Callum.

> Eu: Mamãe vem passar férias.

> Callum: Como você conseguiu isso? Ela me disse para eu ir pastar.

Sorrio pela oportunidade que ele me deu.

> Eu: Porque eu sou o favorito. Ela só queria encher seu ego deixando você pensar que era melhor do que eu. Novidade: você não é.

> Callum: Vai se foder.

> Eu: Que maduro, irmão. De qualquer forma, avisarei quando tiver mais informações.

> Callum: Parece bom.

Tenho outra coisa que preciso falar com Callum. Em vez de fazer isso por ligação ou mensagem de texto, acho que deveria ser feito pessoalmente.

> Eu: Posso passar por aí?

> Callum: Está tudo bem?

> Eu: Sim, seu filho da puta intrometido, posso ir ou não?

> Callum: Sim, tudo bem, venha.

Tão babaca.

Entro no meu carro e dirijo os dez minutos até a casa dele. Ele e Nicole moram em um apartamento semelhante. Ele está apenas mais perto da água.

Energia nervosa me preenche quando chego à sua porta. Vou me demitir... de novo.

A primeira vez caiu como um balão de chumbo. Mal posso esperar para ver como será dessa vez. Mesmo que o bastardo tenha esperado por este momento, ele parece preferir ter isso em seus termos.

Bato uma vez e Nicole atende.

— O irmão pródigo retorna.

— Olá — digo e, em seguida, beijo sua bochecha.

— Ouvi dizer que sua mãe está vindo nos ver?

Boas notícias correm rápido.

— Pedi a ela para vir no Quatro de Julho. Ela vai ficar com você, é claro.

Nicole ri.

— É claro. Não é como se você tivesse espaço ou silêncio completo. Ela definitivamente deveria ficar aqui com a nossa casa cheia. Talvez ela durma no sofá?

Callum entra, esfregando o pescoço.

— Chega, Nic. Nós temos muito espaço. — Ele beija sua têmpora. — Além disso, eu consigo aproveitar e ver você se comportar pela primeira vez enquanto ela está aqui.

— Sim. Eu amo ter que ser legal com você porque aquela mulher me assusta.

— Nossa mãe? Ela te assusta? — Dou uma gargalhada. — Isso é ridículo.

Nicole olha brava para mim.

— Sim, ela não me ama como ama vocês dois, idiotas.

Isso é verdade, mas ela está longe de ser assustadora. Ela é doce, quando se encara o lado bom dela.

— Dê-lhe tempo. Ela é velha e determinada no que faz — digo a ela.

— Tanto faz. — Nicole bufa. — Vou deixar vocês dois conversarem e levar Colin para passear.

— Tenha cuidado — a voz de Callum está mais afiada do que antes. Posso ver o instinto protetor começar a crescer dentro dele.

Ela revira os olhos.

— Relaxe, é Tampa e...

— E o marido da sua melhor amiga foi baleado aqui não muito tempo atrás — Cal termina.

— Aquilo não foi aleatório, baby, mas tudo bem. Seremos cuidadosos. Nicole pisca para mim e então sai da sala.

— Quer uma cerveja? — Callum pergunta.

— Claro.

Nós entramos e mais uma vez estou impressionado com a visão deste lugar. O meu é simples e tem pouca mobília, já o de Cal tem mais merda do que ele jamais poderia querer. Tenho certeza de que se minha esposa fosse uma designer de interiores, eu estaria vivendo assim também, em vez do apartamento de solteiro que estou ocupando atualmente.

Ainda assim, não importa quantas vezes eu estive aqui, sempre me choca.

Callum abre a tampa e me entrega a bebida. Isso vai ser malditamente doloroso. Dreno tudo em menos de um minuto, quase derrubando a garrafa.

— Isso não pode ser bom — ele fala, enquanto coça a cabeça. — Cospe logo.

— Eu me demito.

Sutileza nunca foi o meu forte.

— Você se demite?

— Sim.

Ele balança a cabeça, discordando.

— Ok. Por quê?

Há uma infinidade de razões, mas Callum em todas as suas falhas sempre foi honesto comigo. Sinto que devo a ele o mesmo neste caso.

— Porque estou me apaixonando pela minha chefe e acho que não vai ficar bom para nós se eu continuar lá.

— Você está apaixonado? — Ele ri. — Você?

— Vai se foder, parceiro. Sim. Não sei por que você acha isso engraçado.

Callum dá de ombros e me entrega outra garrafa.

— Porque você sempre foi tão contra o amor, como se isso te deixasse fraco.

— E deixa! — grito. — Estou largando a porra do meu emprego por causa dela.

Ele solta uma respiração profunda pelo nariz e assente com a cabeça.

— Mudei minha empresa para outro país pela Nicole. Mas você não pode se demitir, Milo.

— Você não pode fazer essa escolha.

— Não — ele concorda. — Mas há outra opção... — Seu telefone toca e ele levanta o dedo. — Alô?

Eu resmungo.

— Milo. — Callum agarra meu braço quando começo a sair da sala. — Sim. Eu entendo. Vou avisar o Milo. Claro. — Escuto o pânico. — Me mande uma mensagem com todos os detalhes.

— O que está acontecendo? — pergunto, com meu coração acelerado.

Alguma coisa está errada. Conheço meu irmão e, da última vez que ele me olhou desse jeito, descobri que meu pai estava morto.

CAPÍTULO 27

DANIELLE

— O que acontece agora, mãe? — Ava pergunta, enquanto nos sentamos no tribunal, esperando o veredicto ser lido.

Não voltei aqui desde a minha explosão. Talvez porque não importasse em alguns aspectos. Talvez porque eu não quisesse ouvir mais mentiras. Ou talvez porque, por mais que eu desejasse o encerramento, encontrei outra coisa que vale a pena focar.

No entanto, Richard ligou e disse que deveríamos vir hoje. Ele recebeu a notícia de que o júri havia chegado à sua decisão.

Como prometido, tirei Ava da escola e viemos aqui juntas.

— Eles vão chamar o tribunal para ler o veredicto. Se ele for culpado, definirão a sentença. Se ele for inocentado, você e eu partiremos imediatamente antes de sermos atacadas, entendeu?

Ela acena com a cabeça.

Manter minha palavra sobre isso foi incrivelmente difícil. Não pensei que seria tão complicado. Ela é madura para a idade em alguns aspectos, mas era o seu pai. Ele foi o primeiro homem que ela admirou, amou e queria encontrar alguém como ele.

Ele não apenas se foi, mas agora ela vai ouvir coisas que pode não querer. Sou uma mulher adulta e não posso lidar com isso.

— Eu nunca o vi — observa. — Sabe, o assassino do papai.

— Eu nunca quis que você o visse.

Meu telefone vibra, mas não olho. Este momento é grande demais para ser distraído. Sei que Parker está seguro na escola e que depois Kristin vai buscá-lo. Aubrey aparentemente tinha grandes planos para o tempo que passariam juntos.

— Por quê? — Ava pergunta.

— Porque ele é a última pessoa que seu pai viu, e o odeio por tirar isso de nossa família. Queria que você permanecesse inocente e protegida dele, mas vejo que você pode fazer isso. Você é uma garota linda e forte, Ava Kristin. Estou muito orgulhosa de você.

Foi-se a máscara de raiva que ela usou implacavelmente nos últimos dois anos, e eu a vejo novamente.

— Estou orgulhosa de você também, mãe.

— De mim?

— Sim, sabe... você está namorando e é bom te ver feliz. Eu acho. Quer dizer, não me importo, mas se eu tiver que ficar perto de você, fico feliz que não esteja sendo uma va...

— Cuidado — aviso.

Ela dá de ombros com um sorriso.

— Desculpe, pensei que estávamos fazendo o que você e tia Nicole fazem, toda essa coisa de "a honestidade é a única política com que nos comprometemos".

Reviro os olhos.

— Você não consegue entrar nesse clube, garota.

Ava começa a falar, mas então a porta lateral se abre e Adam McClellan entra. Agarro a mão dela, oferecendo apoio e também precisando de um pouco dela. Cada vez que o vejo, o odeio ainda mais.

— Apenas olhe para a frente, ok? — Seus olhos encontram os meus e vejo o medo nadando. — Você está segura, Ava. Não tem nada a temer. Não importa o que aconteça hoje, você está segura, é amada e tudo ficará bem.

— Ele está apenas sentado lá.

— Eu sei. — Aperto a mão dela. — Olhos para frente ou em mim.

Ela aperta de volta e suspira. Procuro por Milo. Ele disse que estaria aqui, mas não tive notícias dele. O que é estranho, porque ele é a única pessoa que sempre esteve nesta sala quando precisei dele, mesmo quando eu não sabia que precisava.

Alguns batimentos cardíacos depois, a juíza entra e o tribunal é chamado à ordem.

— O júri chegou a um veredicto? — ela pergunta.

— Nós chegamos, Meritíssima.

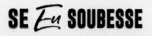

189

— Oficial de justiça, por favor... — A juíza estende a mão e ele vai buscar o envelope.

Meu estômago está na garganta enquanto a vejo ler. Ela não reage a qualquer que seja a decisão deles, o que me lembro de Peter reclamando o tempo todo.

Estar desse lado é uma merda.

Cada segundo parece uma hora passando.

Ava envolve sua mão ao redor do meu braço, segurando firme.

A juíza devolve o envelope e depois volta para o presidente do júri. Eu juro, isso é feito para deixar as pessoas loucas. Não se trata apenas do assassino sentado ali cujo destino será determinado, trata-se de todos nós. As pessoas que amavam meu marido, nossa família, todos que viram nossa dor e perda. Isso importa.

— Você poderia, por favor, ler o veredito? — pede, como se fosse um mandamento.

Eu poderia vomitar. Meu estômago se revira, minhas mãos estão suando e eu quero chorar sem nem saber o resultado.

É demais.

— Nós, o júri, consideramos o réu, Adam McClellan, culpado de assassinato em primeiro grau.

Alívio me inunda e as lágrimas começam a cair. Ava explode em lágrimas, envolvendo seus braços ao meu redor.

— Por posse ilegal de arma de fogo, culpado.

Não me importo com o resto deles, mas isso é uma justiça. Eu posso respirar novamente. Eles continuam a passar pelo resto das acusações, enquanto deixo tudo sair. Não estraguei a nossa chance de pegá-lo. Nós não perdemos. Temos justiça pelo inferno que este homem nos fez passar.

Ava e eu nos sentamos perto uma da outra, segurando nossas mãos, enquanto eles o informavam da data de sua sentença.

— É isso? — ela pergunta, com lágrimas escorrendo pelo rosto.

— É isso.

Nós nos levantamos e a promotora caminha em nossa direção.

— Estou tão feliz que temos justiça para o Peter — Rachel fala.

— Nós estamos também. Sei que, quando ele estava vivo, vocês lutavam do lado oposto...

Ela balança a cabeça em negação.

— Não, nós estávamos do lado da lei. Peter pode não ter estado lutando pelo lado que escolhi, mas ele merecia justiça.

— Ele merecia — concordo.

Ava enxuga as bochechas e endireita os ombros.

— Eu quero estar aqui e falar em sua sentença.

Rachel olha para mim e depois de volta para ela.

— Se sua mãe estiver bem com isso, acho que seria útil.

— Mamãe?

Fecho os olhos e solto o ar pelo nariz.

— Se você quer fazer isso, não vou te impedir. Você tem que se comportar, no entanto. Não estou tentando te dar um ultimato, estou pedindo que pense em que tipo de garota você quer que eles vejam quando estiver diante da juíza.

Isso é difícil, essa coisa de ser mãe. Por um lado, você quer ensinar seus filhos que eles precisam ficar de pé sozinhos. Por outro, quer colocá-los em uma bolha, segurar firme e nunca deixar que nada os toque. Depois, há o meio, onde você não sabe qual caminho seguir, e eu odeio o meio.

— Eu sei. Só quero dizer algumas coisas — explica.

— Eu também quero, querida.

Richard se aproxima e abraça a nós duas.

— Estou feliz por termos justiça por Peter.

— Eu também.

— Peter teria ganhado esse caso. — Ele ri para si mesmo. — Isso é tudo que eu continuava pensando. Se ele fosse o advogado de defesa, ele teria destruído a acusação. Ele era um advogado e amigo fantástico, e nós sentimos a falta dele.

Por mais que eu queira dar um tapa nele por esse ser seu primeiro pensamento, eu sorrio. Peter teria vencido. Ele era ótimo e teria feito isso. Além disso, meu marido era arrogante o suficiente para essas terem sido as primeiras palavras que sairiam de sua boca. Ele achava que era ótimo, e o fato de seu parceiro de negócios ter pensado o mesmo, provavelmente o fez sorrir do céu.

— Sim. — Concordo com a cabeça. — Ele realmente era.

— Ele amava vocês três. Falava sobre tirar mais tempo de folga, estar lá para ver as crianças crescerem. — Richard sorri.

— Pena que ele não fez isso.

Vejo o flash de arrependimento instantâneo em seus olhos.

— Se você precisar de alguma coisa, Danni, por favor, não hesite em nos chamar. Você é da família.

191

Havia muita disfunção e traição no escritório. Eu nunca confiaria em nenhum deles. Ainda assim, não posso ser rude.

— Obrigada, Richard. Nós realmente agradecemos.

Ava nos diz que vai ligar para seus amigos e se desculpa. Eu preciso ligar para as minhas; na verdade, onde estão minhas amigas, caramba? Ou meu o namorado? Namorado. Jesus. Dizer isso aos trinta e nove não parece estranho nem nada.

Pego o telefone na bolsa e vejo duas chamadas perdidas e uma mensagem de texto de Milo.

> Milo: Você não está respondendo, mas estou no aeroporto indo para Londres. Por favor, ligue para Nicole quando estiver livre. Sinto muito.

Meu estômago cai.

— Com licença — peço para Richard.

Já estou discando o número de Nicole quando saio do tribunal. Ele toca. E toca.

— Vamos lá, atende — sussurro.

— Ei — ela responde, depois do que parece uma eternidade.

— Ei, o que está acontecendo?

— Primeiro, você está bem? Eles o consideraram culpado?

Eu não quero falar sobre isso, mas Nicole é... vigorosa quando quer alguma coisa.

— Sim. Culpado. O que está acontecendo com Milo?

Ela bufa.

— Tudo o que sei é que ele e Callum partiram para Londres. A mãe deles está doente e acho que ela estava mantendo em segredo, mas ela desmaiou e eles tiveram que ir imediatamente.

— Oh, Deus.

— Sim, eu não sei, Danni. — Ela faz uma pausa. — Milo estava aqui falando sobre sua mãe vir para o Dia da Independência para conhecer você e as crianças. Então falava algo sobre o trabalho quando o telefone de Callum tocou. Não tenho certeza de qual é o plano deles, mas meu marido disse que ligaria quando tivessem detalhes.

Esfrego a testa.

— Ok, mantenha-me informada.

Isso é tão ruim. Milo mencionou outro dia sobre sua mãe estar sozinha em Londres e certa culpa que ele sentia. Não posso imaginar como ele está trabalhando com tudo isso.

Então outra parte da conversa me atinge. Milo foi à casa de Callum para falar sobre mim e seu trabalho?

Oh, Deus. Espero que ele não tenha se demitido. Eu juro, ele apenas age às vezes e me dá vontade de gritar. Nós discutimos isso e, aparentemente, ele não me ouve.

Ok, ficar chateada não vai fazer nada. Ele está em Londres e preciso adiar isso até que possamos conversar.

Já se passaram quatro dias. Quatro dias. Quatro telefonemas. Quatro vezes me peguei pensando em voar para Londres.

Eu não posso ir. Sei isso. Só quero estar perto dele.

Além disso, essa assistente temporária que Kristin recomendou, Sierra, é absolutamente ridícula. Ela deve ser parente de Erica, o floco de neve especial de Kristin.

Primeiro, ela colocou sal no meu café, pensando que era açúcar.

Então conseguiu derramar café salgado na minha mesa, encharcando uma proposta que eu estava trabalhando. Então, de alguma maneira — e eu ainda não consigo descobrir de que forma isso aconteceu —, Sierra entrou na minha caixa de entrada e excluiu tudo, apenas para ajudar com a desordem.

Graças a Deus pela equipe de TI e por colocar travas infantis no computador dela.

Eu não aguento mesmo.

Nunca pensei que sentiria falta de Milo por causa do trabalho. Mas aqui estou eu, mais uma vez encontrando uma maneira de racionalizar que ele volta para casa em breve.

Minha chamada de vídeo toca e eu sorrio quando seu rosto aparece.

— Oi — digo, com um suspiro sonhador.

— Olá, querida.

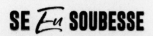

— Como está a sua mãe? — pergunto.

— Nada bem.

Ele parece cansado. Eu posso ver o estresse em seus olhos e odeio isso. Milo é sempre um boca esperta, arrogante em alguns aspectos e sarcástico. Ele nunca é taciturno, e não gosto disso.

— Sinto muito, o que os médicos estão dizendo?

Milo estala o pescoço e se joga na cama.

— Vou voltar pela manhã, mas não parece bom. Nós finalmente conseguimos um quarto adequado para ela em vez daquela merda em que tentaram mantê-la.

— Mas estou feliz que vocês estejam lá. — Egoisticamente, é claro, eu não estou. Ele está onde precisa estar, no entanto. Depois de perder o pai do jeito que foi, não consigo imaginá-lo não estando perto de sua mãe.

— Eu odeio isso. Gostaria que pudéssemos jogá-la em um avião e levá-la para um lugar bem quente. Esqueci como está congelando pra caralho aqui. Tampa tem um clima muito mais desejável.

Eu gostaria de muitas coisas, mas sei que ele precisa desabafar um pouco.

— Ainda assim. — Dou um sorriso triste. — Você está onde deveria, perto de sua mãe. Tenho certeza de que ela se sente confortável sabendo que você e Callum estão aí.

Milo resmunga e seus olhos se estreitam.

— Ele é um babaca. Não sei por que minha mãe não o vendeu quando era menino. Um maldito sabichão. É enlouquecedor, sabe? Juro que ele pensa que está sempre no comando e eu já estou farto disso. Foda-se o meu irmão mais velho.

Começo a rir de sua explosão.

— Pare com isso. Ele provavelmente está com medo também.

Agora eu recebo o olhar da morte.

— Com medo? Eu não estou com medo. Estou malditamente puto, é isso que eu estou.

— Entendo.

— Ele acha que pode entrar em qualquer sala e dar ordens. Eu não acho. Sou mais jovem, mas minhas bolas são muito maiores, você pode garantir isso.

Meu queixo cai, sem poder dizer nenhuma palavra. Ele claramente não está feliz com seu irmão, mas Jesus.

— Milo, esta é uma chance, ok?

— Para quê?

— Para você ser um adulto, porra. Você e Callum precisam parar com isso. Você sabe melhor do que ninguém que a vida é curta e que a única garantia é que ela chegará ao fim. Então, pare com isso. Se Callum morresse, como você se sentiria? Terrível, é isso. Então seja o homem por quem me apaixonei. Aquele que é cheio de compaixão.

Milo faz uma careta, mas depois assente com a cabeça.

— Só porque você usou um truque barato para me fazer ceder à sua vontade.

— Sim, estou cheia de truques baratos. Falando nisso, decidi que você não precisa mais segurar o coelho.

— Sério? — ele pergunta, com prazer.

— Sim, eu vou ser legal e te livrar dessa, mesmo que eu não pense por um segundo que você faria o mesmo.

Ele sorri, debochado.

— Não fique chateada com isso. Teria sido hilário ver você se aproximar do meu irmão e contar a ele sobre minha competência sexual.

— Você é uma bagunça.

— É verdade, mas juntos nós somos perfeitos.

Eu sorrio e mando um beijo para ele.

— Vá dormir um pouco. Sinto sua falta.

— Também sinto a sua falta. Como está a sua nova assistente?

— Cala a boca.

— Bem, não fique chateada com isso. Callum estará de volta em dois dias. Você pode reclamar com ele então.

— Ele está voltando?

Desde que chegaram lá, poucas informações foram repassadas para mim, o que eu entendo completamente. Milo e Callum precisavam cuidar da mãe deles, não se preocupar em me dizer alguma coisa. Fui mantida informada por Nicole, principalmente. Ela não mencionou nada sobre esse plano quando conversamos hoje.

Milo acena com a cabeça.

— Sim. Precisam dele de novo aí, e não sou exatamente um funcionário fundamental.

— Para mim, você é — informo.

— Que doce. No entanto, sou necessário aqui.

— Quanto tempo você acha?

Milo suspira.

— Não sei. Não posso deixá-la aqui sozinha.

— Eu nunca pediria isso a você.

— Eu sei. — Ele fica debaixo das cobertas e eu gostaria de poder tocar seu rosto.

— A sentença é na próxima semana.

Isso está me pesando muito nos últimos dias. Eu quero que acabe. Esta é a parte final da resolução.

Os olhos de Milo ficam tristes.

— Odeio não estar lá, mas tudo depende de como serão os próximos dias. Talvez eu consiga voltar.

— Não era por isso que eu estava dizendo.

— Não significa que não é assim que me sinto.

Minha assistente temporária aparece.

— Você me chamou?

— Não — arrasto a palavra. — Estou em uma chamada.

— Oh. — Ela ri. — Faz sentido. Achei que talvez você estivesse falando sozinha e eu ia te deixar terminar, mas depois pensei que talvez você estivesse falando comigo.

Oh, meu Deus.

— Obrigado por verificar, Sierra — eu, de alguma forma, digo as palavras.

— É claro! Meu trabalho é ter certeza de que está tudo certo.

Meu trabalho é imaginar como vamos entregar as rédeas para a geração mais jovem.

Excelente. Agora eu sou uma daquelas pessoas mais velhas que reclamam das crianças de hoje em dia.

— Bom trabalho, amor — Milo responde. — Danielle adora falar sozinha, então não deixe de verificar.

Olho brava para ele e depois para ela.

— Não dê ouvidos a uma palavra do que ele diz.

— Oh, é um cara no telefone? Então, ele é, tipo, seu namorado?

— Volte ao trabalho — instruo.

Quando ela sai da sala, fecho meus olhos e ouço Milo rindo.

— Eu te odeio.

Ele sorri maliciosamente.

— Não, você não odeia.
— Tudo bem, mas eu quero, e deveria.
Ele ri e então se transforma em um bocejo.
— Desculpe cortar você, querida, mas não consigo manter meus olhos abertos. Nós podemos conversar amanhã? Posso te ligar por volta das sete antes do trabalho.
— Ok. Durma um pouco.
— Eu vou — Milo promete.
Quatro dias terminados, só Deus sabe quantos mais faltam.

CAPÍTULO 28

MILO

— Você tem que comer, mãe.
— Eu não recebo ordens de você, de todas as pessoas. — Ela bufa.
Indignada como sempre.

Estou em Londres há quinze dias e pronto para arrancar meus malditos olhos. Mamãe finalmente está se sentindo um pouco melhor, mas então tivemos uma noite em que voltamos para trás.

Deus me livre que o médico faça a porra do seu trabalho corretamente e dê a medicação que ela precisa.

— Apenas coma antes que meu temperamento exploda.

Ela não parece nem um pouco preocupada.

— Quando você vai voltar para os Estados Unidos?
— Quando você parar de ser um pé no saco e comer sua comida.

Mamãe cruza os braços sobre o peito.

— Então eu vou morrer de fome.
— Dramática como sempre.
— Sinto falta dos meus filhos. — Seu lábio treme e meu coração frio começa a derreter.

Não gosto de vê-la chateada. Não importa quantos problemas eu goste de causar, minha mãe é uma mulher maravilhosa que já sofreu demais.

— Não chore! — imploro a ela.
— Não vá embora.
— Mãe, você sabe por que eu quero voltar.

Ela acena com a cabeça.

— Eu queria conhecê-la.

Passamos muito tempo juntos nas últimas duas semanas, e ela não se conteve em suas opiniões. Claro, ela quer que eu seja feliz, só que em Londres. Minha esperança é que ela perceba que isso não é provável e venha com a gente para os Estados Unidos, onde sua família está agora.

— Por que você não pode conhecê-la?

— Eu não vou lá agora, Milo. Estou morrendo.

Reviro os olhos.

— Você não está morrendo. Você vai lutar e vencer, porque é teimosa demais para morrer.

Ela me fixa com um olhar.

— Eu me pergunto de onde você tirou isso.

— Olhe no espelho. — Eu rio.

— Oh, Milo, o que vou fazer com você?

Dou de ombros.

— Ficar melhor para que você possa viajar e ver seu neto e, eu espero, conhecer a mulher por quem estou apaixonado.

Sua mão se levanta, tocando minha bochecha.

— Eu não sei se isso é realidade, meu querido. Posso não melhorar ou ser forte o suficiente. Eu tenho câncer de pulmão. Não posso voar ou fazer muita coisa.

Isso é o que me preocupa também. Ela parece frágil e cansada. Por mais que eu queira acreditar que ela vai se recuperar, não sei se conseguirá.

Depois, há a preocupação de ela estar em outro continente sem qualquer ajuda.

— Você vai, porque eu não posso te perder, ainda não. Há crianças para conhecer e amar.

Seus olhos brilham e seus lábios se levantam. Sei o quanto isso a deixa feliz.

— Conte-me mais sobre Parker. Ele me lembra o menino que você era.

Eu me inclino para trás na cadeira.

— Você come e eu falo. Combinado?

Ela acena com a cabeça, levantando o biscoito, e começo a contar a ela sobre seu amor pelo Thor.

— O que eu posso fazer por você, Cal? — digo no receptor, pegando minha jaqueta.

Já estou atrasado para levar mamãe ao hospital para o tratamento dela. Eu nunca vou terminar isso nesse ritmo.

— Nós precisamos conversar.

Isso não pode ser bom. Callum não me liga quando quer bater papo. Eu costumo ouvir seus nomes favoritos para me xingar e ele desliga antes que eu possa falar. Otário.

— Há um problema no escritório de Londres.

Congelo no lugar.

— Como é?

— Edward se demitiu.

— Edward, o nosso primo a quem você deu o escritório em vez de mim? — peço esclarecimentos.

Essa é a parte que Callum sempre parece encobrir. Ele não apenas se mudou para os Estados Unidos, levando a maior parte da empresa para lá, mas deixou um escritório aqui para executar os projetos em que já estávamos trabalhando. No entanto, ele reconhecia como eu me sentia ao deixar Londres, mas, em vez de me pedir, seu único irmão, para assumir este local, deu para o nosso primo idiota.

É por isso que jurei detestar meu irmão até a eternidade. Porque ele é um bastardo.

Mais uma vez, a comparação com Thor e Loki é impressionante.

— Sim, aquele.

— Por que você está me dizendo isso?

Ele suspira.

— Porque eu preciso que você assuma o lugar dele. Você está aí e é o único em quem eu confio.

Meu coração dispara um pouco.

— Você quer que eu assuma o escritório de Londres?

— Você quer ser assistente ou ser Vice-presidente da Dovetail e administrar esse escritório? — Callum pergunta, com raiva.

— E, uma vez que eu resolver tudo para você, que trabalho eu vou ter, hein? Te dar cobertura em vez da minha namorada? Ou você vai me punir ainda mais?

Não vou jogar o jogo dele. Quero algo por escrito e que me paguem o que valho.

CORINNE MICHAELS

— Não, Milo. Quero que você assuma o cargo... permanentemente.

Fico aqui parado, olhando para a porta do meu apartamento, completamente atordoado. Ele quer que eu me torne o vice-presidente da empresa? Permanentemente?

E por que? E quando? Qual é a mudança repentina em seu coração?

— Você está fodendo comigo?

Ele ri uma vez.

— Não, era sobre isso que eu queria falar com você quando estávamos na minha casa, mas depois recebemos a ligação sobre a mamãe.

Não sei o que dizer. Isso é completamente inesperado.

— Estou tentando entender isso. Você quer que eu me mude de novo para Londres?

— Não — ele suspira. — Eu não quero isso, mas mamãe precisa de um de nós e quero que você assuma o cargo na empresa para a qual você foi feito.

Eu me inclino contra a parede, me sentindo dilacerado.

— E Danielle?

— E ela o que, Milo? Estou feliz que você a encontrou, mas não é como se vocês estivessem juntos há muito tempo. Você não é exatamente conhecido por nada a longo prazo.

— Vai se foder!

— Você pode estar chateado comigo, mas não há outras opções. — A voz de Callum está cheia de remorso pela primeira vez. — Não posso me mudar para Londres. Eu tenho a empresa aqui, Nicole tem a empresa dela e nós temos Colin. Você está solteiro.

— Eu não estou — corrijo.

Posso não estar casado, mas estou apaixonado pela primeira vez na vida. Há alguém que vale o esforço e ele vai tirar isso de mim.

Porra! Inferno do caralho.

— Não, você não está, mas me responda isso, quando foi a última vez que você teve um relacionamento sério?

Não preciso responder, porque nós já sabemos.

— Exatamente — Callum responde. — Eu me importo muito com Danielle. Ela é uma parte importante de nossas vidas aqui, então machucá-la não é o que eu quero fazer. Ou você, Milo. Não importa o que você possa pensar de mim, eu realmente me importo com você. Esta é, em última análise, sua escolha, mas o escritório é seu se você o aceitar. E, de qualquer forma, você vai precisar ficar aí para mamãe.

Meu coração está sendo arrancado do peito.

— Eu preciso pensar sobre isso. Eu... Eu não posso te dar uma resposta.

Cal suspira.

— Vou te dar uma semana para decidir sobre ficar, mas preciso que vá lá amanhã e conserte a bagunça que Edward fez.

Não preciso fazer nada, mas não vou discutir esse fato. A verdade é que isso era o que eu queria o tempo todo. Esta empresa foi construída por nós dois. Eu amo a Dovetail tanto quanto Callum, e agora ele quer me dar o que trabalhei duro para criar. Não sei se posso ir embora. Foi a droga da razão pela qual eu fui para outro país.

— Você vai me dar o tempo que eu precisar — respondo.

— Não seja um idiota.

— Não seja um bastardo.

Callum resmunga.

— Terei notícias suas em uma semana.

— Você vai ouvir de mim quando eu decidir. — Sorrio e desligo.

Meu telefone toca novamente e é uma mensagem da minha mãe, perguntando onde estou.

Vou lidar com ela primeiro, então tenho que ligar para outra mulher que eu amo e descobrir que merda eu faço sobre isso.

Capítulo 29

DANIELLE

— Você teve notícias de Milo ultimamente? — Callum pergunta, na porta da minha cozinha.

— Não, mas tenho certeza que em breve vou ter, por quê?

Ele balança a cabeça, negando.

— Apenas curioso.

Um sentimento mesquinho no meu intestino diz o contrário. Callum e eu somos amigáveis. Eu gosto dele, acho que ele é um cara legal, mas ele é meu chefe. Sempre sinto que vou dizer algo estúpido e ele vai me dar um chute na bunda.

— Há algo que eu deveria saber? — pergunto, hesitante.

— Não, não. Não nos falamos há alguns dias, eu não tinha certeza de como mamãe estava.

Sua mãe tem mais dias ruins do que bons. Já se passaram três semanas, incontáveis telefonemas, e ainda sem Milo de volta em meus braços. Estou começando a me sentir desanimada, e me esforçando para não ficar assim. Mas sinto falta dele. Odeio isso, porque me sinto fraca.

No entanto, não posso acreditar que ele não conversou com Callum.

— Ele disse que ela estava tendo um momento difícil na outra noite. Não nos falamos hoje, no entanto.

— Ele não disse mais nada?

Ok, isso é estranho.

— Não, ele deveria ter dito?

— Sinto muito. — Callum solta uma risada nervosa. — É difícil estar aqui quando ela está doente.

— Não se desculpe. Eu definitivamente direi a ele para ligar para você.
— Obrigado. — Ele sorri.

Essa foi a conversa mais bizarra de todos os tempos.

Pego as bebidas e vou para a sala. Amanhã é a sentença, e minhas amigas decidiram estar aqui esta noite. Heather, Eli, Kristin, Noah, Nicole e Callum aparentemente vão tomar conta de mim.

— Obrigada, Danni. — Heather sorri, colocando as taças de vinho na mesa.

— Você sabe que não precisam ficar aqui — digo, pela décima vez.

— Sim, nós precisamos — Kristin argumenta.

Eu nunca vou fazê-los ir embora, posso muito bem parar de tentar.

— Como você está com Milo estando em Londres? — Nicole vai direto ao ponto.

— Estou bem. Ele está onde precisa estar.

E eu realmente acho isso. Sua mãe é o que importa neste momento. Estávamos namorando há algumas semanas antes de ela ficar doente, e sei que ele quer estar aqui, mas não pode.

— Vou te dizer — Eli começa. — Se fosse minha mãe, eu estaria ao lado dela também. Você pode dizer muito sobre um homem pela maneira como ele trata sua mãe.

Franzo meu rosto.

— Como assim?

— Ela é a primeira pessoa a amá-lo. Se ela for uma boa mulher, o que, pelo que Cal fala sobre, ela é, então um homem aprende a tratar uma mulher a partir desse relacionamento.

Heather assente.

— Posso dizer que a forma como Eli adora a dele é verdade. Matt foi um idiota para a dele, e sabemos por quê. — Ela olha para Kristin. — Como era o Cretino com a mãe dele?

Kristin ri.

— Da mesma forma que ele era para todos em sua vida: um idiota egoísta.

Noah puxa Kristin para o seu lado um pouco mais apertado. Não sei se ela percebe isso, mas sempre que Scott é mencionado, ele a puxa para mais perto. Quase como se a estivesse protegendo do pensamento dele. É doce, e eu adoro ver que o relacionamento deles é tão forte quanto é.

— Concordo com Eli. — Noah dá de ombros. — Eu andaria no fogo pela minha mãe. Ela praticamente fez isso por mim, e se estivesse doente, eu estaria lá.

— Isso é porque você é um bom homem, Noah Frazier. — Kristin suspira, olhando para ele.

Nicole finge vomitar.

— Deus, vocês são tão nojentos.

— Por quê? Porque nós nos amamos? — Kristin conta.

Oh, isso vai ficar feio.

— Eu amo Callum mais do que tudo. Literalmente daria qualquer coisa por ele, mas não estou piscando meus olhos e suspirando quando ele fala. Ele é um homem. Ama sua mãe, mas me ama também. Milo é um cara legal e estou feliz que ele e Danni se encontraram, mas Danni também precisa dele.

— Eu não preciso de nenhum de vocês aqui — corrijo.

Nicole revira os olhos.

— Sim, você precisa, está tudo bem.

— Gente... é sério, eu estou bem. Amo todos vocês e obrigada por terem vindo, mas eu dou conta.

— Gostaria que pudéssemos adiar as filmagens — Heather fala.

Algum deles escuta? Não, não eles não escutam.

Não quero ninguém além de Ava comigo. Sei que parece loucura, e talvez um pouco estúpido, mas temos que superar isso. Se eles estiverem lá, vou me sentir como se tivesse que encenar. Ser fraca na frente dos outros é uma coisa difícil para mim. Peter era um cara duro. Ele não gostava de emoções e eu aprendi a trancá-las. Quando ele morreu, foi como se uma represa tivesse rompido e inundado meu mundo.

Eu chorei mais do que tinha chorado em vinte anos.

Chorei, e depois solucei, e depois lamentei.

Pensei que tudo isso tinha sido expurgado, mas alguma coisa deve ter sobrado, porque sei que amanhã vai me afetar.

— Gente, Ava e eu vamos ficar bem.

Kristin solta um suspiro alto pelo nariz.

— Você está sendo uma idiota teimosa.

Dou a ela um olhar que diz: talvez eu esteja, mas tenho permissão de ser.

A campainha toca e eu me levanto.

— Eu vou atender. Vocês podem continuar falando merda sobre mim quando eu sair.

205

Nicole levanta a mão.

— Oh, não se preocupe, nós planejamos falar.

— Cadela.

— Idiota — ela responde.

Vou até a porta e, quando a abro, meu coração para.

— Milo!

— Olá, querida. — Ele sorri e me puxa em seus braços.

— Oh, meu Deus. Você está aqui. — Lágrimas que eu jurava que tinham parado de cair vêm correndo para a frente. Ele está aqui. Ele está aqui agora, e estou em seus braços.

Eu me afasto, minhas mãos tocando seu rosto. Trago minha boca para a dele, saboreando as lágrimas contra meus lábios.

Depois de alguns segundos, ele me coloca no chão e sorri.

— Vejo que você sentiu minha falta.

— Eu senti. Senti tanto a sua falta.

Não consigo explicar, mas ele se tornou uma parte tão importante da minha vida. Eu me sentia vazia, triste e solitária sem ele. Meu coração é dele e agora sinto que posso respirar novamente.

— Eu sei que amanhã é importante e queria estar aqui.

Agarro meu peito e coloco minha mão sobre seu coração.

— Obrigada. E a sua mãe?

— Ela vai ficar bem por alguns dias.

— Dias? — pergunto, já me sentindo desanimada. — Pensei que talvez...

Quando me tornei tão dependente dele?

— É apenas uma visita curta, querida. Callum e eu arranjamos uma enfermeira para ficar com ela até que eu possa voltar.

Não vou pensar sobre ele ir embora novamente. Só quero pensar sobre o que temos. Alguns dias é melhor que nada.

— Eu entendo, só estou bem surpresa. — Então, outra coisa me ocorre. — Callum sabia!

— Ele sabia.

Eu sorrio. É por isso que ele estava sendo tão estranho.

— Podemos expulsar todo mundo?

Ele mexe as sobrancelhas para cima e para baixo.

— Não podemos, nós definitivamente iremos.

Funciona para mim.

Pego sua mão e nós entramos na sala.

— Todo mundo fora! — digo, e eles olham para cima.

— Milo! — Alguns deles gritam.

Milo anda ao erdor, apertando mãos e beijando as bochechas. Os maridos ainda não o conheceram, então dou alguns minutos para se apresentarem. Honestamente, não daria a mínima se eles nunca se conhecessem, porque quero cada segundo que tenho com ele.

De preferência não com meus amigos.

Nicole se aproxima e coloca o braço em volta de mim.

— Estou levando Ava para passar a noite. Ela concordou em tomar conta de Colin para nós. Perguntei a ela outro dia, para que não pareça que você só quer fazer sexo selvagem com seu namorado gostoso.

— Eu não gostava de você antes, mas agora eu meio que entendo. — Eu sorrio e bato em seu quadril. Ela é uma bagunça, mas é em momentos como esse que você se lembra de como ela é uma ótima amiga.

— Eu te disse, sou um diamante do caralho.

Eu rio e beijo sua bochecha.

— Acho que você é. Vou buscá-la antes da sentença.

— Não se preocupe, tenha uma boa foda de café da manhã enquanto pode. Você pode dizer que vai ter salsicha no seu biscoito.

— Nicole — repreendo. — Você é tão vulgar às vezes.

— Às vezes? — Ela gargalha.

— Tudo bem. Caramba, o tempo todo.

É bom ver que a maternidade não a mudou.

— Milo! — Parker grita e desce correndo as escadas. — Você voltou!

— Vou ficar aqui por alguns dias. — Milo sorri, lhe dando um grande abraço.

— Tenho tanto para te contar — ele diz.

Não sei se Milo entende o que isso significa para mim. Meus filhos gostarem de quem estou namorando é primordial. Eles são meu mundo inteiro, e esse homem tem que ser capaz de intervir e se tornar parte dele. Embora eu ache que teria me apaixonado por Milo de qualquer maneira, o fato de meu filho ter vindo correndo para ele diz mais do que palavras.

As crianças são os melhores juízes de caráter. Eu me lembro de quando Ava não queria ficar perto de Scott. Eu achava estranho, mas, olhando para trás, ela sabia que havia algo de errado com ele. Acredito que as crianças são inocentes e que podem sentir isso.

— Nós vamos te deixar em paz — Heather avisa, se aproximando.

— Eli e eu voamos amanhã. Realmente gostaria de poder estar lá, embora Milo esteja aqui agora, é só... Eu te amo.

— E eu te amo — declaro, a puxando para um abraço. — Sei que você quer estar aqui, mas é casada com uma estrela de cinema que está em alta demanda.

Eli ri.

— Tenho que dar às mulheres o que elas querem.

Ela dá um tapa na barriga dele.

— Você é um idiota.

— Vocês dois são idiotas — esclareço.

Nós nos despedimos, e Ava finalmente desce.

— Milo está de volta. — Ela sorri. — Vocês dois vão dar uns amassos e é por isso que eu vou para a casa da tia Nicole?

— Sim — Nicole responde. — Tenho certeza de que eles vão fazer mais do que isso.

Ela deveria usar uma coleira de choque e, cada vez que dissesse alguma coisa estúpida, nós devíamos eletrocutá-la. Talvez isso a ensinasse o que é apropriado ou não.

Por outro lado, ela provavelmente gostaria muito disso.

— Isso é tão nojento. Juro.

Nicole ri.

— Você perguntou, garota.

— Minta para mim da próxima vez. — Ava estremece.

— De verdade, eu não tinha ideia de que ele viria aqui. Vou buscá-la pela manhã — explico.

— Claro, mãe. Faça boas escolhas, use camisinha e tudo mais — Ava diz, acenando com a mão. — Estou realmente muito velha para ser irmã novamente.

— Oh, meu Deus.

Sério, minha filha precisa de ajuda.

Nicole está prestes a fazer xixi nas calças. Ela está rindo histericamente da minha vergonha.

— O quê? — Ava indaga, como se não tivesse ideia do porquê nós estamos horrorizados.

— Oh, só você dizendo para sua mãe usar camisinha. Pensei que nunca experimentaria esse nível de comédia, mas... aqui está. — Nicole bate palmas. — Bravo, garota.

Ava se curva.

— Estou aqui todas as noites, pessoal.

Depois que todos terminam de pegar no meu pé, arrumo as crianças para irem. Parker está tendo dificuldade em deixar Milo sozinho, e isso é meio fofo.

— Ok, mas você vai dizer todas aquelas palavras engraçadas?

Milo zomba.

— Eu não digo coisas engraçadas, você que diz.

— Você nem diz banheiro — Parker rebate.

— Porque é uma casa de banho.

— Casa de quem?

— Não de quem, de banho — Milo explica.

Parker olha para ele como se ele fosse louco e começa a rir.

— Vocês dois viajam. Vamos, Parker, é hora de ir com a tia Kristin.

Ele geme.

— Mas Aubrey vai tentar me vestir e casar comigo.

Milo ri e eu reviro os olhos.

— Você vai sobreviver.

Milo me ajuda a prender Parker e arrumá-lo. É como se ele aprendesse a ser um bom homem. Para alguém que não tem filhos ou nunca esteve sério com uma mulher antes, Milo é um ótimo namorado. Aqui está ele, por três dias, para estar ao meu lado, porque sabia que eu poderia precisar de apoio.

— Tchau, mãe.

— Tchau, bebê. — Dou outro grande abraço em Parker.

Então ele se vira para Milo.

— Tchau, Milo. Eu realmente senti sua falta! — Ele envolve os braços no pescoço de Milo e segura firme.

— Também senti sua falta.

Kristin pega minha mão e aperta. Nós duas sabemos como é ter outro homem entrando em nossas vidas já tendo filhos. É assustador e um salto de fé como nenhum outro. Você tem que esperar que todos possam encontrar seu caminho. Felizmente, tem sido perfeito até agora.

E é isso que também me diz que está certo.

Nós colocamos todos para fora da porta e ficamos lá parados.

Sozinhos.

E, então, antes que déssemos outra respiração, nós colidimos.

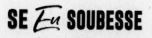

Meus braços estão em volta de seu pescoço, ele me agarra, e nossos lábios estão por toda parte. Nós nos beijamos com força, então suavemente, movendo nossas bocas para baixo no pescoço um do outro, e de volta para cima. Não me canso dele nunca.

Nós dois gememos quando nossas mãos começam a percorrer os corpos um do outro. Cada toque é melhor que o anterior.

Milo empurra minhas costas contra a parede, e seu corpo quente e a parede fria me provocam arrepios. Nenhum de nós fala. Nossas bocas estão fundidas, línguas empurrando uma contra a outra em um beijo que diz muito.

Ele me puxa para fora da parede, me guiando mais para dentro da casa. Nós dois agarrando um ao outro. Minhas mãos anseiam tocar sua pele, então tiro sua camisa, jogando-a no chão. Milo segue o exemplo e rasga minha camisa pela cabeça, e continuamos nos movendo.

— Deus, é tão bom te sentir — declara.

— Eu senti sua falta. — Respiro, nossos lábios colidindo novamente. Sem mais conversas.

Eu alcanço sua calça, desabotoando o botão. Ele sai delas, continuando a alcançar qualquer cama ou superfície que encontramos mais rápido. Quero a roupa dele longe. Quero que ele me toque.

Faz muito tempo que estou sem ele.

Preciso tanto dele.

Ele puxa meu short para baixo quando meu traseiro bate no sofá.

— Eu tenho que ter você — ele fala, antes de me beijar novamente.

— Preciso de você também.

Suas mãos estão em todos os lugares. Esfregando e apertando meus seios, minhas mãos agarram seu pau, e então ele move a mão para o meu clitóris. Não há sutileza no nosso toque. Nenhum de nós se cansa um do outro, e ainda assim precisamos de mais. Milo me levanta em seus braços e minhas pernas se envolvem nele, que caminha até o centro da sala.

Nós dois estamos agora completamente nus. Ele me deita no tapete e se senta de joelhos.

— Pensei em você assim todos os dias desde que fui embora.

Eu sorrio.

— Estou feliz que você sentiu minha falta.

— Muitíssimo.

— Me mostra — peço.

O sorriso de Milo se torna travesso.

— Será um prazer para mim.

Ele paira sobre mim, as mãos ao lado da minha cabeça, seus lábios mal tocando os meus.

— Milo — choramingo.

— Eu tenho outros lugares onde quero minha boca primeiro.

E tem mesmo. Ele desliza a língua pelo meu pescoço, movendo-se lentamente em cada seio, então viaja para minha buceta, lambendo e incitando meu clitóris.

— Sim — eu gemo, meus dedos se emaranhando em seu cabelo.

Construo um orgasmo tão rapidamente, que não parece possível. Não sei se é a adrenalina ou o fato de que, por três semanas, eu tenho sonhado com esse reencontro, mas estou pegando fogo. Cada célula está viva com desejo, disparando sensações diferentes. Quente e frio, prazer e dor, mas tudo é tão bom.

Ele é tão bom.

Começo a tremer quando meu orgasmo paira no precipício.

— Eu estou tão perto — grito.

Minhas costas arqueiam quando as sensações se tornam demais. Sinto como se meu corpo estivesse prestes a se partir com o imenso prazer que ele está extraindo de mim.

Então, ele insere alguns dedos e torce. Isso é tudo de que preciso. Estou completamente acabada.

Eu me contorço no chão, gritando seu nome, e então ele rasteja de volta para cima de mim.

— Esplêndida.

Sorrio.

— Eu te amo.

As palavras saíram tão facilmente, que paro de respirar por um segundo. Eu sabia que o amava, e amo, mas não que ia dizer isso naquele momento.

Nós conversamos sobre como estamos nos apaixonando, mas nenhum dos dois disse isso... de fato.

Até agora.

Milo não diz nada, e agora me sinto uma completa idiota. Ele olha para mim — atordoado.

— Você não tem que dizer de volta — digo, rapidamente. — Está tudo bem, de verdade. Eu simplesmente... Não sei, parecia a coisa certa a dizer.

Merda.

Ele é como um cervo nos faróis. Boa, Danielle.

Seu dedo cobre meus lábios para me silenciar.

— Eu te amo, Danielle.

Agora é a minha vez de ficar chocada.

— Você me ama?

Ele sorri.

— Muito.

— Oh. — Solto um suspiro suave. — Eu não queria que isso... saísse assim.

A mão de Milo segura meu rosto.

— Nós não fazemos muitas coisas como planejamos, fazemos?

— Não, acho que não.

Milo traz seus lábios aos meus e então vejo o medo brilhar em seus olhos.

— Eu não quero te perder.

Passo os dedos em sua mandíbula.

— Você não vai.

— Meu Deus, eu espero que não, porra.

Milo se inclina um pouco para frente, e abro as pernas para deixá-lo entrar. Nós não dizemos mais nada. Deixamos nossos corpos falarem.

Mas, quando terminamos, não posso deixar de sentir uma sensação de pavor no estômago, me avisando que algo está errado. Eu só não sei o quê.

CAPÍTULO 30

DANIELLE

— Isso não foi horrível — Ava nos diz, colocando uma batata frita na boca. — Não foi divertido, mas sinto que papai ficaria feliz.

Milo acena com a cabeça.

— Caramba, achei brilhante. Você e sua mãe foram fortes de todas as maneiras.

Tanto Ava quanto eu decidimos que não queríamos falar diante do juiz. Havia muito que queríamos dizer e não podíamos, ou diríamos coisas das quais mais tarde poderíamos nos arrepender. Às vezes, o silêncio é mais alto que um grito.

Adam McClellan tomou o suficiente de mim. Eu não daria a ele minhas palavras. Ele foi condenado por um júri de seus pares, e o juiz fez a justiça que precisávamos.

— Acho que seu pai ficaria orgulhoso também.

— Você acha que ele se sente mal? — ela pergunta. — Tipo, ele vai se sentar em sua cela e se perguntar como pode ser um humano tão horrível?

— Não. Não acho que pessoas assim sentem remorso e empatia. Você notou que, até no final, ele não achava que tinha feito nada de errado. Quando se é culpado, você tem que se levantar e assumir seus erros. É como devemos conduzir a vida — digo a ela. — Se desculpar quando fizer algo errado. A mudança começa com você, minha querida filha. Você cometeu erros, mas veja como respondeu.

Ava olha para seu prato, e levanto seu queixo para olhar para mim.

— Fiquei com tanta raiva depois que o papai morreu.

— Eu sei.

Milo limpa a garganta.

— Meu pai foi morto e a raiva era a única emoção que eu tinha.

Seus lábios se abrem e ela inspira com força.

— Quantos anos você tinha?

— Sua idade — conta.

— Sinto muito. — O lábio de Ava treme.

Seu telefone toca, ele olha para a tela e a silencia.

— Desculpe. — Milo pega minha mão, puxando-a para seu colo e volta sua atenção para Ava. — Não é um clube que eu gostaria que você se juntasse, mas quero que saiba que, não importa o que aconteça, sempre serei um ombro no qual você pode chorar.

Ava inclina a cabeça com um sorriso.

— Sabe, eu não tinha certeza ao seu respeito, mas você é um cara legal.

— Então, você não vai mais tentar fazer comentários inapropriados? — Milo brinca.

— Provavelmente não. Estou virando uma nova folha, mas a árvore é a mesma.

— Sim, boa tentativa. — Eu rio. — Você não vai mais. Já se divertiu, agora é hora de parar ou vou te colocar de castigo novamente.

Ela bufa.

— Você é tão sem graça, mãe. Qual é a graça de ter um namorado gostoso se eu não posso te deixar desconfortável?

— Cale a boca e coma.

Nós passamos o resto do almoço rindo e contando histórias sobre nossas vidas antes de tudo isso. Ava faz uma tonelada de perguntas sobre a vida em Londres. Juro que ela acha que ainda estamos em 1810 e eles vivem em um romance de Jane Austen.

— Nós temos carros! — Milo ri.

— E eles funcionam com gasolina ou você os aciona?

Ele revira os olhos.

— Eu lhe asseguro que somos muito mais civilizados do que você está nos dando crédito. Tenho certeza de que tínhamos as tecnologias mais modernas antes de você.

Sento como se estivesse assistindo a uma partida de vôlei. Eles apenas jogam a bola de um lado para o outro e tenho certeza de que um deles vai acertar a quadra em breve.

— E você usa velas ou tem eletricidade?
Milo vira para mim e estreita os olhos.
— Você está fodendo comigo?
Ponto para Ava.
Ela encolhe os ombros.
— Talvez sim, talvez não.
— Nossa vida é bem parecida com a de vocês aqui. Temos carros, eletricidade, lojas chiques e história. Você realmente acha que a Rainha não tem eletricidade?
Ava explode em gargalhadas.
— Ah, você deveria ver seu rosto! — Ela faz seu melhor sotaque britânico: — Você acredita nessa garota? Ela está toda nervosa por causa da eletricidade.
— Se algum dia nos casarmos, ela vem com o acordo? — Milo pergunta.
Quase engasgo com a água.
— Depende do quanto eu estiver gostando dela na época.
— Ela é bastante irritante.
— Isso é verdade. — Franzo os lábios e bato os dedos na mesa.
— Mamãe!
— Ava.
Ela se inclina para trás com os braços cruzados.
— Você é tão cruel.
— Talvez, mas você é um saco quando está em um bom dia.
O telefone de Milo toca e ele o coloca de volta no bolso. O olhar em seu rosto me deixa preocupada.
— Está tudo certo?
Ele balança a cabeça para os lados e me dá um sorriso falso.
— Meu irmão.
— É sobre a sua mãe?
Ele falou com a enfermeira esta manhã e disse que estava tudo bem. Ela está muito doente, no entanto. Posso imaginar que as informações podem mudar rapidamente.
— Não, é sobre outro assunto.
— Ok? — digo, mais como uma pergunta.
— Oh — Ava interrompe, com o queixo nas mãos. — É tipo um grande segredo?
Esse sentimento no meu intestino é mais forte. Alguma coisa está acontecendo. Ele tem agido estranho desde que voltou de Londres.

Milo ri.

— Não há segredo. Por que não voltamos e assistimos a um filme?

Não falo nada, porque não vou colocá-lo em foco aqui e agora. No entanto, Milo e eu vamos conversar, disso eu sei. Mas o que acontece se eu descobrir que o que ele está escondendo é algo pior do que eu poderia ter imaginado?

Estamos abraçados no sofá, minha cabeça em seu ombro, seus braços em volta de mim, com as crianças desmaiadas em seus quartos.

Parker e Milo jogaram videogame — descobri que Milo é realmente um péssimo perdedor — e Ava saiu com as amigas.

Era uma noite agradável e tranquila, e uma sensação de paz estava em toda parte.

Há algo a ser dito sobre o encerramento das coisas. Sempre pensei que era uma besteira até que realmente cheguei a isso. Saber que o assassino de Peter vai passar o resto de sua vida atrás das grades me deu a chance de aceitar a perda dele.

Então, olho para Milo e não posso deixar de me perguntar se meu marido não está lá em cima sorrindo.

Enquanto ele e Peter são completos opostos, Milo é exatamente o homem que eu preciso.

— Odeio que você esteja indo embora amanhã — digo a ele.

— Também não estou feliz com isso. Não estou feliz com coisa nenhuma neste momento.

Levanto a cabeça para trás.

— Você não está feliz comigo?

Balança a cabeça, negando.

— Não, querida, você é a única coisa que me deixa feliz.

Bem, isso foi doce.

— É difícil, porque sei que você precisa estar lá com a sua mãe, mas, sendo egoísta, eu quero você aqui comigo.

Milo solta um suspiro pesado.

— Nós precisamos conversar.

Eu me sento, instantaneamente me sentindo desconfortável.

— O que está acontecendo?

— Você sabe que meu primo Edward dirigia o escritório de Londres da Dovetail?

Concordo com a cabeça. Falei com Edward algumas vezes desde que comecei a trabalhar para a empresa. Ele é um idiota, mas eu não poderia dizer exatamente isso a Callum. Sempre havia algum problema que era simples de consertar que Edward deixava ainda pior do que antes.

— Certo, então ele fez um trabalho de merda. Tenho certeza de que você teve que lidar com ele uma ou duas vezes.

Então a frase que ele acabou de dizer me ocorre.

— Sim. Mas você disse... dirigia? No passado?

— Sim.

— Ok. Quem está administrando agora?

Eu já sei a resposta. Posso ver em seus olhos.

— Eu.

Meu estômago se afunda e todos os sentimentos que eu tinha sobre segurança e minha vida indo na direção que eu queria se dissipam. Milo não pareceria estar pronto para perder a cabeça se isso fosse algo temporário. Ele não estaria se esquivando das ligações ou mensagens de Callum. Ele teria me contado, mas não fez isso.

— Há quanto tempo você sabe?

Milo fecha os olhos e, quando os abre novamente, vejo sua culpa.

— Uma semana. Eu não poderia te dizer, Danielle. Estava lidando com a minha mãe e você tinha a sentença. Nem tenho certeza se vou aceitar a posição.

— O que você quer dizer?

Ele se levanta e começa a andar de um lado para o outro.

— Eu não quero viver em Londres, porra. Não quero voltar lá desse jeito. Quero ficar aqui, não há outra maneira que eu possa ser feliz. A mera ideia de me afastar de você me deixa doente.

— Eu não entendo. Callum ofereceu a você a companhia e você não quer aceitar? Por minha causa?

Ele para, seus olhos perfurando os meus.

— É exatamente isso o que estou dizendo. Eu vou recusar.

Por mais que haja convicção no que ele está dizendo, eu posso ver a luta em seus olhos.

Isso é o que ele sempre quis. Ele voltou para a Dovetail para lutar por seu trabalho. Em vez disso, recebeu uma chance de administrar o escritório de Londres. Não vejo como ele poderia ir embora. Se ele precisa de dinheiro ou não, sei que não está feliz sendo meu assistente. Milo é inteligente demais para fazer isso, e não sei que trabalho ele aceitaria no escritório de Tampa. É muito pequeno ainda, e... Edward nunca deveria ter tido esse trabalho.

Não posso pedir para ele ficar.

Sei disso nas profundezas da minha alma. Seria egoísta da minha parte, e não é assim que o amor funciona. Nós abrimos mão de coisas – da nossa própria felicidade – para proporcionar felicidade a outra pessoa. Milo está disposto a se afastar de uma oportunidade de uma vida por mim, agora vou me sacrificar em vez disso. Porque eu o amo.

— Milo. — Espero que seus olhos encontrem os meus. — Você tem que aceitar. Era por isso que você estava lutando. O lugar na empresa que você merecia. Além disso, você precisa estar lá para a sua mãe. Ela precisa de você e... você não pode ficar por mim. Não dessa maneira.

— Eu fico! — ele brada. — Eu vou voltar, colocar minha mãe de pé e então nós vamos ficar bem.

— Colocá-la de pé? Ela tem câncer, e precisa de você.

— Eu preciso de você, e quanto a isso? — Milo pergunta.

Meu peito dói tanto que eu poderia me encolher no chão. Não quero machucá-lo. Também não quero me machucar mais. Por que não poderíamos ser felizes desta vez?

— Simplesmente não é a nossa hora — forço as palavras, e cada uma delas é como uma faca me cortando.

Era nossa hora. Só acabou de ser dilacerada.

— Não vou desistir — ele fala, em em desafio. — Nós vamos voar de um país a outro. Vamos conversar por vídeo todos os dias.

Ele está sendo louco e eu tenho que parar com isso.

— Você e eu sabemos que isso não é verdade.

Lágrimas começam a se formar e tento com todas as minhas forças pará-las antes que elas transbordem. Amei dois homens na minha vida, e agora vou ter perdido os dois. Só que este eu tenho que deixar ir de boa vontade.

— Eu te amo! Eu te amo e não quero te perder. — Milo se agacha, pegando minhas mãos nas dele. — Não posso fazer isso.

Uma parte do meu coração se quebra dentro de mim. Porque eu não posso pedir para ele ficar. Por mais que eu queira que essas sejam as palavras que saem da minha boca, não vou deixá-las saírem.

— Você tem que fazer isso. Nós dois sabemos.

— Porra. Eu sabia que você ia fazer isso. — Ele volta a ficar de pé. — Uma vez que eu te dissesse, não importam os meus argumentos, você ia me fazer voltar.

— Claro que vou, porque é a coisa certa, Milo. Você não deveria ser a droga do meu assistente. Você está destinado a administrar esse escritório. Londres é a sua casa e sua mãe está doente. Eu não gosto da realidade disso, mas é o que é. — As lágrimas que tentei evitar caem.

Isso machuca muito.

— Não chore — ele implora. — Por favor.

— Eu não estou chorando. — Tento esconder meu rosto e me controlar, mas não está funcionando.

— Danielle — sua voz é suave. — Olhe para mim, querida.

Minha cabeça levanta lentamente e vejo a dor refletida em seus olhos.

— Eu não queria te amar — digo a ele —, não queria amar outro homem, porque perdê-lo seria muito difícil. Mas agora estou aqui, apaixonada por você e tenho que te ver ir embora.

— Nós vamos fazer isso funcionar — promete.

Balanço a cabeça em negação, porque a realidade é que não vai funcionar. Claro, poderíamos tentar e talvez ter alguns meses em que encontramos maneiras, mas eu tenho filhos. Não posso pegar um avião e ir visitá-lo quando quiser. Ele vai estar comandando um império e de jeito nenhum vai voltar aqui. Em seguida, as chamadas telefônicas serão interrompidas. Estaremos muito ocupados e o tempo fugirá de nós dois.

Eu fui estúpida e me deixei levar por esse turbilhão, porque tudo parecia tão certo.

— Temos que ser honestos. — Meu lábio treme e uma dor muito profunda corta meu coração. — Você precisa ir. Sua mãe precisa de você e seu irmão também. Não há opções aqui, Milo.

Sua cabeça cai no meu colo, e meus dedos deslizam pelo cabelo castanho. Odeio isso mais do que tudo. Estou fazendo de tudo para não quebrar. Isso não era o que ele queria, e dificultar ainda mais para ele não vai ajudar.

Quando seus olhos esmeralda encontram os meus, há lágrimas não derramadas.

— Não era assim que eu queria que as coisas fossem.

— Eu sei.

— Eu tinha um plano para nós.

— Às vezes, o plano que temos não é o que devemos seguir — comento, suavemente.

Ele segura meu rosto, puxando seus lábios para os meus.

— Por que eu tive que te encontrar só para te perder?

Não sei o porquê, mas estou morrendo por dentro.

Talvez Milo tenha entrado na minha vida para me fazer ver que eu poderia amar novamente. Ele me deu algo que eu não sabia que estava perdendo. Mais do que isso, me fez mais feliz do que me lembro de ter estado em anos.

Ousei ter esperança apenas ser derrotada novamente. Mas pelo menos eu sei que a esperança é possível.

Uma lágrima escorre pelo meu rosto.

— Eu te amo, Milo. Eu te amo e, por mais que esteja me machucando deixar você ir, sei que é a coisa certa.

— Por que não podemos tentar? Por que não podemos ver se conseguimos fazer isso funcionar? — ele pergunta.

Solto uma respiração pesada.

— Porque não vai rolar! Não vai, e nós vamos acabar miseráveis e com mais dor do que apenas deixar um ao outro ir agora.

Ele balança a cabeça em negação e volta a andar pela sala.

— Porra! Meu irmão sabia que nos arruinaria fazendo isso.

Enxugo os olhos, tentando deter a imensa angústia em meu peito. Eu me sento aqui, imaginando como será nunca mais tocá-lo novamente. O fato de que não serei capaz de beijá-lo, de ver seu sorriso ou sentir seu calor. Milo é como o sol, você não pode deixar de querer estar perto dele.

As últimas semanas tinham sido frias. Vou sentir isso a partir de agora.

Mais uma vez, meu mundo ficará sombrio.

Capítulo 31

MILO

Como eu digo adeus a ela?

Já me fiz essa pergunta uma centena de vezes nas últimas doze horas. No entanto, aqui estou eu, na parte de trás do carro, enquanto o motorista nos leva ao aeroporto.

Danielle está quieta desde a nossa conversa ontem à noite. Nenhum de nós dormiu, quase como se perder tempo não estando entrelaçados fosse algo estúpido.

Ficamos conectados de alguma forma a noite toda. Ou minha mão na dela ou a dela na minha.

— Você vai ficar bem? — pergunto a ela novamente.

Ela tenta sorrir, mas há lágrimas se acumulando em seus olhos.

— Já passei por isso antes, vou sobreviver.

Eu não sei se vou.

Se isso fosse simplesmente sobre o trabalho, eu diria a Callum para enfiar no rabo dele. Minha mãe é a variável que ninguém poderia prever. Alguém precisa cuidar dela e faz sentido que seja eu. O trabalho só aconteceu por causa das circunstâncias.

Já tentei contornar de todas as formas possíveis e não consigo nada. Ela se recusa a deixar Londres e, portanto, eu tenho que ir até ela.

Pego nossas mãos entrelaçadas e as levo aos meus lábios.

— Espero que saiba que eu te amo.

Sua cabeça repousa no meu braço.

— Eu também te amo. Não seria ótimo se isso fosse suficiente? Se tudo isso não estivesse acontecendo e, em vez de ir ao aeroporto para se

despedir, era para fazer uma viagem?

— Sim, seria.

— Se ao menos o amor pudesse unir continentes — Danielle fala, melancólica.

Se ao menos...

Nós entramos no estacionamento do aeroporto e a tensão aumenta. Caralho, que inferno, nem saí do carro e já quero voltar.

Tenho que fazer o que puder para tornar isso mais fácil para ela, no entanto. Não há outra opção. Danielle terá que se sentar sozinha no caminho de volta, e não tenho ideia de como ela vai estar. Será que ela vai ficar triste e chorando? Ela vai permanecer forte e quebrar mais tarde? Ou vai aguentar o tempo todo?

O motorista estaciona e quero qualquer tempo que puder ter.

— Entra comigo?

Ela olha para o motorista e depois de volta para mim.

— Não sei.

— Por favor — imploro a ela. — Quero adiar isso o máximo possível.

Danielle coloca o cabelo atrás da orelha e tenta esconder o fato de que ela enxugou uma lágrima. Porra. Isto está errado. Tudo sobre isso parece errado e eu sei que estou cometendo um erro.

Então penso em dizer à minha mãe que não vou voltar.

Eu a imagino sozinha em Londres, sem ninguém para garantir de que ela esteja bem. Se fosse eu ou Cal quem estivesse doente, ela nunca nos abandonaria. Revi isso na cabeça e sei que existe a escolha egoísta e a escolha certa.

Estendo minha mão para Danielle, pedindo que ela a pegue e me dê mesmo que só mais cinco minutos.

— Ok — ela diz, colocando sua mão na minha.

Instruo o motorista a esperar o tempo que for necessário e cobrar a Callum pelo tempo extra. Saímos do carro em silêncio e, assim que estou perto o suficiente, pego sua mão novamente.

Danielle fica quieta enquanto passamos pelo processo de check-in e depois encontramos um banco antes de atravessar para a área de segurança.

Não preciso dizer uma palavra, porque qualquer um pode ver quanta dor nós dois estamos sentindo. Ela deita a cabeça no meu ombro e funga.

— Eu jurei que não ia chorar — confessa.

Cada uma de suas lágrimas me quebra um pouco mais. Eu me mexo para que ela se sente e eu possa ver seus olhos azuis.

— Se você me pedisse para ficar, eu não seria forte o suficiente para ir embora. Se não fosse pela minha mãe, estava planejando largar meu emprego e dar um jeito. Por você, eu teria desistido de tudo isso.

Seu lábio treme.

— Não posso te pedir para fazer isso. Não porque não te amo o suficiente para querer isso, mas porque você tem que ir onde é necessário.

E essa é a pior parte de tudo isso. Se dependesse de nós, estaríamos na cama e não aqui. Parece que nunca consigo o que quero na vida. Isso não é diferente. Vou colocar tudo para fora, no entanto. Vou me certificar de que Danielle saiba como me sinto sobre ela e sobre nós.

— Assim que ela estiver melhor, eu vou atrás de você — prometo. — Sei que você acha que o tempo vai passar e meus sentimentos por você vão diminuir, mas ouça isso... eles não vão. Eu vou te amar, não importa quantos quilômetros estejam entre nós.

— Não diga isso — implora. — Apenas me diga que você vai se esquecer de mim. Diga que esta foi a pior ideia que você já teve. — Lágrimas caem por suas bochechas e seguro seu rosto em minhas mãos. — Diga que você nunca me amou, por favor.

Nego com a cabeça.

— Não vou mentir para você.

Ela solta um soluço suave e a puxo para o meu peito. Eu a sinto chorar mais e odeio tudo e todos agora: minha mãe, Callum, minha vida inteira do caralho. Encontro a felicidade apenas por ter que me afastar dela.

Esfrego suas costas e ela começa a se acalmar. Danielle levanta a cabeça, enxuga o rosto e respira fundo algumas vezes.

— Maldição. Juro, queria ser forte e te deixar ir embora.

Meu alarme apita, me avisando que tenho que ir e a dor que tenho é amplificada.

— Está na hora.

Ela enxuga as mãos nas calças e fecha os punhos.

— Ok.

Nós começamos a caminhar em direção à área de segurança e seus braços envolvem minha cintura.

— Vou sentir tanto a sua falta.

— Isso não é o fim.

Seus lábios formam um pequeno sorriso.

— Você vai ser um vice-presidente incrível. Estou realmente orgulhosa de você.

Paramos na entrada da fila, e pego as duas mãos dela.

— Eu deixei algo para o Parker e a Ava em casa, você pode garantir que eles recebam?

Ela acena com a cabeça.

— É claro.

— E deixei uma coisa para você também.

— Sim?

— Meu coração. Ele é seu.

Suas lágrimas se formam novamente, e a vejo lutar para impedi-las de transbordar.

— Você é dono do meu também.

— Eu te amo, Danielle Bergen.

— Eu te amo, Milo Huxley.

Junto nossos lábios, puxando-a com força contra o meu peito. Quando nos separamos, nossas testas se tocam e ficamos assim por um segundo.

— Eu tenho que ir.

Sua mão toca meu peito, bem sobre meu coração, e me pergunto se ela pode sentir a dor através da nossa pele.

— Você vai me avisar que está bem?

É engraçado ela achar que vou entrar naquele avião e nunca mais falar com ela. Eu não estava brincando quando disse que não a deixaria. O mais rápido que conseguir voltar para ela, eu vou. Perder Danielle não é uma opção. De alguma forma, algum dia, eu estarei com ela.

Não há dúvida disso.

— Este não é o fim — aviso, novamente. — Estarei com você em breve.

Ela me beija e depois dá um passo para trás.

— Estarei esperando que isso seja verdade.

— Acredite em mim.

Danielle dá outro passo para trás, mas nossas mãos ainda estão conectadas.

— Você tem que ir.

Concordo com a cabeça. Não há palavras adequadas, porque me recuso a dizer adeus. Essa palavra é muito determinante, dolorosa e mentirosa. Não vou deixar que este seja o final da nossa história.

Não sei como reescrever, mas eu vou.

Nossos dedos começam a escorregar conforme nos afastamos.

— Em breve — afirmo.

— Em breve — Danielle repete.

Nós damos outro passo para trás e então nossos dedos se desconectam.

Agora eu sei como é ter o coração partido.

CAPÍTULO 32

DANIELLE

— Mãe? — A voz de Ava é terna quando toca minhas costas.

Já se passaram duas horas desde que cheguei em casa. Ele está em um avião para Londres nesse momento. Cada quilômetro que o avião viaja é um lembrete de que nunca mais estaremos juntos.

Sei que ele pensa diferente, e amo que ele seja tão inflexível, mas não vou manter a esperança viva apenas para ser quebrada. Já é difícil o suficiente. A falsa esperança só vai prolongar a minha devastação.

— Estou bem — garanto.

— Não, você não está.

Não, eu não estou. Estou com dor. Sinto falta dele e não sei quando me apaixonei tão profundamente, mas me apaixonei.

— Eu vou ficar.

— Posso pegar algo para você? — ela pergunta.

Eu realmente devo estar uma completa bagunça, se minha filha está sendo tão legal.

— Parker está bem?

— Sim, ele está assistindo TV e estou deixando ele fazer uma maratona de filmes de super-heróis. — Ela sorri.

Eu me sento e respiro fundo. Preciso mostrar a ela como lidar com um coração partido graciosamente, e não é assim. Minha mão toca sua perna.

— Obrigada, querida. Às vezes, você só precisa de chorar bem para poder se levantar e seguir em frente.

— Você não precisa ser forte na minha frente.

Eu rio baixinho.

— Isso é exatamente o que tenho que ser. Por mais que doa, e vai doer mais, eu vou sobreviver. Não posso desmoronar, porque a vida é cheia de decepções. Milo e eu tivemos esse... momento especial que ninguém pode tirar de nós. Ele me fez feliz. — Sorrio, pensando nele. — Ele me devolveu a esperança de amar novamente.

— Por que você o deixou ir? — ela pergunta.

É tão complicado em alguns aspectos e em outros não.

— Quando você ama verdadeiramente outra pessoa, a felicidade dela é o que mais importa para você. Escolher o que é certo para eles, mesmo que isso te cause dor, é o sacrifício a se fazer. Eu amava Milo o suficiente para saber que ele ir para Londres, mesmo que isso significasse perdê-lo, era o que ele tinha que fazer.

Ava se aproxima de mim, descansando sua cabeça contra a minha.

— Isso é tão triste, mãe.

— Sim, mas é lindo também.

— Como Milo se sacrificou por você?

Meu peito dói quando uma nova onda de tristeza me atinge.

— Ele se ofereceu para ficar. Estava disposto a sacrificar sua família, trabalho e vida para estar aqui. Tudo o que eu tinha que fazer era pedir.

Ava envolve seus braços na minha cintura e me abraça forte. Eu a ouço fungar e a abraço.

— Não chore, Ava.

— Quem diabos quer se apaixonar se é isso que acontece?

Eu gostaria de saber também. Então penso nos momentos que compartilhamos. Nos beijos, nos encontros, nas noites em que me sentia flutuando. Lembro-me de como ele olhava para mim quando achava que eu não estava vendo, ou como ele encarava os meus filhos. Tudo isso teria sido perdido, o que seria a parte mais triste.

— Olhe para a coisa toda — digo a ela. — Eu preferiria ter alguns dias para amar Milo do que nunca conhecer esse sentimento.

— Essa é a coisa mais triste que eu já ouvi.

Eu rio e me sento.

— Sim, é. Venha, vamos assistir super-heróis e abraçar o seu irmão.

Ava bufa.

— Eu já disse a ele que nada de Thor.

Beijo sua bochecha.

— Boa decisão.

Quem diria que Milo também teria trazido minha filha de volta para mim? Não, amá-lo nunca foi um erro. Foi um presente. Um que vou agradecer para sempre.

— Ainda não estou falando com Callum — Nicole me avisa. — Nem mesmo quando ele está tentando me fazer tocá-lo.

— Por quê? Não é culpa dele. — Ignoro a última parte de seu discurso.

Já se passaram cinco dias desde que Milo partiu. Ele me ligou todos os dias como prometeu e se recusa a me permitir acreditar que acabou. Dois dias atrás, ele foi oficialmente nomeado vice-presidente da Dovetail Enterprises.

— O caralho que não é. Ele poderia ter encontrado outro substituto.

Eu amo toda a solidariedade nessa irmandade entre amigas, mas não é culpa de Callum. Era culpa da situação, e Milo deveria ser o vice-presidente. Ele é um Huxley, e ajudou a construir esta empresa.

— E você acha que Milo e Callum alguma vez encontrariam um jeito de conversar de novo? Acha que, se Callum nomeasse outro primo aleatório, as coisas teriam sido melhores? Como isso faz sentido? Ele tinha que nomear o irmão, e Milo tinha que fazer a escolha. Porém, mais do que isso, Nicole, você estaria disposta a vender sua empresa e se mudar para Londres para cuidar da mãe dele?

Essa é a parte que me deixa perplexa sobre aquele argumento. Ela nunca iria para a Inglaterra. Ela tem sua vida aqui, exatamente como eu.

— Isso é irrelevante. Você e Milo estavam felizes e apaixonados. Ele poderia ter voado com a velha rabugenta para cá, mas ela recusou, e eles não podem forçar fisicamente uma mulher com câncer a vir para os Estados Unidos.

— E você a quer por perto? — pergunto, sabendo como ela se sente sobre a mãe dele.

— Porra, não, mas pelo menos você ficaria feliz!

Sorrio e a puxo para um abraço.

— Você me ama.

— Não me lembre.

— Você ama. — Eu sorrio. — Você me ama, porque prefere ficar miserável em vez de mim.

— Cale-se.

— Estou vendo seus sentimentos aparecendo.

— Danni, cale a boca antes que eu tire meus brincos — Nicole avisa.

Ela é louca, mas é doce o fato de que ela teria lidado com uma sogra indesejada por mim. Nicole odeia mães. Todas as mães. A mãe dela, sua sogra, o fato de ela ser mãe. É realmente muito engraçado. Gostaria que trazer a Sra. Huxley para mais perto fosse uma opção, mas a mãe de Milo se recusou absolutamente a vir para cá, e você não pode forçar uma senhora doente a se mudar contra sua vontade.

— Milo e eu só não fomos destinados para ser — declaro, me jogando em seu sofá muito caro.

— O caralho que vocês não foram.

— Você sabe, a primeira palavra de Colin vai ser caralho ou algum outro palavrão, se você não frear isso.

— Porra, espero que seja. — Nicole ri. — Assim eu vou saber que é meu filho.

— Havia alguma dúvida sobre Colin ter vindo da sua vagina? — pergunto, um pouco cautelosa com a resposta dela.

— Não, mas… Você sabe o que eu quero dizer. Olha, de volta ao que importa. Callum nunca mais vai ter um boquete de novo e eu vou ficar sem sexo, o que significa que vou ser mais vadia, até que ele conserte seu coração.

É por isso que toda mulher deveria ter um esquadrão como o meu. Heather é a racional que nos mantém sob controle. Kristin é a mamãe coruja que sempre garante que estamos bem. E depois há Nicole, a maluca que, quando seu coração está partido, vai juntar os pedaços e fazer você rir de novo. Ela te lembra que a vida está bem, e que se não estiver, ela vai destruir qualquer um que te machucou.

— Sabe, do nosso esquadrão de amigas, Ava é mais parecida com você — comento.

— Comigo?

— Sim, ela é uma lunática de pavio curto, mas, quando atira, ela acerta o alvo.

Nicole me cutuca.

— Eu sou sua favorita. Pode dizer.
— Cale-se.
— Diga — pressiona.
— Não, você não é a minha favorita. Você está, tipo, no último degrau da escada.
Ela bufa.
— Mentirosa.
— Tanto faz.
— Posso te perguntar uma coisa? — Nicole questiona, do nada.
— Umm, se eu dissesse que não, isso te impediria?
Seus lábios se erguem.
— Não.
— Achei que não faria.
Ela leva alguns segundos, o que é bem diferente, e então segura minha mão na sua.
— Ok, por que você não o seguiu até Londres?
Minha cabeça cai para trás.
— O quê?
— Milo. Por que você não foi com ele?
Nicole me observa e espera. Eu me sento aqui, atordoada com a pergunta, porque é óbvio. Estou confusa sobre por que ela acha que eu iria — ou que eu poderia ir, só para constar. Eu tenho uma vida aqui. Minha família, amigos, filhos que estão instalados nas escolas, e tenho um ótimo trabalho.
— Porque... você sabe o porquê!
Ela balança a cabeça para os lados.
— Todas as razões que você provavelmente listou na sua cabeça são uma merda e você sabe disso. Seus pais viajam mais pela Europa do que ficam em Tampa. Você não pode me dizer que Parker e Ava não iriam se mudar porque... eles são crianças e você pode obrigá-los.
Eu me sento aqui, vendo seus argumentos para cada ponto que eu tinha e a odiando um pouco por isso.
— O ponto não é esse... — tento dizer, mas ela me corta.
— Seu trabalho é o mesmo na Inglaterra, então nem vem. Além disso, você estaria namorando o vice-presidente, então, novamente, cale a boca. Sua casa? Venda. Peter se foi, e você encontrou o amor com Milo. Não estou dizendo que é fácil ou perfeito, mas não há uma única razão pela qual vocês tenham que se separar. É uma escolha.

— E vocês, meninas? Você não levou em consideração todas nós.

— Esse é o argumento mais estúpido de todos. Nossa família não é definida pela localização. — Ela toca meu rosto. — Está em nossos corações e estamos a apenas uma viagem de avião ou uma chamada de FaceTime de distância. Mas o seu coração está na Inglaterra, minha amiga. O que você vai fazer sobre isso?

Fico aqui sentada, sentindo um milhão de coisas, mas a que continua subindo à superfície é a saudade.

Só não sei se sou forte o suficiente para agir a respeito.

— A respeito de quê? — Callum entra na sala.

— Do fato de que você é um babaca que enviou seu irmão para Londres, deixando a minha melhor amiga com o coração partido. — Nicole cruza as pernas e os braços, olhando para ele com desdém.

Algumas vezes, fico realmente feliz por Nicole estar do meu lado. Ela é um pouco assustadora.

— Eu não mandei meu irmão embora para machucar ninguém. — Ele suspira. — Odeio que você esteja sofrendo. Odeio que ele esteja miserável. Ele é meu irmão e eu amo o bastardo, mas era uma situação impossível — Callum se defende.

— Por que Milo não foi sempre o seu vice-presidente? Por que oferecer o emprego a ele agora? — pergunto.

Callum se senta ao lado de Nicole, que dá à palavra "gelo" um significado totalmente novo.

— Milo desapareceu, sem aviso prévio. Apenas saiu por um mês para passar um tempo na França. Então, outra vez ele decidiu alugar um iate por duas semanas durante a revisão de final de ano da empresa. Não vamos nos esquecer da última vez, em que não tínhamos ideia de onde ele estava quando descobriu que eu ia me mudar para os Estados Unidos e para o meu casamento. — Ele toca a mão de Nicole, que não se mexe. — Milo não foi um membro contribuinte consistente desta empresa até que começou como seu assistente, Danielle. Não havia maneira de eu poder entregar a ele o escritório de Londres quando não havia nenhuma confiança. Mas ele mudou, e eu agradeço a você por dar a ele tudo o que estava faltando.

— Eu não fiz nada além de amá-lo — argumento.

Callum sorri.

— Bem, você deu a ele algo que nem minha mãe nem eu poderíamos fornecer. Ele realmente te ama, isso é óbvio. Cada vez que conversamos, ele deixa claro que não tem intenção de ficar em Londres, então eu deveria encontrar um substituto.

Meu coração incha, sabendo que ele disse isso para seu irmão. Uma coisa é quando ele me diz, porque sei que nossos corações estão doendo um pelo outro. No entanto, o fato de que ele não tem medo de deixar Callum saber me faz sorrir.

Callum continua:

— Estou bem ciente de que ele só está lá por causa da nossa mãe. Se ela não estivesse doente, ele teria se demitido. Inferno, ele já tentou.

— Ele tentou?

— Sim, eu não o deixaria, mas ele tentou. Porque ele está apaixonado por você. Não duvide disso.

Callum está certo. O amor de Milo é a única coisa sobre a qual estou completamente confiante.

— Nós dois nos amamos — garanto.

Ele suspira e então se vira para a esposa.

— Sei que você está com raiva de mim, querida, mas você não era Team Milo um ano atrás.

Ela suaviza um pouco.

— Isso foi antes de ele se apaixonar.

— Odeio que vocês dois estejam tendo problemas. Realmente odeio, e eu quero te oferecer algo. — Callum limpa a garganta. — Se você estiver disposta a me ouvir.

— Eu? — pergunto. — Não estou brava com você, Callum. Realmente não estou. Eu entendo, porque a verdade é que ele está lá para cuidar de sua mãe. Não posso ficar brava com isso.

— Eu agradeço — ele fala. — Aqui está a minha oferta: se você quiser ir para Londres, pode ficar com qualquer cargo na empresa que quiser. Inferno, eu vou criar um para você. Vou cobrir todas as suas despesas de mudança e o que mais precisar. Se quiser Parker e Ava em uma escola particular, eu dou cobertura. Se quiser um novo lar, nós tratamos disso. Eu prometo, separar vocês dois não foi algo que gostei de fazer, e se é o dinheiro que os separa... esse não é o caso agora. Quero que meu irmão tenha a vida que ele merece, e estou disposto a fazer o que for preciso para dar a ele tudo com que ele se importa... vocês.

Capítulo 33

DANIELLE

— Senhores passageiros, preparem-se para o pouso.

Estou fazendo isto. Estou realmente fazendo isso.

Vou aterrissar em Londres em poucos minutos e pegar meu homem. Depois da minha conversa com Nicole e Callum, eu não conseguia parar de pensar no que eles disseram. Eu estava escolhendo deixá-lo. Ele não tinha as opções e, por mais que eu não achasse que tinha, eu tenho.

Então, consegui que Parker e Ava ficassem com Heather, e estou aqui. O avião pousa e ligo o telefone. Imediatamente, ele começa a apitar.

> Ava: Mal posso esperar para saber o que vai acontecer.

> Ava: Você pousou?

> Ava: Você foi muito mão de vaca para comprar o wi-fi no avião?

Reviro os olhos e envio a ela uma mensagem de volta.

> Eu: Estou bem. Acabei de pousar. Não há razão para comprar wi-fi quando você vai dormir no voo. Não sou mão de vaca, sou inteligente. Você ainda tem certeza disso? Realmente quer se mudar?

Ela provavelmente está dormindo, mas foi ela que arrumou minha mala e praticamente me jogou porta afora. Meus filhos estavam muito animados com a mudança para Londres. Ava quer um novo começo e Parker quer ter um sotaque como Milo.

Eu tinha certeza de que eles teriam um ataque, mas não o fizeram. Então, peguei um avião.

> Ava: Tenho certeza, mãe.

> Eu: Ok. Eu te amo.

> Ava: Tanto faz.

Aí está minha garota.
Outra série de mensagens de texto chega.

> Milo: Liguei e fui direto para o correio de voz. Você está bem?

> Milo: Onde você está? Estou ligando há dois dias. Por favor, preciso ouvir sua voz.

Mal sabe ele que vai me ver em breve.

> Eu: Nos falamos em breve. Prometo. Onde você está agora?

> Milo: Estou na minha casa.

Graças a Deus. Pedi a Callum que me enviasse todas as informações sobre o que pedir e como chegar à casa dele. Meus nervos estão desgastados, mas a emoção é imensa.

Pego minha bolsa na esteira de bagagens e passo pela imigração. Então, ao sair do terminal, vejo um motorista com meu nome.

— Oi, você é a Sra. Danielle Bergen? — pergunta, em seu sotaque britânico.

— Eu sou, não sabia que tinha um carro me esperando.
Ele sorri.

— Eu era o motorista pessoal do Sr. Huxley, e ele preparou tudo para você.
— Obrigada.
— O prazer é meu. Sou William, a propósito.
— É um prazer conhecê-lo, William.

Nós caminhamos até o carro, e ele me senta no banco de trás. William me informa que levará cerca de quarenta e cinco minutos até chegarmos lá. Saí de Tampa às nove da noite, e são dez da manhã. Meu corpo está totalmente fora de ordem.

William aponta alguns edifícios históricos no caminho, me fala sobre Londres, mas tudo o que me importa é ver Milo.

> Eu: Quando você vai ver sua mãe?

> Milo: Em uma hora ou mais. Você pode parar de me provocar e me deixar ver seus olhos?

> Eu: Insistente.

Sorrio, porque, em cerca de dez minutos, pretendo deixá-lo ver muito mais do que isso.

Em seguida, ele envia outra mensagem.

> Milo: Por que diabos você está acordada, meu amor?

Merda. O fuso horário.

> Eu: Não consegui dormir.

Não é mentira. Neste momento, meus nervos estão no limite. Não é como se fizesse tanto tempo assim que não nos vemos, mas, quanto mais nos aproximamos, mais meu coração começa a acelerar. Há uma chance de ele me rejeitar. Não que seja provável, mas ainda assim. Três semanas é tempo suficiente para as coisas mudarem.

Não mudaram para mim, mas Milo nunca lidou com isso realmente. Ele esteve sozinho toda a sua vida adulta, e então nos apaixonamos apenas para nos separarmos.

— Aqui estamos, senhorita. — William sai do carro e minhas mãos estão tremendo.

Saio do carro e olho para a residência. É linda e eu nem entrei.

— Esta é a casa? — pergunto.

— Sim, senhora, o Sr. Huxley mora na última casa — William explica.

Ok. Eu vim de tão longe para dizer a ele como me sinto. Para dar a ele meu coração e ver se é isso que ele quer.

Faço o meu caminho para os degraus e depois me viro.

— William, você pode esperar... apenas por garantia?

Ele concorda com a cabeça.

Tenho uma estratégia de saída, pelo menos. Se Milo não estiver pronto para este passo, vou para casa, choro até dormir e sigo em frente. Isso é o pior que pode acontecer.

Mais um passo e a porta está bem aqui. Só preciso tocar a campainha. Pressiono o pequeno botão discreto, meu coração batendo contra o peito.

A porta se abre e é como se o tempo tivesse parado.

Milo está vestindo um par de calças pretas e sem camisa. Seu cabelo está molhado de um banho, e posso sentir seu cheiro limpo.

— Danielle? — Sua voz profunda está cheia de confusão.

— Eu disse que te deixaria me ver em breve. — Eu sorrio, esperando por algum tipo de reação.

Ele se aproxima, levantando a mão tão lentamente como se eu fosse uma aparição e, assim que nos tocarmos, desaparecerei.

— Você está realmente aqui?

Toco meus dedos em seu rosto.

— Estou.

Seus lábios se abrem, então seu braço me envolve e ele me puxa para o próprio corpo. A boca de Milo está na minha um segundo depois, e sinto a pressão no meu peito diminuir desde a sua ausência.

Ele me levanta em seus braços e caminha sobre a soleira. Eu sorrio e me viro para William.

— Você não precisa esperar.

— Aproveite seu tempo em Londres, Sra. Bergen.

Milo ri.

— Oh, ela vai, porra!

Ele chuta a porta com o pé para fechá-la e me lembra o quanto passamos bons momentos juntos.

— Por quanto tempo você está aqui? — Milo pergunta, nós dois deitados e enrolados nos lençóis.

As últimas duas horas foram ótimas. Nós estivemos juntos, felizes e mantivemos as coisas leves. Realmente, mal conversamos além de algumas palavras aqui e ali.

Agora, acho que devemos fazer isso.

Eu me sento, puxando meus joelhos para o peito.

— Isso é com você.

— Eu não estou te entendendo.

Mordo o lábio inferior, tentando pensar em como dizer isso sem basicamente me inserir em sua vida. Eu falo de uma vez? Vou explicando aos poucos? Não tenho certeza, porque Milo e eu ainda somos meio recente.

Foda-se. Estou aqui. Poderia muito bem resolver essa merda.

— Eu larguei meu emprego — digo e então espero.

— Você o quê?

— Não trabalho mais na Dovetail nos Estados Unidos.

Milo passa a mão pelo rosto.

— Você conseguiu outro?

— Bem, me ofereceram outra posição — explico.

Vejo a raiva começando a encher seus olhos.

— O filho da puta do meu irmão demitiu você?

— Não — esclareço. — Lembre-se, eu me demiti. Seu irmão não fez nada.

Ele sai da cama e começa a andar pelo quarto.

— Você está defendendo aquele idiota? Sério? Ele me manda para cá porque sua vida é perfeita demais para ele fazer isso, e agora você está do lado dele?

Então, estou indo realmente bem aqui...

Preciso parar de rodeios, então.

— Por favor, sente-se.

— Não, eu não vou me sentar — Milo berra.

— Milo, eu voei até aqui para ter essa discussão com você. Estou exausta, senti sua falta mais do que qualquer coisa, larguei meu emprego, liguei para um corretor de imóveis para anunciar minha casa e perguntei aos meus filhos se eles gostariam de se mudar para a Inglaterra, então... sente-se, inferno.

Seus olhos se arregalam e ele para de se mover.

— Você quer se mudar para cá?

— Na verdade, não, mas é onde você está.

Ele sorri.

— Você quer estar aqui? Comigo?

Ele está ouvindo alguma coisa que estou dizendo?

— Eu quero estar com você. Se você está em Londres, então é onde eu preciso estar. Isto é, se você quiser que eu esteja.

Milo se senta ao meu lado. Suas mãos seguram meu rosto.

— Se eu quero que você esteja? Você é cega? Prometi a você que estaria de volta, porque isso é uma tortura do caralho. Eu quero você ao meu lado. Não, mentira. Eu preciso de você ao meu lado. Só penso em encontrar uma maldita enfermeira para morar com a minha mãe para que eu possa pegar um avião.

— Bem, é uma tortura para mim também, e... não há nenhuma razão para que eu não possa viver aqui. Cada desculpa que eu encontrava podia ser negada.

— Você está me dizendo que quer se mudar para cá?

Eu concordo.

— Estou dizendo que quero você mais do que qualquer outra coisa.

Seu sorriso cresce mais.

— E as crianças?

— Ava já está praticando seu sotaque e Parker só quer estar perto de você.

— E o seu trabalho?

— É irrelevante em comparação. Sei que isso é rápido, e talvez você não esteja pronto para eu e meus filhos nos mudarmos para cá...

— Case comigo — Milo me corta.

Agora é a minha vez de ficar atordoada. Eu olho para ele, esperando a piada. Não tem como ele ter simplesmente dito isso. Ele não pode estar falando sério.

Abro a boca para falar, mas sua mão a cobre antes que eu possa responder.

— Não, me escute. Eu te amo. Passei mais tempo longe de você do que vou passar de novo. Sacrificaria tudo por você, desistiria de qualquer coisa se isso significasse que poderia ter você. Nada mais neste mundo importa.

Então, sei que você queria devagar, mas eu não quero. Eu quero tudo isso. Não quero passar outro dia sem que o mundo saiba que te amo. Se for muito rápido, nós podemos ter um longo noivado. Passei minha vida inteira procurando alguém que me fizesse sentir assim, e aqui está você, minha querida. Você está aqui e estou bem na sua frente, pedindo para você ver o que está dentro do meu coração. — Ele pega minha mão, levando-a ao peito. O coração de Milo está batendo e lágrimas caem pelo meu rosto. — Eu quero me casar com você, Danielle. Quero que você seja minha esposa e eu o seu marido. Então, Danielle Joanne Bergen, quer se casar comigo?

Pela visão embaçada, olho para este homem que eu amo. Ele não hesitou um segundo. Tudo o que disse foi o que eu poderia ter pedido. Sim, é rápido, mas não estamos ficando mais jovens. Eu me casei uma vez com um homem que não me fazia sentir como Milo faz, e fui feliz, mas Milo torna meu mundo mais brilhante do que nunca. Ele derrubou as velhas ideias de como era o amor e me pintou algo de tirar o fôlego.

Voei até aqui para encontrar uma maneira de ficarmos juntos, e aqui está.

— Sim — digo, suspirando.

— Sim?

Eu concordo.

— Sim, eu me caso com você.

Ele praticamente me ataca, me puxando em seus braços, me segurando perto. O sorriso em seu rosto me tira o fôlego. Não há medo em seus olhos, apenas amor e felicidade.

Depois de muitos beijos e sorrisos, ele me puxa para seu peito e nós apenas nos encaramos.

— Eu vou te dar um anel adequado hoje.

— Não preciso de um anel.

— Bem, isso é muito gentil de sua parte, mas eu preciso que você tenha um.

Nego com a cabeça.

— Por quê?

— Para que o mundo saiba que você definitivamente não está disponível. Homens.

Eles são todos iguais.

— Isso é uma aquisição?

Ele levanta a sobrancelha.

— Você não é uma propriedade, mas eu realmente desejo adquirir você.

Ele é tão idiota.

— Tenho certeza de que você adquire... muitas vezes.

— Sim, e cada vez tem sido melhor que a anterior.

Isso é verdade.

— Bem, haverá muito mais daqui para frente — garanto.

Milo bate no meu nariz.

— Estou muito feliz, e você?

— Você me faz feliz. Pensava que, depois que Peter morreu, eu não seria capaz de me abrir novamente. — Eu me sento, querendo ter certeza de que ele ouve isso. — Pensava que todos nós tivéssemos uma ótima chance de amar, e então acabou. Quando você entrou na minha vida, eu não estava pronta. Não fui cautelosa o suficiente para não me apaixonar por você, e agora sinto que nunca estive mais feliz com qualquer coisa em toda a minha vida. Se eu fosse cautelosa, nós nunca estaríamos aqui.

Ele sorri, debochado.

— Isto é o que você pensa. Eu teria te cansado, quebrado todas as suas defesas e feito você ser minha.

— Você teria, né?

Eu me pergunto: se Milo e eu nos encontrássemos em outro momento, esse seria o caso? A vida é feita de momentos, e uma decisão pode alterar uma grande cadeia de eventos. Se eu nunca tivesse aceitado o emprego, Milo não teria sido meu assistente. Todo o curso do nosso relacionamento teria mudado. Talvez nós ainda teríamos nos apaixonado, mas quem sabe?

— No momento em que nos conhecemos, algo dentro de mim foi alterado. Não sabia o que era até mais tarde, mas você e eu íamos acontecer. Quando pensei que você ainda era casada, me lembro de sentir um ódio instantâneo por um homem que nunca conheci. Não entendia esse sentimento, porque era estranho para mim, mas estava lá.

— Você odiava o Peter?

— Não — ele suspira —, eu odiava quem quer que fosse o bastardo que estava perto de você. Não ele, mas a ideia dele.

Sorrio e toco sua bochecha.

— Isso é doce.

— Se eu te dissesse que era casado, você se sentiria assim?

— Não no começo — declaro, honestamente. — Eu estava uma bagunça quando nos conhecemos. Não foi até que vi você com Kandi, a prostituta, e quis arrancar os olhos dela para fazê-la parar de te olhar.

Milo passa a mão do meu pescoço para baixo pelo meu braço.
— Eu nunca a teria tocado. Sabe por quê?
— Por quê?
— Porque você era a única coisa que eu queria naquela noite.

Olhando para ele agora, há uma coisa que eu de fato acredito sobre nós. Fomos feitos para cruzar os caminhos um do outro. Quaisquer que fossem as circunstâncias, o resultado teria sido o mesmo. Eu sempre iria me apaixonar por Milo.

— Então você realmente quer se casar comigo? — pergunto novamente.

— Minha cor favorita sempre foi laranja. Sabe qual é agora?

Balanço minha cabeça, negando.

— Azul, como seus olhos. Não há nada mais bonito no mundo do que essa cor — fala, toca a pele ao redor do meu olho. — Sempre pensei que fosse atraído por loiras, até que vi você. Então percebi que nenhuma mulher na Terra poderia se comparar a você. Realmente não quero me casar com você, Danielle. Eu vou me casar com você. Agora, vamos nos vestir, ir ver minha mãe, contar as boas notícias e fazer você se mudar para cá.

Envolvo os braços ao redor de seu pescoço e o beijo.

— Eu te amo.

— E eu te amo. Agora levante-se e vista-se antes que estejamos ainda mais atrasados e eu tenha que dizer a mamãe que estava muito ocupado para chegar a tempo porque estava transando com a minha noiva.

Oh, Deus, eu tenho que conhecer a mãe dele. Se ela for como Nicole diz, estou em apuros.

Capítulo 34

MILO

— Estou feliz que você tenha finalmente aparecido — mamãe diz, e eu entro. — Ah, você trouxe alguém.

Minha mão está segurando a de Danielle enquanto entramos. Era adorável quão nervosa ela estava no caminho até aqui.

— Mãe, eu gostaria que você conhecesse Danielle, minha noiva.

Poderia muito bem revelar tudo agora. Dar a ela uma chance de perder a cabeça e depois se acalmar. Nunca fui um homem que mede as palavras, por que começar agora?

— Noiva? — ela pergunta.

— Sim — afirmo. — Eu a pedi em casamento hoje e ela aceitou.

Seus olhos se arregalam e depois suavizam.

— Entendi.

Danielle me dá uma cotovelada e então caminha em direção a ela.

— É muito bom conhecê-la, Sra. Huxley.

— Meu Milo é um homem muito especial. Você deve ser uma mulher especial também se ele a pediu em casamento.

— Ele é muito especial para mim também — Danielle declara, e então olha para mim.

Quando nossos olhos se encontram, me pergunto como eu vivia antes dela. Tudo desde que nos conhecemos é apenas... melhor. O sol está mais brilhante, os dias estão mais coloridos e a vida faz sentido. Agora eu entendo por que meu irmão arrumou sua vida para ir para os Estados Unidos. Quando você ama uma mulher assim, faz qualquer coisa para ficar com ela.

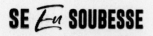

Antes de Danielle, a palavra casamento por si só teria me repelido. Na minha mente, era como receber uma condenação para a vida. Uma pessoa? Quem diabos quer comer o mesmo sabor de sorvete pelo resto da vida? Eu não. Não até Danielle. Não há mais ninguém que eu gostaria de provar novamente.

— Milo — mamãe diz. — Dê a mim e Danielle alguns minutos a sós.

Mamãe é a mulher mais gentil que eu conheço, exceto quando se trata de seus filhos. No entanto, é meio inevitável que elas passem por isso. Ando até ela, beijo sua bochecha e sussurro:

— Seja legal, mãe. Ela significa muito para mim.

Sua mão acaricia minha bochecha.

— Vá embora, filho.

Esse não era exatamente o incentivo que eu esperava.

Toco a mão de Danielle e deixo da sala, esperando que ambas saiam vivas e que seja melhor do que seu encontro com a Nicole.

Uma vez no corredor, decido ligar para o meu irmão.

— Mamãe está bem? — ele pergunta.

— Sim, por que não estaria?

Ele resmunga.

— Porque é cedo pra caralho e eu fiquei acordado a noite inteira com Colin, que pensou em se tornar um cidadão noturno para variar.

— Danielle está aqui — digo a ele, ignorando sua reclamação.

— Sim, eu sei.

— Ela disse que se demitiu.

— Sim, de novo, eu sei. — Callum suspira. — Estou assumindo que você não fodeu tudo quando ela apareceu?

Eu não sou um idiota. Sei o que estou fazendo quando se trata de mulheres, ao contrário dele.

— Eu a pedi em casamento.

Ele quase se engasga.

— Você o quê?

Ouço Nicole ao fundo.

— O que ele está dizendo?

Callum afasta o receptor e reitera o que acabei de dizer.

— Você o quê? — A voz de Nicole agora é a que está na linha.

— Eu a pedi em casamento, você tem um problema com isso? — pergunto.

Nicole fica quieta por um segundo e depois suspira.

— Não, isso é doce e romântico. Bom trabalho, Milo.

— Bem, eu a amo e nunca mais desejo me separar. Ela deixou o emprego, está disposta a se mudar para Londres e, porra, de jeito nenhum ela vai morar em qualquer outro lugar além da minha casa.

Novamente, há um silêncio.

— Nicole, você está aí?

— Estou aqui. — Ela funga. — Fala com seu irmão.

Callum volta à linha.

— Excelente. Você a fez chorar, agora vou ter que ouvir como você é o melhor Huxley novamente.

— Alguma vez houve dúvida sobre isso? — Eu estou brincando.

— Espero que você saiba — começa — que eu nunca quis que vocês dois se separassem. Não foi porque não me importo com você ou porque estava sendo cruel. Era que realmente não havia opções.

Em uma pequena parte do meu coração, eu sei disso. Mas algo que eu amava estava sendo tirado de mim, sem qualquer escolha minha no assunto. Ter que ser meu irmão dando as ordens foi ainda pior. Minha raiva foi mal colocada? Talvez.

— Eu vou te perdoar... dependendo do presente de casamento.

Ele gargalha.

— Seu presente de casamento é que eu criei outro cargo de nível sênior onde Danielle será sua igual na Dovetail.

— Minha igual? — zombo. — Eu sou o maldito vice-presidente! De jeito nenhum estarei abaixo dela novamente, seu maldito.

Meu irmão bastardo ri.

— Covice-presidente. Sua futura esposa é a outra. Tenha um ótimo dia, Milo.

Antes que eu possa dizer outra palavra, o cretino desliga, deixando-me atordoado.

Mais uma vez, Danielle vai encontrar uma maneira de me fazer pagar... para sempre, e isso funciona muito bem para mim.

Epílogo

DANIELLE

Três meses depois...
— Você está planejando mover alguma coisa? — meu marido pergunta.
— Na verdade, não.
— Então vai ficar com a bunda sentada aí enquanto eu carrego as caixas?
— Basicamente. — Dou de ombros.
— E eu pensando que éramos parceiros em igualdade. — Milo ri, carregando outra caixa.

Oh, como os homens são tolos. Claro, nós somos iguais... às vezes.

Pego minha xícara de chá e tomo um gole. Acho que devo começar a me acostumar com minha nova pátria. Nos Estados Unidos, quase ninguém bebe chá. É apenas café, mas eu prefiro chá, então estou feliz. Além disso, o chá aqui é realmente fantástico.

— Estou apenas fazendo o que a Nicole disse para fazer.

Ele para e olha para mim.

— E o que foi isso, minha querida?

Dou a ele um sorriso brincalhão.

— Supervisionar.

Estamos morando em Londres há pouco mais de um mês e finalmente nossa remessa de utensílios domésticos chegou. Minha casa foi vendida rápido, e as crianças estavam quase terminando as aulas, então nos despedimos e fomos para a nossa nova casa em Londres, Inglaterra.

Comecei duas semanas atrás como covice-presidente da Dovetail Enterprises. Foi um pouco louco, mas tem sido incrível. Callum quer que sua família ocupe todos os assentos no conselho e, agora que somos oficialmente uma família, isso funciona.

Realmente, acho que ele queria deixar Milo infeliz. O que é outra coisa que eu também não me importo.

Mantê-lo um pouco hostil o faz trabalhar mais.

— Você poderia supervisionar segurando uma caixa?

Eu sorrio.

— Poderia, mas você não pediu com jeitinho.

— Eu vou transar com você com jeitinho.

— Com certeza, espero que sim, marido.

Os olhos de Milo se enchem de calor. Cada vez que digo "marido" ou lembro que sou sua esposa, seu rosto inteiro se ilumina. Amo que isso o deixe tão feliz. A verdade é que eu amo tanto quanto ele.

Milo não perdeu tempo em se casar, pois disse que queria ter certeza de que eu não mudaria de ideia.

Nosso casamento foi superpequeno, mas perfeito. Nós tínhamos uma semana entre a mudança e a necessidade de estar em Londres, então pegamos um avião para as ilhas e nos casamos. As crianças, nós, Nicole e Callum, foi isso.

Claro, Nicole deveria ter feito um vídeo para nós, mas, em vez disso, entrou ao vivo para que todos pudessem ver. No final, foi perfeito.

— Você realmente vai ficar sentada aí? — pergunta, com uma risada.

— Você poderia vir e me fazer levantar.

— Eu poderia, ou nós podemos fazer uma aposta de que você virá até mim...

Milo e suas apostas.

— Tem certeza que quer apostar comigo, docinho? — questiono, com sarcasmo. — Quero dizer, a última vez que nós apostamos... você perdeu.

Milo coloca a caixa no chão e se dirige para mim, seus braços me prendem no sofá e ele sorri.

— Eu prefiro pensar que ganhei.

— Você ganhou?

Ele sorri.

— Com certeza. Além disso, você não resistiria ao seu marido, não é?

Finjo pensar a respeito, e suspiro.

— É uma pena que você seja tão gostoso. É difícil resistir a você.

— Isso é o que eu pensei que você diria.

— Muito arrogante?

Seus lábios se aproximam.

— Apenas cobrindo as minhas apostas.

Logo antes de nossos lábios se tocarem, a voz de Ava corta o momento.

— Mamãe! Você pode, por favor, dizer ao Parker que ele não pode colocar suas porcarias no meu quarto!

Milo recua.

— Sério? Vocês estão sempre dando uns amassos, isso é muito estranho — ela diz, com os braços cruzados.

— Sim, estar casado e apaixonado é tão estranho — atiro de volta.

Ela tem estado genuinamente feliz desde que decidimos nos mudar para cá. Ava ama artes, e Londres é um ótimo lugar para ela estudar. Já encontramos uma escola de balé que ela adora, e o instrutor treinou alguns dos mais renomados dançarinos do mundo.

Ava se senta no sofá ao meu lado.

— Você não está feliz por estarmos casados e agora você pode ajudar a criá-los? — pergunto a Milo, com uma sobrancelha levantada.

Ele me beija com força e depois se afasta.

— Estou.

— Mãe! — Ela cobre os olhos.

Agarro o braço de Milo quando ele começa a se afastar.

— Beije-me novamente.

Seus lábios se abrem em um sorriso lento e sexy.

— Com prazer.

— Argh! — Ela bufa. — Vou lá em cima torturar o Parker.

— Tchau!

Milo ri e coloca meu cabelo atrás das orelhas.

— Estou animado para ser o pai bônus deles. Sei que você se preocupa, e não te culpo, mas eu os amo tanto quanto amo você.

— Eu tive muita sorte com você.

Ele beija minha testa.

— Tenho certeza de que ganhei na loteria com você, querida.

Eu me pergunto se ele entende o quanto o amo. Há algo muito diferente no meu segundo casamento. Estou mais velha, mais sábia, mais compreensiva com a quantidade de trabalho que envolve um relacionamento. Não há ideias grandiosas de como as coisas serão perfeitas. Sei que haverá momentos em que vou odiá-lo, dias em que vou me perguntar o que diabos eu estava pensando, e até mesmo momentos em que podemos querer jogar a toalha.

Por outro lado, haverá dias como este. Quando nada mais importa além de receber outro beijo do homem que eu amo. Quando as crianças podem ser estúpidas ou a mãe dele — a quem eu amo loucamente — exigirá nossa atenção, mas verei a beleza em nosso amor.

Ele se afasta e bate no meu nariz.

— Aproveite o comportamento de Ava.

Sim, há muita diversão para mim lá.

Ava e Parker têm cada um os seus próprios quartos no terceiro andar. Milo e eu estamos no segundo. Sua casa é magnífica e, de verdade, a construção mais bonita que eu já vi. Ele a comprou quando estava destruída e gastou só Deus sabe quanto dinheiro para renová-la.

Os quartos deles já foram um quarto de hóspedes e um escritório uma vez, que ele facilmente converteu em um dormitório antes de nos mudarmos oficialmente.

— Por favor, parem de brigar — digo para os dois.

— Milo disse que eu poderia ficar com este quarto e, se precisasse de espaço para meus quadrinhos, poderia usar o de Ava.

— Não, ele não disse! — Ava grita.

— Ok, bem, você tem seu quarto, Parker. Se alguma coisa não couber, o que não faz sentido, então você terá que jogar fora. — Resolvo isso e então olho para a minha filha. — E você pode ser legal e deixá-lo colocar algo lá, já que decidiu que tinha que ficar com o quarto maior.

Gesticulo com as mãos unidas e aceno. É isso.

Como Milo já tinha de tudo, vendemos praticamente todos os nossos móveis. Não fazia sentido trazê-los para cá, exceto por alguns itens sentimentais dos quais eu não podia me desfazer.

Desço as escadas, onde Milo está desempacotando uma caixa. Ele remove uma caixa de madeira que tem minhas iniciais gravadas no topo, e eu congelo. Peter me deu isso no dia do nosso casamento. Ele queria que a enchêssemos de memórias. No entanto, em vez de memórias, é onde suas cinzas estão contidas.

— Querida? Onde você quer colocar essa caixa? — Milo pergunta.

Dou um passo à frente, tocando a tampa.

— Eu não tinha certeza do que fazer com isso.

— O que é isso?

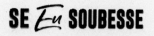

— É o Peter.

Milo cobre minha mão com a dele.

— Por que não mantemos em cima da lareira? Ele é parte da nossa família, e nunca quero que você ou as crianças sintam que estou tentando substituí-lo. Se não fosse por Peter, Ava e Parker não existiriam. Se as coisas não tivessem acontecido do jeito que aconteceram, você nunca teria trabalhado para Cal, e eu nunca teria te conhecido. Devo a felicidade de toda a minha vida a ele, que é sempre bem-vindo em nossa casa.

Minha outra mão descansa em sua bochecha.

— Por que você sempre diz a coisa perfeita?

Seus olhos travam nos meus.

— Porque você é a mulher perfeita para mim. Nossos corações não são dois batendo como um. Eles são o mesmo coração que finalmente encontrou seu ritmo. Agora... — Ele sorri. — Vá pegar uma caixa e começar a trabalhar. Vou precisar de uma massagem mais tarde.

E esse é o meu Milo. Doce, sexy e espertinho, que roubou meu coração.

Agradecimentos

Se você lidou comigo durante este processo, merece muito mais do que um obrigada por estar aqui. Na verdade, sou um pouco louca e você sabe disso, mas... aqui está.

Ao meu marido e filhos. Não sei como vocês lidam comigo, mas não posso dizer o quanto os valorizo. Amo todos vocês com todo o meu coração.

Minhas leitoras betas, Katie, Melissa, Jo: muito obrigada pelo apoio e amor de vocês durante este livro. Eu amo vocês e não poderia imaginar não tê-las. Espero ter deixado as partes britânicas orgulhosas.

Minha assistente, Christy Peckham: quando digo que te odeio, estou mentindo totalmente. Eu te amo muito. Vou negar isso sem dúvidas.

Meus leitores. Não tenho como agradecer o suficiente. Ainda me surpreende que vocês leiam minhas palavras. Vocês são tudo para mim. Tudo.

Blogueiros: vocês são o coração e a alma desta indústria. Obrigada por escolherem ler meus livros e me encaixarem em suas agendas insanas. Agradeço mais do que vocês imaginam.

Sommer Stein, da Perfect Pear Creative, por ser minha amiga e criar as capas mais incríveis de todos os tempos. Christine, da Type A Formatting, seu apoio é inestimável. Eu realmente amo seus lindos corações.

Melanie Harlow, obrigada por ser a bruxa boa em nossa dupla, ou a Ethel da minha Lucy. Realmente, você é a bruxa boa e eu sou a má, mas sua amizade significa o mundo para mim e amo escrever com você (especialmente quando você me deixa matar personagens).

Bait, Stabby e Corinne Michaels Books: eu amo vocês mais do que vocês podem imaginar.

Minha agente, Kimberly Brower, estou tão feliz por tê-la na minha equipe. Obrigada por sua orientação e apoio.

Melissa Erickson, você é incrível. Eu te amo.

Vi, Claire, Mandi, Amy, Kristy, Penelope, Kyla, Rachel, Tijan, Alessandra, Syreeta, Meghan, Laurelin, Kristen, Kennedy, Ava e Natasha: obrigada por me manterem lutando para ser melhor e me amar incondicionalmente.

Sobre a autora

Corinne Michaels, *best-seller* do New York Times, USA Today e Wall Street Journal, é autora de vários romances. Ela é uma mãe emotiva, espirituosa, sarcástica e divertida de dois lindos filhos. Corinne, felizmente, é casada com o homem dos seus sonhos e esposa de um ex-oficial da Marinha.

Ao passar meses longe do marido enquanto ele estava em serviço, ler e escrever eram sua fuga da solidão. Ela gosta de colocar seus personagens em intenso desgosto e encontrar uma maneira de curá-los através de suas lutas. Suas histórias são repletas de emoção, humor e amor implacável.

A The Gift Box é uma editora brasileira, com publicações de autores nacionais e estrangeiros, que surgiu no mercado em janeiro de 2018. Nossos livros estão sempre entre os mais vendidos da Amazon e já receberam diversos destaques em blogs literários e na própria Amazon.

Somos uma empresa jovem, cheia de energia e paixão pela literatura de romance e queremos incentivar cada vez mais a leitura e o crescimento de nossos autores e parceiros.

Acompanhe a The Gift Box nas redes sociais para ficar por dentro de todas as novidades.

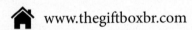 www.thegiftboxbr.com

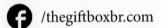 /thegiftboxbr.com

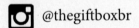 @thegiftboxbr

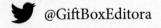 @GiftBoxEditora

Impressão e acabamento